Bernd Flessner
Ein guter Mord, ein schöner Mord

Kriminalerzählungen

*Bibliografische Information der
Deutschen Nationalbibliothek:
Die Deutsche Nationalbibliothek verzeichnet diese
Publikation in der Deutschen Nationalbibliografie;
detaillierte bibliografische Daten sind im Internet
über http://dnb.dnb.de abrufbar.*

© 2015 Bernd Flessner

*Coverfoto (U1, U4): Hannah Flessner
Coverdesign: Lübbert R. Haneborger
Lektorat: Chris Seubert*

*Herstellung und Verlag: BoD – Books on Demand,
Norderstedt. Printed in Germany.*

ISBN: 978-3-7386-5506-3

Bernd Flessner
*Ein guter Mord,
ein schöner Mord*

Kriminalerzählungen

Ein guter Mord, ein echter Mord, ein schöner Mord, so schön als man ihn nur verlangen tun kann, wir haben schon lange so kein gehabt.

> Georg Büchner, *Woyzeck*, 1836 / 37

Inhalt

Die Fratze 7

Matjestage 17

Kurpfuscher und Dilettanten 29

Das lassen wir kristallisieren 39

Die Amtskette 51

Flambeau 60

Griff zur Flasche 73

In Greetsiel gepult 81

Fingerzeig 95

Janssens Steg 107

Teek 115

Esc 125

Zerschlagen 131

Der Sprung 135

Stutenkerl 141

Fuchsin 151

Ungleicher Kampf	165
Nach Aktenlage	179
Der Wind bläst, wo er will	193
Schneeballen	207
Den Bogen raus	221
Licht ins Dunkel	235
Vermessen	245
Unerledigtes	259
Dank & Quellen	269
Über den Autor	275

Die Fratze

Der Sud begann langsam zu köcheln. Mit einer großen Kelle beförderte Anke Rolfs die ersten Miesmuscheln in den großen Edelstahltopf. Kaum waren sie abgetaucht, öffneten sich die Schalen. In einem großen Zinkeimer warteten noch drei Kilo gewässerte, geputzte und von Byssusfäden befreite Muscheln auf ihr heißes Ende.

Das Geheimnis eines Muschelessens sind bekanntlich nicht nur frische Muscheln, die zu besorgen in Greetsiel kein Problem ist, sondern der Sud. Man braucht einen trockenen, jedoch nicht zu säurearmen Weißwein, einen guten Pinot Grigio zum Beispiel, Knoblauch, Gemüse, eine gute Hühnerbrühe und die richtigen Gewürze. Vor allem ein Teelöffel Curcuma darf nicht fehlen.

Als Anke Rolfs die untergetauchten Muscheln umrühren wollte, damit alle Tiere mit Sud bedeckt waren, stand plötzlich Gerd Hoogestraat neben ihr.

„Lass mich das machen", sagte ihr Kollege freundschaftlich, „kümmere du dich ruhig um deine Gäste."

Kaum war die Gastgeberin im Esszimmer verschwunden, einen Korb frisch geschnittenes Baguette in der Hand, fischte Hoogestraat eine Kelle Muscheln aus dem Topf, goss den Sud ab, besah sie sich genau, schüttete sie zurück, um an anderer Stelle erneut zu fischen. Wieder goss er den Sud ab. Diesmal wurde er fündig. Denn eine Muschel trug auf ihrer schwarzblauen Schale zwei Seepocken, die zwei Augen glichen. Ein unverwechselbares Gesicht. Routiniert griff er die schon leicht geöffnete Muschel mit zwei Fingern, ließ die Kelle in den Topf zurück gleiten und seine Beute, blitzschnell eingerollt in ein Papiertaschentuch, in der linken Brusttasche seines karierten Baumwollhemdes verschwinden. Dabei stand er mit dem Rücken zum Esszimmer, so dass keiner seiner Kollegen den Muschelfang hatte bemerken können. Langsam wandte er sich nun um.

„Wie lange müssen die Muscheln ziehen?"
„Nicht lange, ein paar Minuten reichen."

Hoogestraat verschwand im Flur und ging ins Bad, mit ruhigen Schritten, ohne jede Nervosität. Seine Bewegungen waren langsam und entspannt. Die Beschleunigung setzte erst hinter der verschlossenen Tür ein. Der Bewegungsablauf war eingeübt, kein Fehler unterlief ihm, keine nennenswerte Zeit verstrich. Die Muschel platzierte er auf dem Klodeckel, er zog die Anstecknadel aus dem Kragen seines Pullovers und löste die Nadel, die nichts anderes als eine Kanüle war. Die dazu passende Kunststoffspritze zog er aus der Hosentasche seiner Jeans. Seine Gesäßtasche gab ein kleines Plastiktütchen frei, das ein gelbliches Pulver enthielt. Ein paar Tropfen Wasser verwandelten das Pulver in eine hellgrüne Flüssigkeit, die sich leicht auf die Spritze aufziehen und in das warme Fleisch der Muschel injizieren ließ. Die beiden Seepocken starrten ihn dabei regungslos und fratzenhaft an. Die Kanüle wurde wieder zur Anstecknadel, die kleine Kunststoffspritze verschwand mitsamt dem leeren Plastiktütchen im

Taschentuch, die trockengeriebene Muschel mit ihrer ungewöhnlichen Zutat wurde in der baumwollenen Brusttasche zwischengelagert. Fertig. Ein Blick auf die Uhr: Bestzeit.

Hoogestraat holte tief Luft, spülte und verließ das Bad. Er nahm jedoch nicht den Weg über den Flur, sondern ging durch das Esszimmer. Während seine Kollegen die ihnen zugedachten Plätze aufsuchten oder noch immer stehend mit dem Aperitif beschäftigt waren, bewunderte Gerd das Kaminfeuer. Allerdings nur für einen Augenblick. Der reichte ihm, um das gefüllte Taschentuch den Flammen zu übergeben.

In der Küche war Anke Rolfs schon dabei, die ersten Teller mit Muscheln und Sud zu füllen. Jeder Teller, den sie servierte, wurde freudig begrüßt. Fast alle hatten nun ihre Plätze eingenommen, nur Heiner Gronewold und Karl Oltmanns, vertieft in vergessen geglaubte Pubertätsabenteuer, standen noch.

Als Anke Rolfs die beiden letzten Teller neben dem Herd bereitstellte, nahm ihr Hoogestraat die Kelle aus der Hand, indem er diese fast zärtlich berührte, und sagte: „Komm, das mach ich schon. Schließlich bist du die Gastgeberin, also setz dich und lass dich bedienen."

Sie hatte das Esszimmer noch nicht erreicht, da lag die Muscheltratze mit ihren toten Augen schon auf einem der beiden Teller und wurde mit harmlosen Artgenossen und heißem Sud bedeckt. Inzwischen war die Runde komplett sesshaft geworden, und Hoogestraat servierte die letzten Muschelteller; einen setzte er auf seinem Platz ab, den präparierten überreichte er der Gastgeberin. Dann eilte er zu seinem Platz und erhob das Glas: „Auf die besten Muscheln Ostfrieslands!"

„Auf Anke!"

„Auf die Agentur Schienfatt!"

Bevor sich Hoogestraat, wie alle anderen, auf die Muscheln stürzte, zog er aus seiner rechten Brusttasche zwei Tabletten, die er aus der Folie drückte und mit einem Schluck Soave hinunterspülte.

„Kopfschmerzen", war seine Erklärung, die jedoch kaum jemand am Tisch registrierte. Die Muscheln absorbierten alle Sinne.

Gerd Hoogestraat war ein Perfektionist. Er etablierte Ordnung, wo immer es ihm möglich war, verpasste keinen Termin, war so pünktlich, dass man hatte die Uhr nach ihm stellen können, und niemals unpassend gekleidet. im Gegensatz zu vielen anderen Männern seines Alters besaß er ein ausgeprägtes Hygienebewusstsein, pinkelte stets im Sitzen, bekämpfte Schmutz und Körpergeruch mit sämtlichen Waffen, die das Industriezeitalter hierfür bereithielt. Schon frühzeitig hatte er die Konsequenz aus seinen Prinzipien gezogen und sich entschlossen, als Single durchs Leben zu gehen. Nur so ließ sich die Ordnung, die er in seinem Alltag und in seiner Wohnung durchgesetzt hatte, aufrechterhalten. Nur so konnte er seinem Chef die Leistung bieten, die dieser von ihm zu Recht erwartete.

Hoogestraat arbeitete seit fast acht Jahren in der Greetsieler Agentur *Schienfatt* und entwickelte Werbestrategien und Konzepte für den ostfriesischen Fremdenverkehr. Bis vor gut zwei Jahren lag er unangefochten an der Spitze, war die Nummer eins. Was er dem Chef und den Kunden vorlegte, wurde gemacht, denn seine Präsentationen waren nicht nur inhaltlich, sondern auch formal perfekt, seine Strategien logisch aufgebaut, die von ihm entworfenen Imageprofile klar und nachvollziehbar.

Doch dann kam Anke Rolfs. Der Chef hatte die frisch diplomierte Mediendesignerin quasi über Nacht engagiert, um ihn zu entlasten, um, wie er es formuliert hatte, ihm den Rücken freizuhalten. Das Gegenteil war der Fall. Sie belastete ihn, denn sie verbreitete das Chaos, sie unterminierte seine Ordnung, seine Disziplin, sabotierte die Vollkommenheit seiner Entwürfe, war eine Frau. Schon die erste Präsentation nach ihrer Einstellung wurde für ihn zum Fiasko. Zwar war der Chef mit seiner Arbeit nach wie vor sehr zufrieden. Doch kaum hatte er ihm das Konzept erläutert, spuckte sie wahllos eigene Ideen in den Raum. Intuitiv. Unsystematisch. Spontan. Und der Chef war begeistert. Schickte ihn zurück in sein Büro, versehen mit der Aufgabe, die Ideen der neuen Mitarbeiterin in das Konzept einzuarbeiten. In sein Konzept. Ihre Texte mussten übernommen werden, ihre Wortspiele, von der die Kunden begeistert waren, so wie alle Kollegen von Anke Rolfs begeistert waren.

Natürlich hatte er versucht, sich gegen diese unerwartete Konkurrenz zu wehren, hatte sich perfide Strategien überlegt und heimlich Fettnäpfchen aufgestellt. Doch Anke Rolfs parierte jede Falle mit einem Lächeln. Jede Finte schien sie zu ahnen, jeden Spielzug bereits zu kennen. Ihre Unangreifbarkeit störte die Ordnung, die er der Welt so mühsam abgetrotzt hatte, ganz zu schweigen von jenen skurrilen Einfällen, die sein Chef als Kreativität bezeichnete.

Aber Gerd Hoogestraat gab nicht so schnell auf. Als der Auftrag der Fremdenverkehrs GmbH, ein Sommer-Event für Greetsiel zu konzipieren, auf seinem Schreibtisch landete, sah er seine Chance gekommen. Er zog sämtliche Register seines Könnens, deckte sich mit Literatur ein, telefonierte mit Agenten und Kollegen von Emden bis Kiel, engagierte Bands, überzeugte den NDR.

Ihr sagte er kein Wort, ging ihr aus dem Weg, nahm jeden Abend seine Unterlagen mit nach Hause. Erst ein paar Stunden vor dem Termin mit dem Chef ließ er die Bombe platzen und gewahrte ihr einen Einblick in sein Projekt. Umso größer war sein Entsetzen, als sie ebenfalls eine kleine Mappe mit Vorschlägen präsentierte, denn auch sie hatte den Auftrag der Fremdenverkehrs GmbH erhalten. Einfach so. Ohne Hintergedanken vom Chef. Im Gegenteil, auf seinen Unterlagen fand er später sogar einen entsprechenden Vermerk, dass eine Kopie an seine Kollegin gegangen war. Zwar wurde sein Konzept angenommen, doch letztendlich triumphierte sie, denn sie lieferte den Titel der Veranstaltung. Seine Wortschöpfung wurde verschmäht, sein Kind von ihr getauft.

Für Hoogestraat stand nach dieser Niederlage fest, dass die Ordnung um jeden Preis wieder hergestellt werden musste. Die Störung der Ordnung war Anke Rolfs. Sie musste also weg. Die Störung musste beseitigt werden. Zwar war Mord auch eine

Art Störung der Ordnung, jedoch eine, die man in Kauf nehmen musste, wenn es um die Wiederherstellung einer höheren, weitaus wichtigeren Ordnung ging. Gerd Hoogestraat war ein Perfektionist. Wenn es den perfekten Mord gab, so war er dazu in der Lage, ja, sogar dazu berufen, ihn zu planen und zu begehen.

Als erste Maßnahme änderte er sein Verhalten ihr gegenüber. Er hielt ihr die Tür auf, holte ihr Kaffee, zog sie ins Vertrauen, lobte ihre Ideen, die er sofort in seine Projekte einbezog. Der Chef war begeistert, denn was ihm nun seine Mitarbeiter vorlegten, war einfach unglaublich, das Betriebsklima so gut wie nie zuvor.

Hoogestraat indes machte Überstunden, um die Ordnung wieder herzustellen. Er entwickelte Szenarien, spielte Möglichkeiten durch. Im Internet, dem globalen Gemischtwarenladen, der jeden Artikel führte, auch jene, die zu führen verboten war, fand er nach vielen Nächten, was er suchte. Ein heimtückisches Gift. Die ersten Symptome traten erst nach etwa 24 Stunden auf, jeder medizinische Eingriff kam zu diesem Zeitpunkt jedoch zu spät. Außerdem wurden die Symptome, das bekräftigte der Anbieter, von jedem durchschnittlichen Arzt als besonders schwere Form einer Lebensmittelvergiftung diagnostiziert. Für den Fall der Fälle wurde auch ein Gegenmittel angeboten, das jedoch nur Wirkung zeigte, wenn man es gleichzeitig mit dem Gift oder kurz nach der Einnahme verabreichte. Es handelte sich dabei um eine Substanz, die in vielen osteuropäischen Ländern in bestimmten Kopfschmerztabletten enthalten war. Ein Mausklick und 250,- Euro in einem Umschlag reichten aus, um an dieses Gift zu kommen, das drei Wochen später als Werbesendung im Briefkasten seiner 90jährigen Nachbarin landete. Ein dünnes Kuvert aus Tschechien. Völlig harmlos. Er fischte es aus ihrer Altpapiertonne, die er jeden Tag inspizierte, und der jede Werbesendung ungeöffnet übergeben wurde.

Hoogestraat trainierte täglich. Denn Anke Rolfs hatte ihre Kollegen zum Muschelessen eingeladen. Eine Gelegenheit, die perfekt in seinen Plan passte, die bereits die Rückkehr der Ordnung avisierte. Er war auf dem richtigen Weg. Miesmuscheln. Die mussten frisch sein.

Wer nicht peinlich die bereits toten Tiere aussortierte, riskierte eine Lebensmittelvergiftung. Anke Rolfs selbst hatte ihm dies erzählt. Und so zur Perfektion seines Plans beigetragen.

Die Muscheln waren wirklich gut. Gerd Hoogestraat hatte sich bislang nicht viel aus ihnen gemacht, hatte seit Jahren keine mehr gegessen. Er tunkte ein Stück Baguette in den Sud und ließ das weiche Brot auf der Zunge zergehen, lutschte es aus, bevor er die nächste Muschel mit der Gabel aus der Schale pulte. Auch der Soave war klasse, fruchtig und frisch, nicht einer von jenen, die es in jedem Supermarkt gab.

Während die Gespräche um die Arbeit in der Agentur kreisten, natürlich, warf Hoogestraat immer wieder einen Blick auf ihren Teller, doch sie hatte noch eine kleine Galgenfrist, ihr unvermeidliches Ende lag noch unberührt unter schwarzen Schalen, Knoblauch und Zwiebeln. Eine Seepocke glaubte er jedoch schon zu erkennen, die ihn aus dem Sud anstarrte.

Mitten in einer Anekdote, die Karl Oltmanns gerade erzählte, spürte Hoogestraat seinen Magen, ihm war, als habe er Motten gegessen, kleine, kalte Schweißperlen sogen die gesunde Farbe aus seiner Stirn, seinem Gesicht. Er atmete schneller, seine Hände begannen zu zittern. Er machte seine Nerven für diese unerwartete Reaktion seines Körpers verantwortlich und riss sich zusammen, tunkte sein Baguette in den Sud, aß eine Muschel, schlürfte Wein.

Doch die Motten hörten nicht auf zu tanzen. Schwarze Flecken tauchten aus der Unendlichkeit auf, in der seine Kollegen verschwanden. Sein Gesicht landete im Teller, eine der Muschelschalen drang in seine rechte Wange ein, färbte den Sud rot. Hoogestraat spürte keinen Schmerz. Er hörte auch das Martinshorn des Notarztwagens nicht, der wenig später in die Sielstraße am Hafen einbog. Er sah auch die Fratze nicht, die auf Anke Rolfs Teller liegen geblieben war, weil niemand mehr etwas essen konnte, essen mochte.

Die Leiche wurde erst nach drei Wochen freigegeben. Zwei Tage später erschien in der Ostfriesen-Zeitung ein Artikel über den Todesfall, den der Journalist tragisch nannte, denn nach allem, was die Gerichtsmediziner ermitteln konnten, war Gerd Hoogestraat das Opfer eines allergischen Schocks geworden. In seinem Magen hatte sich aus dem Eiweiß frischer Miesmuscheln, dem Alkohol italienischen Weins und den Wirkstoffen eines in der EU nicht zugelassenen, aber an sich harmlosen Medikaments, eine toxische Verbindung gebildet. Für einen Allergiker konnte diese Verbindung tödlich sein, jeder andere wäre mit Bauchschmerzen davongekommen. Ein tragischer Todesfall eben, wie er zwar äußerst selten, aber eben doch hin und wieder vorkam.

Am 20. März fand die Beerdigung statt, an einem der ersten richtigen Frühlingstage. Ungeduldiges Grün hatte sich längst aus dem Boden und den Knospen gewagt, zeigte sich einer schon kraftvollen Sonne, die keinen der Trauergäste frieren ließ. Die Grabrede von Pastor Züchner war ergreifend, aber nicht pathetisch. Treffend skizzierte er das kurze Leben und den Charakter des so plötzlich und viel zu früh Verstorbenen. Ein Zitronenfalter, noch leicht benommen von der langen Winterruhe, taumelte über das Grab. Tränen kullerten. Seit Jahren hatte Greetsiel keine so schöne Trauerfeier mehr erlebt.

Am Abend, im Kreis der Kollegen, versuchte Anke Rolfs, die Beerdigung in Worte zu fassen und fand den einzig richtigen Ausdruck. Alle stimmten ihr zu. Die Beerdigung war so gewesen, wie Gerd Hoogestraat sie sich mit Sicherheit gewünscht hätte.

Perfekt.

Matjestage

Jetzt kam er schon den dritten Abend. Lässig und mit Schwung öffnete er die Tür, platzte regelrecht in den Raum, begrüßte die wenigen Gäste lauthals und setzte sich zu Eddy und Piet an den Stammtisch.

„Ein Pils und einen Genever!", brüllte er in Richtung Tresen, anstatt zu warten, bis der Wirt zu ihm kam, um seine Bestellung aufzunehmen. Ohne eine Antwort oder ein Nicken abzuwarten, begann er umgehend, auf Eddy und Piet einzureden. Wortfetzen ließen vermuten, dass er wieder über die Matjestage herzog. Extra, so klang es, sei er angereist, mit der Bahn, aber was Emden zu bieten habe, sei mehr als dürftig. Außer Heringen werde hier einfach nichts geboten.

Claas Lohmeyer ließ ihn nicht aus den Augen. Er zapfte das Pils, zog die Flasche Genever aus dem Flaschenfach und füllte das Glas bis zum Eichstrich. Keinen tausendstel Milliliter mehr. Nicht für diesen Gast. Nicht für jemanden, der sich so aufführte, so arrogant, so großstädtisch, so besitzergreifend, so frech.

„Und das Ganze noch einmal!", rief der unbekannte Gast, als Lohmeyer ihm das Gedeck servierte. „Am besten, du bringst den beiden trüben Gestalten hier auch gleich einen Genever."

Widerwillig ertrug Lohmeyer das Du, das er sich sonst von jedem seiner Stammgäste gefallen ließ. Von manchem hörte er es sogar sehr gerne. Nicht aber von so einem. Der Wirt schlich sich zurück zum Tresen und machte sich an die Ausführung der Bestellung.

Ein Ostfriese war das nicht. Auch sonst kein Norddeutscher. Lohmeyer tippte auf Rhein oder Ruhr, war sich aber nicht sicher. Wieder drangen Wortfetzen an sein Ohr, wieder waren die Matjestage sein Thema. Jetzt stand er auf und ging zu Tisch drei am Fenster, setzte sich, das Bier in der Hand, und wiederholte dort unaufgefordert seine Kritik. Das sichtlich überraschte Pärchen, das schon seit einer guten Stunde die Welt um sich herum vergessen zu haben schien, wandte sich demonstrativ von dem Störer ab. Der ließ sich nicht irritieren und unternahm einen zweiten Versuch. Auch dieser scheiterte, weil ihm der junge Mann einen energischen Blick zuwarf, der die Möglichkeit zum entschlossenen Handeln involvierte.

In diesem Augenblick betrat der alte Heuer das Lokal. Der fremde Gast sprang sofort auf und stürzte sich auf den Neuankömmling, dem er gleich den rechten Arm auf die Schulter legte. Ein Schwall von Worten nebelte den Überraschten ein und ließ seinen Blick hilfesuchend durch den Gastraum fahnden.

Lohmeyer brachte mit einem Tablett die georderten Getränke zum Stammtisch, machte den unbekannten Gast durch einen höflichen Zuruf auf die Lage aufmerksam und lotste ihn so von dem alten Mann weg. Schon saß der Nörgler wieder am Stammtisch, hob das Geneverglas, forderte von Eddy und Piet das gleiche und mischte sich nach dem Absetzen des Glases in das Gespräch der beiden.

Seiner Kleidung nach war er ein Vertreter. Oder ein Autohändler. Ja, das würde zu ihm passen. Gebrauchtwagenhändler. Er trug keinen Ring am Finger. Ein Single. Bestimmt war er allein nach Emden gekommen. Wegen der Matjestage. Doch anstatt sich auf den Spaß einzulassen, sich dem Hering hinzugeben, nervte und belästigte er seine Gäste. Und die waren ihm heilig. Schließlich sorgten sie für seinen Lebensunterhalt. Vor allem die Stammgäste, wie Eddy, Piet und der alte Herr Heuer, die fast täglich kamen und somit Teil seines Lebens waren. Ohne sie würde er in den weitgehend touristenfreien Wintermonaten faktisch keinen Umsatz machen und könnte seine Kneipe am Delft schließen.

Wieder grölte der Fremde durch den Gastraum, bestellte noch eine Runde. Lohmeyer hasste derartige Gäste. Zwar hatte er selten unter ihnen zu leiden, doch ab und zu tauchte so ein Exemplar bei ihm auf, störte die in vielen Jahren gewachsene Atmosphäre, nervte seine anständigen Gäste und brachte so seine Existenz in Gefahr. Insbesondere die Matjestage spülten alljährlich den einen oder anderen Querulanten dieser Art in sein Lokal.

Da! Jetzt hatte er es geschafft: Eddy und Piet standen auf, warfen ihm einen missmutigen Blick zu, signalisierten, später zahlen zu wollen, und verließen seine Kneipe. Der Querulant blieb sitzen und schickte den beiden Stammgästen einen wütenden Monolog über rohen Fisch hinterher. Offenbar hatten ihm Eddy und Piet klar gemacht, dass es sich bei Matjes um rohen Fisch handelt. Jedenfalls ließ er am Hering keine gute Schuppe und verkündete lautstark, Matjes seien sogar noch ekelhafter als Sushi. Nie wieder würde er zu den Matjestagen nach Emden kommen. Nie wieder!

Nun hatte auch das Pärchen genug, zahlte bei Lohmeyer am Tresen und ging. Fünf Gäste waren ihm noch verblieben, der alte Heuer, Jan und Margret an Tisch zwei und ein älteres Ehepaar an Tisch fünf. Und der Querulant natürlich, der noch immer auf die Matjes fluchte.

Da öffnete sich die Tür für Frau Müller, die gegenüber mit ihrem Wagen stand und Fischbrötchen verkaufte. Sie hatte den Tresen noch nicht erreicht, da war der Fremde auch schon bei ihr, watschelte wie ein Clown um sie herum, bat ebenso clownesk um einen Tanz und packte zu, ohne eine Antwort abzuwarten. Frau Müller warf Lohmeyer einen hilfesuchenden Blick zu, doch der Wirt blieb ruhig hinter seinem Tresen, lächelte, zapfte ein weiteres Pils für den Tänzer, der seine Partnerin zu den Klängen von *La Paloma* durch den Gastraum nötigte. Erst jetzt registrierte Lohmeyer die Melodie, die von draußen in sein Lokal drang. Irgendwo auf dem Rathausplatz verging sich eine Blaskapelle an dem Klassiker. Frau Müller schnappte nach Luft. Ihre gut zwei Zentner Lebendgewicht eigneten sich hervorragend, um in einem Imbisswagen eine gute Figur zu machen, für das Tanzparkett waren sie jedoch nicht geeignet. Ihr ohnehin schon rotes Gesicht wurde zusehends hummerfarben, Schweißperlen sprießten auf ihrer Stirn. Erst als sie ins Schlingern geriet und zu kentern drohte, ließ der dreiste Kavalier von ihr ab. Frau Müller drehte noch eine Solorunde, peilte die

Lage, änderte ihren ursprünglichen Kurs um 180° und verließ das Lokal mit leichter Schlagseite. Der Fremde wankte indes zurück zum Stammtisch und erfrischte sich mit den beiden Genever, die Eddy und Piet verschmäht hatten. Draußen flehte die Blaskapelle: *Junge, komm bald wieder.*

„He, du, bring' mir mal flott die Speisekarte. Ich will was Richtiges essen. Keinen Matjesmatsch. Hast du verstanden? Schnitzel wirst du doch wohl haben, oder?", lallte der Fremde und fixierte den Wirt.

Lohmeyer war ein geduldiger und friedliebender Mensch, ein freundlicher und toleranter Gastwirt, doch was zu viel war, war zu viel. Dieser unverschämte Eindringling hatte eine von ihm gezogene Grenze überschritten, hatte sich so aufgeführt, dass er reagieren musste. Dieses Verhalten hatte er drei Abende ertragen und geduldet, nun war Schluss. Ihn einfach so an die Luft setzen, das konnte Lohmeyer allerdings nicht, denn er verabscheute heftige Wortgefechte und unmittelbare körperliche Gewalt. Faustkämpfe zwischen erwachsenen Männern fand er schlicht archaisch und albern. Auch ein Anruf bei der Polizei war nicht seine Sache. Zu diesen Mitteln konnte er also nicht greifen.

Doch Lohmeyer war keineswegs wehrlos, er wusste genau, was in derartigen Fällen zu tun war. Wer ihn in diesem Augenblick betrachtet hätte, hätte bemerkt, wie seine Gesichtszüge in Bewegung gerieten, wie Augenbrauen und Falten ihre Lage änderten, wie sich die Augen schneller in ihren Höhlen bewegten. Lohmeyer machte sich bereit, dem unerwünschten Gast Paroli zu bieten.

Ohne dem Querulanten zu antworten, brachte er ihm die Karte, schlug sie vor seinen Augen auf und nickte freundlich: „Ich empfehle ihnen die Schweinelendchen mit Kroketten und Broccoli. Noch einen Genever der Herr?"

Wieder hinter seinem Tresen, öffnete Lohmeyer das Flaschenfach, doch entnahm er ihm nicht nur den Genever, sondern auch ein kleines braunes Fläschchen, das so aussah, als sei es für Hustensaft gedacht.

Zehn Tropfen dürften für den Anfang reichen. Vorsichtig verschloss der Wirt das Fläschchen wieder und fingerte es zurück in sein kühles Versteck. Anschließend füllte er das Glas mit Genever auf.

„Zum Wohl!", sprach er, als er dem Gast das unscheinbare Mixgetränk servierte. Dann nahm er die Bestellung auf: Jägerschnitzel mit Kroketten, keinen Broccoli, lieber einen Salat, aber ohne Zwiebeln. Jawohl, der Herr, kommt sofort!

Lohmeyer öffnete das Fenster der Durchreiche hinterm Tresen und rief die Bestellung in die längst leere Küche. Sein Koch war bereits vor einer halben Stunde in den Feierabend entschwunden. Warme Küche bis 22.00 Uhr. Dessen ungeachtet kehrte der Wirt zurück zum Stammtisch, um Messer, Gabel und Serviette ordnungsgemäß zu platzieren. Der Gast hatte den Genever-Spezial noch nicht geleert, aber Lohmeyer hatte Zeit.

Erst mussten sowieso die anderen Gäste das Lokal verlassen haben. Bei Margret, Jan und dem alten Heuer musste er nicht lange warten, die blieben nie länger als 23 Uhr. Als er sie zur Tür begleitete, entschuldigte er sich für das Benehmen des unbekannten Gastes und versicherte, dass dies nicht wieder vorkommen werde, da besagter Gast ihm erzählt habe, am nächsten Morgen in aller Frühe abreisen zu müssen. Kurz sah er den drei Stammgästen noch nach, dann hängte er das Schild „Geschlossen" an die Tür.

„Wann kommt endlich mein Jägerschnitzel? Oder müssen sie die Sau erst noch schlachten?", fuhr der Fremde ihn an, als er wieder zurück im Gastraum war. Das Glas vor ihm war leer.

„Einen kleinen Moment noch.", versicherte er höflich. „Ich werde gleich einmal nachsehen. Noch einen Genever der Herr?"

Wieder beschickte Lohmeyer das Glas erst mit zehn Tropfen aus der kleinen braunen Flasche aus Lichtschutzglas, bevor er es mit Genever füllte.

„Zum Wohl!" Schon etwas ruhiger geworden, blickte ihn der Gast nun nicht mehr ganz so rebellisch an. Stattdessen kämpfte er mit seinen Augenlidern, die begonnen hatten, heftig mit der Schwerkraft zu flirten. „Ihr Schnitzel kommt sofort!"

„Herr Wirt? Zahlen!", rief in diesem Augenblick der ältere Herr an Tisch fünf. Im Nu war Lohmeyer bei ihm und addierte die Zeche auf seinem Block. Zweiunddreißigfünfzig. Seine Frau zahlte. Kein Trinkgeld. Vielen Dank für ihren Besuch. Kommen sie gut nach Hause. Zum Glück regnet es nicht. Auf Wiedersehen.

Lohmeyer schloss hinter seinen letzten Gästen die Tür ab. Nun war er allein mit dem Querulanten, der seine Freunde, seine Existenz, sein Leben bedroht hatte. Der Showdown konnte beginnen. Lohmeyer zog das Wort *gelassen* dem längst überstrapazierten Ausdruck *cool* vor. Gelassen kehrte er also zum Stammtisch zurück und nahm Blickkontakt mit seinem Gegner auf. Drei Tage lang hatte dieser frustrierte Autovertreter, oder was immer er war, ihn und seine Gäste terrorisiert, nun hing er, schon weitgehend sediert, zwischen den Armlehnen eines Bistrostuhles. Vor ihm stand der noch volle Genever.

„He!", fuhr nun Lohmeyer ihn an: „Sie haben ihren Genever nicht getrunken! Runter damit, aber sofort!"

Der Gast zuckte zusammen, ertastete das Glas, führte es mit zitternder Hand zum Mund und lehrte es mühsam. Noch einmal sahen sich beide Männer in die Augen, dann war der ungleiche Kampf zu Ende. Der Gast sackte wie in Zeitlupe in sich zusammen und kippte vornüber. Mit verdrehten und geöffneten Augen lag sein Kopf auf der Tischplatte, rechts ein Messer, links eine Gabel, kraftlos ließ seine Hand das Glas auf den Boden fallen.

Lohmeyer atmete erleichtert auf. Er schloss für ein paar Sekunden seine Augen. Die aufgestaute Anspannung der letzten Tage wich von ihm. Endlich würde wieder Ruhe in sein Lokal einkehren. Er brauchte nur noch den Störenfried zu entsorgen. Doch das war für Lohmeyer kein Problem, denn so friedfertig er war, so groß gewachsen und kräftig war er. Schnell hatte er sich den Sedierten auf die Schulter geladen und trug ihn gelassen durch den Flur in den rückwärtigen Teil des Gasthauses, stieß vorsichtig die Kellertreppe auf und balancierte seine Last die Stufen herunter. Ebenso vorsichtig legte er den schon fast Leblosen auf einen der Tische. Erst jetzt konnte er Licht machen und seine Last wieder aufnehmen. Lohmeyer ging langsam durch verschiedene Kellerräume, deren Alter er nur ahnen konnte. Die großen Klostersteine aus dunkelrot gebranntem Lehm ließen auf mehrere hundert Jahre schließen. Diese Keller waren alles, was von dem Haus seiner Eltern und Großeltern nach dem verheerenden Bombenangriff vom 6. September 1944 übriggeblieben war. Das Gebäude über ihm mit dem gemütlichen Lokal stammte aus dem Jahr 1955. Aber die Keller, die waren alt.

Endlich erreichte Lohmeyer eine grün lackierte Holztür, die er wie die Kellertür vorsichtig aufstieß. Seine Last musste er diesmal auf dem kalten und stellenweise feuchten Boden ablegen. Er gönnte sich eine kleine Pause, bevor er eines der leeren Matjesfässer in die Mitte des kleinen Kellerraumes stellte und den Deckel entfernte. Es war ein altes Holzfass bester Qualität, aus Eichendauben, noch von einem richtigen Böttcher gemacht, keines dieser modernen Industriefässer aus Weichholz, Aluminium oder Kunststoff. Ein richtiges Fass eben. Ein Fass, das etwas aushielt, dem man etwas anvertrauen konnte.

Mit neuer Kraft nahm Lohmeyer seine Last ein letztes Mal auf und setzte den nun sprachlosen Querulanten, die Füße voran, in das Matjesfass. Mitsamt seinen Kleidern, seinen Schlüsseln, seinem Geld, seinen Papieren, seiner Rückfahrkarte. Es interessierte ihn nicht mehr, wer er war und was er war. Er wollte einfach nichts mehr mit ihm zu tun haben, ihn nie wieder sehen.

Das Einsalzen von frischen Heringen war eine Kunst für sich, eine Kunst, die Claas Lohmeyer seit Kindertagen beherrschte, als er in den Ferien auf dem Kutter seines Onkels sein Taschengeld aufgebessert hatte. Bei menschlichen Körpern musste das bewährte Verfahren natürlich leicht modifiziert werden. Es kam darauf an, den Körper so im Fass zu verstauen, dass man ihn mit einer ausreichend dicken Salzschicht bedecken konnte. Um dies zu erreichen, musste Lohmeyer die Arme vor dem Körper verschränken und den Kopf nach unten drücken. Der Gast blieb dabei stumm wie ein Fisch. Nun griff der Wirt zu einer kleinen Handschaufel und bediente sich aus einem großen Kanister mit feinstem Salinensalz. Nach und nach verschwand der Körper im Weiß des natürlichen Konservierungsmittels, das selbst Fische daran hinderte, der Verwesung nachzugeben. Sorgsam achtete Lohmeyer darauf, dass sich keine Hohlräume bildeten. Immer wieder musste er mit einem Stößel aus Buchenholz das Salz verdichten und in jede Ecke stopfen. Schließlich verschwand auch der letzte Haarschopf des Unbekannten in dem weißen Mineral. Jetzt kam eine Lage aus gut zehn Zentimetern reinem Salz, das ebenfalls mit dem Holzstößel verdichtet werden musste. Liebevoll strich der Wirt das Salz glatt.

Es war kurz nach null Uhr, als Lohmeyer mit der Arbeit fertig war und das Fass mit dem massiven Deckel fest verschließen konnte. Ein paar gezielte Schläge mit dem Holzhammer, und das Eichenfass würde seinen Inhalt nie mehr freiwillig preisgeben.

Besser konnte der Querulant gar nicht aufgehoben sein. Ein Lächeln huschte über Lohmeyers Gesicht.

Wieder gönnte sich der Wirt eine kleine Pause, bevor er das Fass mit einer Sackkarre durch eine ebenfalls grüne Tür, auf der in weißer Schrift „Privat" geschrieben stand, in einen weiteren kleinen und kalten Nebenraum beförderte. Dort hielt er kurz inne und betrachtete zufrieden sein Werk. Dann stellte er das Fass zu den anderen.

Kurpfuscher und Dilettanten

Luise aß nicht, sie fraß. Den Aischgründer Karpfen auf ihrem Teller hatte sie, kaum war er serviert worden, halb zerpflückt, nach Gräten durchgewühlt und über den halben Tisch verteilt. Da ihre Sehkraft in letzter Zeit stark nachgelassen hatte, sah es hin und wieder so aus, als wolle sie in den Körper des gebackenen und zerfledderten Fisches hineinkriechen, als würde nicht sie den Fisch, sondern der Fisch sie verschlingen. Luise und der Wal, dachte Martha.

Laut schmatzend arbeitete sie sich nun bis zum Kopf vor, jede gefundene Gräte ablutschend und irgendwo auf dem Tisch ablegend. Alle zwei, drei Minuten griff sie mit ihren gelben, zitternden Fingern zu Messer und Gabel, um Klöße und Bratensoße zu einem längst kalten Brei zu verkneten und in kleinen Häppchen zum Mund zu führen. Ja, sie bestellte sich allen Ernstes Klöße und Bratensoße zum Karpfen. Schweinebratensoße. Keinen Salat, keine Kroketten, kein Brot, kein Gemüse. Dafür bestand sie immer auf einem ganzen Karpfen. Jeden Sonntag. Im *Wirtshaus am Dorfbrunnen* in Schornweisach.

Und wenn es keinen Karpfen gab, also in den Monaten ohne „r", dann bestellte sie sich Jägerschnitzel. Ausnahmslos. Ohne Salat, aber mit Unmengen von Kroketten, die sie ebenfalls zu einem Brei verknetete und erst aß, wenn er fast kalt war. Da sie im Schweineschnitzel naturgemäß keine

Gräten aufspüren konnte, verstreute sie stattdessen die Pilze über den Tisch.

Angewidert stocherte Martha in ihrem Salat. Zwar versuchte sie immer wieder, ihren Blick von Luise abzuwenden, aber kaum drang das Schmatzen an ihre Ohren, suchten ihre Augen automatisch nach dem Entstehungsort des Geräusches. Speicheltropfen hingen am Kinn ihrer 82jährigen Tante, die zu pflegen sie vor fast fünf Jahren ihrer Familie versprochen hatte. Ja, im Februar war es fünf Jahre her, dass Luise mit Lungenentzündung im Bett lag und ihre Tage gezählt zu sein schienen. Die Ärzte hatten ihr Bettlägerigkeit, Pflegebedürftigkeit und einen baldigen Tod prophezeit. Diese Ahnungslosen. Kurpfuscher und Dilettanten allesamt.

Martha kaute angeekelt auf einem knackfrischen Radicchioblatt; Luise schlürfte kalten Soßenmatsch von der Gabel. Die anderen Mittagsgäste zahlten bereits und verließen nach und nach den Gasthof. Viele von ihnen kannten Luise samt ihren unorthodoxen Essgewohnheiten und lächelten im Vorbeigehen. Wie die Wirtsleute schienen auch sie der alten Dame die eigentlich nicht gesellschaftsfähigen Tischmanieren zu verzeihen.

Jawohl, Kurpfuscher und Dilettanten, aber ständig jammern über die anstehenden Gesundheitsreformen. Reingelegt hatten sie sie. Denn im vollen Vertrauen auf die diagnostischen Fähigkeiten der modernen Medizin am Beginn des 21. Jahrhunderts, hatte sie eingewilligt, die moribunde Tante bei sich aufzunehmen und bis zu ihrem Dahinscheiden aufopferungsvoll zu pflegen. Niemand sonst war dazu bereit gewesen. Als bescheidene

Gegenleistung hatte die Familie im Beisein von Onkel Wolf-Gerhard, diesem windigen Anwalt, Luises Testament zu ihren Gunsten ändern und unterschreiben lassen. Auch Marthas Verpflichtungen, inklusive des Wohnrechtes auf Lebenszeit, das sie der offenbar dahinsiechenden Tante zu gewähren hatte, um ihr den unwürdigen Umzug in ein Pflegeheim zu ersparen, war genauestens festgehalten worden.

Doch sie hatte sich zu früh gefreut. Kaum hatte sie recherchiert, dass allein Marthas Haus in Nürnberg runde 1,5 Millionen wert war, da erholte sich die schon so gut wie Tote wieder. Über Nacht war sie fieberfrei, konnte sich wenig später im Bett aufrichten, bekam Appetit, wollte fernsehen, reden, Mensch-ärgere-dich-nicht! spielen. Ausgerechnet. Die Ärzte waren ratlos. Die Familie erleichtert. Nicht einmal drei Wochen benötigte Tante Luise, um auf den Beinen und wieder fast ganz die Alte zu sein. Fast, denn Martha musste nun für sie kochen, einkaufen, ihre Wäsche waschen, sie waschen, ihr Alleinunterhalter sein, sie zum Seniorentanztee begleiten und zum Essen ausführen. Martha selbst hatte es unterschrieben. Und seit ihrer Wiederauferstehung war Luises Gesundheit auf unerklärliche Weise stabil. Weder die letzte Grippeepidemie noch die vielen Zeckenbisse, die sie sich ständig auf Spaziergängen zuzog, hatten ihr etwas anhaben können. Ein medizinisches Rätsel.

Martha hatte inzwischen ihren Salat gegessen, während Luise, die das Leben ihrer Nichte von morgens bis abends diktierte, noch immer um und in dem Karpfen schmatzte, popelte, pulte, fingerte.

Wenn Martha sie so betrachtete, ihre gelben Zahnstümpfe, ihren Kompotthut, der ihren fast kahlen Kopf verbarg, ihre enormen Tränensäcke, die immer mehr der Schwerkraft nachgaben, ihre alte Krankenkassenbrille mit zentimeterdicken Gläsern, ihre abgetragene Strickjacke, verlor sie fast den Boden unter den Füßen. Auch das zweite Glas Wein konnte daran nichts ändern. Dabei war ihre Tante reich, aber sie wollte so leben, mit diesen Zähnen und dieser antiquierten Brille, und mit ihr. Die Ahnung, dass dieser Zustand noch viele Jahre dauern konnte, machte den Abgrund, der sich unter ihren Füßen auftat, bodenlos.

Luise, die nie ein Wort während des Essens sprach, hörte abrupt auf zu schmatzen, sie hob ihre Hände über den Tisch und schnappte nach Luft. Wie einst der Karpfen, dessen Reste vor ihr lagen.

„Gräte!", röchelte sie und starrte ihre Nichte flehend an. „Gräte!" Dann sank sie, zeitlupenlangsam, Martha nicht aus dem hilfesuchenden Blick entlassend, seitlich auf die Sitzbank. Leiser, aber noch immer gut wahrnehmbar, hauchte sie noch einmal: „Gräte!" Ihr Mund öffnete und schloss sich wie ein Fischmaul.

Martha sah sich um. Das Wirtshaus war fast leer, nur am Stammtisch saßen noch ein paar Freunde der Wirtsleute und tranken Obstler. Sie kannte ihre Gesichter. Der Wirt kehrte seinen Gästen, Gläser polierend, den Rücken zu. Niemand konnte Luise, die noch immer pumpend auf der Bank lag, vom Stammtisch aus sehen. Der Tisch verwehrte jeden Blick. Martha lächelte.

Auf dem Nachbarstuhl lag ein Sitzkissen. Martha zog es von der Sitzfläche. Die Gäste am Stammtisch tranken auf den 1.FC Nürnberg. Martha legte das Kissen ihrer Tante aufs Gesicht, so, dass auch ihre Augen verschwanden, und presste es so fest sie konnte auf ihren Mund. Denn sie misstraute der Gräte, obwohl es die erste war, die sich Luises manischer Suche widersetzt hatte und Martha die einmalige und unvermutete Chance gab, unauffällig über den Abgrund zu gelangen. Was gar nicht so einfach war, denn sie konnte sich nicht über die Tante beugen, sondern musste dasitzen, wie sie immer dasaß, lächeln, wie sie immer lächelte, und neben sich, verdeckt durch die Tischplatte, ein Sitzkissen auf ein Gesicht pressen. Der Wirt polierte noch immer, die Stammgäste riefen Namen von Fußballspielern.

Die Tante rührte sich nicht mehr. Martha hob vorsichtig das Sitzkissen, das ein erstarrtes Gesicht freigab. Die Lider waren geschlossen, der Mund leicht geöffnet. Martha schielte zum Stammtisch hinüber: Fußballfieber. Sie setzte sich neben ihre Tante, richtete sie auf, nahm sie in den Arm und hustete erst zaghaft, dann laut und heftig. Als einer der Stammgäste endlich das Spielfeld verließ und nach der Ursache des Hustenanfalls fahndete, ließ sie Luise los und rief: „Helfen sie mir! Meine Tante hat eine Gräte verschluckt! Sie erstickt. Schnell, helfen sie mir!"

Als die Männerrunde zu ihr hinüber sah, sackte Luise seitlich auf die Sitzbank, wo sie regungslos liegen blieb.

Martha schrie auf.

Die Männer sprangen auf.
Die Tür zur Küche sprang auf.
Der Wirt ließ das Glas fallen.
Nach Sekunden des Zögerns wagte der erste Gast die wenigen Schritte zum Ort des Geschehens, schob die noch immer hysterisch schreiende Martha zur Seite und beugte sich über das erstarrte Gesicht. Entschlossen, aber ohne entsprechende Erfahrung, schlug er der alten Dame mit der flachen Hand vorsichtig auf die Wangen. Ihr Kopf rollte hin und her, ihre Augen blieben geschlossen.
„Das sieht böse aus", stellte der Mann fest. Seine Freunde, die sich inzwischen hinter dem Mutigen eingefunden hatten, nickten wortlos und waren erleichtert, einen so selbstbewussten Diagnostiker in ihrer Mitte zu haben.
„Und, Kalle, was jetzt? Wir müssen doch etwas machen", forderte der Zweitmutigste den Anführer auf.
„Klopf ihr doch mal auf den Rücken.", schlug ein kleiner Dicker vor, dem noch kein befriedigender Blick auf das Opfer gelungen war, und der es einmal rechts, dann wieder links versuchte, doch seine Freunde versperrten ihm den Weg.
„Wir brauchen einen Arzt!", entschied Kalle. „Und zwar schnell!"
„Schon unterwegs!", rief ihm der Wirt zu, den Telefonhörer noch in der Hand haltend. „Wir sollen Ruhe bewahren, die Frau in eine Seitenlage bringen, den Kragen öffnen und irgendwie sehen, dass sie halbwegs atmen kann."
„Leicht gesagt", entgegnete Kalle. „Im Moment scheint sie nämlich gar nicht zu atmen."

„Auf den Rücken! Auf den Rücken!", wiederholte der kleine Dicke, der nun zwischen Wirt und Tatort aufgeregt hin und her tanzte.

Kalle ignorierte also den telefonischen Ratschlag und richtete Luise auf, erst vorsichtig, dann immer heftiger schlug er der alten Frau mit der flachen Hand auf den Rücken, in der Hoffnung, die Karpfengräte werde irgendwie ihren tödlichen Griff lösen und den Hals verlassen. Auch der Wirt traf jetzt im Erste-Hilfe-Bereich ein, verschaffte sich, groß und kräftig wie er war, einen Überblick über die Situation, verschwand hinter seinem Tresen und kehrte wenig später mit Gläsern und einer Flasche Kirschwasser zurück. Das Küchenpersonal verharrte unentschlossen in der Tür zum Gastraum und überließ alles Notwendige der Stammtisch-Task-Force.

Kalle hatte die Patientin inzwischen wieder auf die Bank gelegt, da seine Schläge ohne Resultat geblieben waren. Er hob auch ihre Beine auf das Sitzkissen und öffnete, nun wieder ganz konform mit den telefonischen Anweisungen, den Kragen der alten Dame. Seinen Freunden und dem Wirt signalisierten diese Maßnahmen, die Kalle besonnen und wortlos durchführte, dass alles, was Amateure in diesem Fall tun konnten, getan war. Jetzt blieb ihnen nur noch die Hoffnung auf die Profiliga.

„Wie ist denn das passiert?", fragte der Wirt Martha, auf die sich erst jetzt die Aufmerksamkeit der Hilfsmannschaft richten konnte. Natürlich war dies eine rein rhetorische Frage, denn im Grunde wusste er, dass es beim Verschlucken einer Gräte nicht viel zu erklären gab. Entsprechend fiel auch die Antwort aus, die Martha, sich eine falsche Träne mit der Handfläche aus einem Auge wischend, dem Wirt gab: „Ich weiß es nicht. Plötzlich fing meine Tante an zu husten. Dann hat sie die Augen verdreht und ist ohnmächtig geworden. Das ist ihr noch nie passiert."

„Jedenfalls nicht bei mir", versicherte der Wirt, der die ausgefallenen Essgewohnheiten von Luise seit Jahren tolerierte. „Aber passieren kann so etwas natürlich immer. Na, hoffentlich ist es nicht so schlimm, wie es aussieht", beruhigte er Martha und reichte ihr ein bis zum Rand gefülltes Schnapsglas, das sie in einem Zug leerte.

„Ich fürchte schon", bekannte sich Kalle ohne Umschweife zur Realität, „denn so wie ich die Lage sehe, ist ihre Tante tot. Wie alt ist sie denn ... äh ... gewesen?"

„Zweiundachtzig", schluchzte Martha, das leere Glas dem Wirt vor die Flasche haltend.

„In dem Alter kann eine Gräte reichen.", meinte der kleine Dicke tröstend. „Bestimmt sogar. Denkt nur mal an Pfarrer Henze aus Erlbachengreuth. Da hat nicht mal ein Luftröhrenschnitt geholfen. Könnt ihr euch noch an das viele Blut erinnern? Der ist mitten auf dem Festplatz, vor allen Leuten, vor seiner Frau, einfach so ..."

„Heiner!", unterbrach ihn der Wirt, Martha mit einer dritten Schenkung beglückend.

„Na endlich!" Martinshornklänge drangen in den Gastraum, wurden rasch lauter und verstummten schließlich vor dem Wirtshaus. Die Task-Force stürmte zur Tür, um drei Weißgekleideten die Türen zu öffnen. Hände, Augen und ein Stethoskop huschten über Luise, Unverständliches wurde getuschelt, dann bemächtigten sich die Profis der Zweiundachtzigjährigen, wuchteten sie mit routinierten Griffen auf eine Trage und beförderten sie ins Innere des Rettungswagens. Neugierige Blicke folgten ihnen, registrierten jeden Handgriff, jede Miene. Die Münder der Zeugen, die allesamt vorgaben, den Weg der mörderischen Gräte aus nächster Nähe beobachtet zu haben, beschrieben die verschiedenen Grätenformen, die man in einem Aischgründer Karpfen finden konnte. Dünne weiche längliche. Kurze feste borstige. Gebogene, fast glasige. Unscheinbare gefährliche. Runde dicke harmlose. Dann schlossen sich die Türen des Wagens. Die Milchglasscheiben verwehrten jeden Blick ins Innere.

Martha war allein im Wirtshaus zurück geblieben. Obwohl sich die drei Schnäpse längst in ihrer Wahrnehmung eingenistet hatten, gönnte sie sich einen vierten auf Kosten des Hauses. Ihre Hände zitterten leicht, die Tat pochte in ihren Schläfen, doch ihre Gedankengänge führten sie längst in ein unbeschwertes Leben ohne Verpflichtungen.

Zwei der drei Häuser wollte sie so bald wie möglich verkaufen. Und nach Nürnberg ziehen. In die Stadt. Und kündigen. Gemeindeverwaltung ade. Kollegenschweine ade. Bürgermeister ade. Klüngel und Seilschaften ade. Und endlich die Welt erobern. Malediven und Sydney, Rio de Janeiro und New York. Ja, sie wollte noch in diesem Jahr nach New York fliegen. Und Tauchen im Roten Meer. In der Karibik. Im Indischen Ozean. Bilder und Sehnsüchte geronnen zu greifbaren Zukünften, die nun nichts Utopisches mehr besaßen, sondern durch einen Händedruck auf ein Kissen, das auf einem Mund lag, im Begriff waren, Realität zu werden. Denn die Ärzte würden die Gräte finden, die Gäste den Unfalltod bezeugen, die Beerdigung in wenigen Tagen stattfinden. Nicht einmal eine Untersuchung würde es geben, die Gräte würde alles erklären. Aus diesem Grund würde auch niemand das Tatwerkzeug suchen, also das Kissen, auf dem sie jetzt saß.

Nach und nach schlichen Kalle, der Wirt, der kleine Dicke und die anderen Gäste zurück in das Wirtshaus, trafen mit ernsten Mienen bei Martha ein, trösteten sie. Kalle versicherte ihr, frei von Schuld zu sein; der Wirt verfluchte den Karpfen mit seinen 104 Gräten; der kleine Dicke füllte sein Glas und leerte es mit einem Zug; das Personal drängelte sich noch immer neugierig-vorsichtig im Durchgang zur Küche. Martha schwieg, sie träumte und schwieg.

Im Rettungswagen legte der Notarzt eine kleine, unscheinbare Gräte in eine Nierenschale. Mit wohldosierter Hektik wurde an Luise hantiert. Ein Stethoskop wurde befragt, eine Ampulle angesägt, eine Spritze aufgezogen, die Atemmaske eines Sauerstoffgerätes von ihrem Gesicht entfernt. Ihre Lider zitterten, dann öffnete sie die Augen, starrte in das grelle Licht, das Ärzte immer und überall schätzen, öffnete wie ein nach Luft schnappender Fisch den Mund und röchelte, kaum hörbar, aber deutlich genug: „Martha!"

Das lassen wir kristallisieren

Blaue Verstrebungen trafen auf rote, grüne, gelbe und violette Kugeln und bildeten eine abstrakte Plastik, die ein Highlight der Documenta hätte sein können, so ästhetisch und filigran war sie konstruiert. Doch war sie kein statisches Gebilde, sondern von beweglichen Kugeln umgeben, die hier und da versuchten, Teil des Exponates zu werden, was ihnen jedoch nicht gelang. Von den Anbiederungsversuchen völlig unbeeindruckt, drehte sich die Plastik langsam in einem unbestimmbaren Raum. Da änderte sich die Brennweite und gab den Blick auf weitere Plastiken frei, die ebenfalls gelassen im Raum schwebten oder mit anderen Gebilden lose liiert waren.

Die Harmonie war jedoch nur von kurzer Dauer, denn plötzlich stürzten sich kleine Gebilde, die ebenfalls aus blauen Verstrebungen und verschiedenfarbigen Kugeln bestanden, auf die größeren Plastiken, erschütterten deren Struktur und zwangen die Verstrebungen, ein neues, ein symmetrisches Muster zu bilden und sich mit den anderen Plastiken zu einer Kette dieser Muster zu verbinden. Starr und unverrückbar stand nun ein nach strengen und klar erkennbaren mathematischen Kriterien proportioniertes Gebilde im Raum, das der Stahlkonstruktion eines modernen Hochhauses ähnelte.

Im Konferenzraum des Instituts für Experimentelle Mineralogie der Universität Söggingen verdrängte langsam Tageslicht, das durch die sich öffnenden Jalousien flutete, das Bild des sonderbaren Gebildes, das ein Beamer an die Projektionswand geworfen hatte. Zwei Frauen und fünf Männer zwinkerten leicht mit ihren Augen, um sich an den Lichtwechsel zu gewöhnen, wandten ihre Blicke von der nun weißen Projektionswand ab, rückten mit den Stühlen und begannen, sich gegenseitig zu mustern, versuchten, in den Mienen der anderen ein Urteil über das eben Gesehene zu erhaschen. Lange Sekunden verstrichen, ehe einer der Männer das Wort ergriff und einen Satz in den Raum stellte: „Das lassen wir kristallisieren."

„Wie bitte?"

„Faust. Der Tragödie zweiter Teil. Zweiter Akt. Im Laboratorium. Wagner spricht diesen Satz, während er den Homunculus erschafft", erklärte Dr. Bastmüller.

„Mag sein, aber wir sind hier nicht in einem germanistischen Seminar", frotzelte Dr. Rahmer von der Deutschen Forschungsgemeinschaft, der nach Söggingen gekommen war, um sich vom neuen Forschungsprojekt der Mineralogen ein eigenes Bild zu machen. „Weder überzeugt mich dieses fragwürdige Zitat, noch die wirklich fabelhafte Computeranimation. Zugegeben, die Welt der Bilder hat das Ziel ihres Projektes eindrucksvoll demonstriert, hat veranschaulicht, was zumindest theoretisch im Bereich des Möglichen liegen könnte, ich betone *könnte*, aber das heißt noch lange nicht, dass sich dieses Ziel auch in die Laborwirklichkeit überführen lässt. Und zwei Millionen Euro sind eine Menge Geld. Bedenken Sie das. Ganz zu schweigen von der Idee, dieses neue Kristallisationsverfahren in einem ebenfalls kostspieligen Experiment an Bord der ISS testen zu wollen."

„Ich verstehe Ihre Bedenken, Herr Rahmer", entgegnete Prof. Hartmuth, der Leiter des Instituts, „doch hat meiner Ansicht nach die Computeranimation plausibel gemacht, dass das von uns entwickelte Verfahren funktionieren kann."

„Kann!", unterstrich Dr. Rahmer, der breit und überlegen auf seinem Stuhl thronte. Sein Bauch hielt seine Weste auf Spannung, seine Krawatte war gepunktet, seine Haare grau, aber voll, seine rechte Hand ließ einen Designerfüller rhythmisch auf der polierten Tischplatte tanzen.

„Es wird funktionieren", versicherte Dr. Bastmüller, der Assistent des Institutsleiters, dessen Haare auch grau, aber kaum noch vorhanden waren, außerdem trug er einen weißen Laborkittel, der keinen Bauch erkennen ließ. Er war jünger als Rahmer, wenn auch kein Jungakademiker mehr. Seine rechte Hand klebte feucht auf einem Konzeptpapier. „Erste Tests haben das gezeigt. Mit dem Wagner-Verfahren ..."

„ ... ach, jetzt verstehe ich, daher der Name ..."

„ ... genau. Jedenfalls lassen sich mit dem Wagner-Verfahren nicht nur die üblichen Kristalle beschleunigt züchten, es lassen sich auch eine ganze Reihe von Substanzen und Verbindungen in Kristalle überführen, die bislang nicht in kristalline Strukturen zu zwingen waren. Stellen Sie sich vor, welche ungeahnten Möglichkeiten sich für verschiedene Forschungsbereiche und für die Industrie aus dem Wagner-Verfahren ergeben werden. Neue optische Speicher für Computer, neue Mikroprozessoren, neuartige Linsen für die Lasertechnik, neue ..."

„Danke, danke", unterbrach Rahmer den Vortrag des Mineralogen, „ich habe Ihr Konzept und Ihren Antrag ausführlich gelesen, doch wie Sie selbst eingestehen müssen, sind die Erfolgsaussichten äußerst vage. Aus quantenphysikalischer Sicht scheint mir Ihr Verfahren, Sie verzeihen, ziemlich abenteuerlich zu sein. Vielleicht haben Sie es deshalb auch nach einem Alchimisten benannt. Wie auch immer, es tut mir leid, aber Ihre Argumentation überzeugt mich einfach nicht. Ich bin also gespannt auf die angekündigte Demonstration heute Nachmittag in Ihrem Labor."

Klaus Bastmüller packte Rahmer mit seinen Augen und ließ ihn nicht mehr los. Er kannte ihn. Er wusste, dass auch diesmal die dringend benötigten Forschungsgelder nicht fließen würden. Es war das Gesetz der Serie. Schon zweimal war ihm Rahmer in die Karriere gegrätscht, hatte ihn gefoult, hätte fast seine Dissertation scheitern lassen, hatte ihn in Erlangen um Jahre zurückgeworfen und war nun dabei, den Ruf und die weitere Existenz des Instituts zu gefährden, und nicht zuletzt seine Habilitation, die von dem Erfolg des Wagner-Kristallisationsverfahrens abhing.

Einer großen Universität hätte Rahmer die Forschungsgelder bestimmt nicht verweigert, doch gegenüber einer kleinen schwäbischen Privatuniversität ließ er gerne einmal die Muskeln spielen, das war bekannt, selbst wenn das Nobelpreiskomitee in die Provinz schielen sollte. Außerdem hatte er ein ausgeprägtes Faible für die Teilchenphysiker, deren Anträge er oft mit wohlwollenden Gutachten befürwortete. Aber für exotische Disziplinen wie die Geowissenschaften im Allgemeinen und die Mineralogie im Besonderen hatte er kaum Verständnis. Kristalle züchten? Für Rahmer waren das Aufgaben für *Jugend forscht* und für Kosmos-Experimentierkästen, nicht aber für seriöse Wissenschaftler. Er war nicht im Mindesten gewillt, sich das ungeheure Potential auch nur vorzustellen, das mit dem neuen Kristallisationsverfahren verbunden war.

Bastmüller betrachtete seinen Mund, seine Lippen, die sich unentwegt bewegten, alle Argumente zerredeten, nichts gelten ließen, was der Institutsleiter und seine Kollegen ins Feld führten. Seine Miene verriet Willensstärke, Arroganz und Selbstbewusstsein, der Mann war nicht zu überzeugen, sein Urteil war bereits gefällt. Und sein Begleiter, dessen Namen er vergessen hatte, und der schüchtern und bieder neben ihm kauerte, war bislang nur durch fortwährendes Beipflichten und Nicken in Erscheinung getreten. Den konnte man also gleich vergessen.

Bastmüller bahnte sich durchs Möglichkeitsfeld, sondierte seine Zukünfte und stieß erneut auf das Gesetz der Serie: Ohne Forschungsgelder waren fünf Jahre Forschung, waren fünf Jahre Lebenszeit vergebens gewesen, konnte er seine Habilitation vergessen und somit auch eine mögliche Professur, eigener Lehrstuhl inklusive. In seinem Alter blieb da nur noch der Job als ewiger Assistent ohne Renommee und Aufstiegschancen. Eine Dozentenleiche. Ein Mittelbauakademiker. Ein Wasserträger. Ein Klausuren- und Hausarbeitenkorrigierer.

Wut flackerte in ihm auf und wurde zur Fackel, mit der er hastig nach Auswegen suchte. Fündig wurde er jedoch erst einmal in den Augen seines Chefs, die verständnislose Wut signalisierten. Ein stummer Dialog begann, Augenbrauen hoben und senkten sich, Köpfe nickten, Mundwinkel arbeiteten. Bastmüller war klar, dass auch der Institutsleiter, seit Jahren schon ein guter Freund, über dem Karriereabgrund schwebte, sollte Rahmer zu einem negativen Urteil kommen. Irgendwie hatten sie diese Gefahr verdrängt, hatten sich in die Arbeit vertieft und ein Ausbleiben der unbedingt notwendigen Forschungsgelder nur ganz am Rande ins Kalkül gezogen. Erst jetzt hatte sie Rahmer abrupt in die Wirklichkeit und auf die Klippe gejagt. Doch ihre Blicke verrieten, sich auf keinen Fall in den Abgrund stoßen zu lassen, was auch immer sie dagegen unternehmen mussten.

Bastmüller erhob sich von seinem Stuhl, ergriff die Kaffeekanne, unterbrach den Redefluss des Besuchers und bot ihm eine weitere Tasse an. Während des Eingießens stieß er gezielt unachtsam ans Porzellan. Kaffee flog durch die Luft.

„Können Sie nicht aufpassen?!", war die harsche Antwort Rahmers, dessen Begleiter sofort aufsprang, um mit einer Serviette das Jackett seines Chefs mütterlich zu betupfen. Dieser wehrte jedoch die erfolglosen Versuche ab, packte stattdessen seinen Famulus am Ärmel und verschwand mit ihm wortlos in Richtung Herrentoilette. Auch die

Institutsmitarbeiter hatten sich von ihren Plätzen erhoben.

„Wir treffen uns um Punkt 13.00 Uhr im *Alighieri*", sagte Hartmuth zu seinen Mitarbeitern, die bis auf Bastmüller den Konferenzraum verließen. Die Tür fiel ins Schloss, plötzlich war es still.

„Was können wir tun?", fragte der Institutsleiter, mit der Serviette spielend, die ihm der Famulus gerade in die Hand gedrückt hatte.

„Wir? Gar nichts. Ich werde etwas tun", antwortete Bastmüller.

„Aber doch nichts ..., ich meine ..., ich kenne dich ..."

„Das werde ich dir nicht sagen. Kümmere du dich um Rahmer. Ich brauche ein bisschen Zeit. Überlass den Rest mir. Wir bekommen die Forschungsgelder. Verlass dich drauf. Rahmer wird kein Gutachten schreiben."

„Aber ... was ...?"

„Aber los jetzt, sonst ist alles zu spät."

Hartmuth warf seinem Freund und Kollegen noch einen Blick zu, der Furcht, Hoffnung und Zustimmung zu allem Möglichen gleichermaßen zum Ausdruck brachte, zögerte, drehte sich dann aber doch um und marschierte mit leicht beschleunigten Schritten auf die Tür zu.

Bastmüller nahm sich Rahmers Koffer vor, der verwaist auf dem Konferenztisch liegen geblieben war. Einem spontanen Einfall folgend, langte er in die Taschen seines weißen Laborkittels, zog zwei Laborhandschuhe heraus, streifte sie über und öffnete den Deckel. Behutsam kramte er in den Papieren, schob eine Mappe bei Seite, sah die Fächer durch und stieß schließlich auf eine Packung mit Ampullen und Einwegspritzen.

„Ich wusste es doch", sprach er zu sich, „Rahmer ist auch Diabetiker. Ist mir schon in Erlangen aufgefallen. Vier Ampullen. Aluminiumverschluss. Kein Problem. Wozu haben wir ein gut ausgestattetes Labor."

Bastmüller steckte die Packung in eine Kitteltasche, zog die Handschuhe aus, ließ auch sie verschwinden, schloss den Koffer und verließ mit ihm den Raum.

Im *Alighieri* traf man sich wieder. Rahmer hatte darauf bestanden, nicht in der Mensa zu essen, sondern in einem Restaurant, in angemessener Atmosphäre, wie er meinte. Das *Alighieri* war zwar nur eine kleine Pizzeria, hatte aber den Mitarbeitern des Instituts schon oft, vor allem an langen Forschungsabenden, mit ebenso einfacher wie guter Küche den Hunger vertrieben.

„Haben Sie meinen Koffer?", fragte Rahmer, noch bevor er seinen Mantel abgelegt hatte.

„Aber selbstverständlich", nickte Bastmüller und übergab dem strengen Gutachter das schwarze Leder. Rahmer, mit noch immer sichtbaren Flecken auf dem Jackett, verzichtete auf einen Dank, öffnete den Koffer, nahm sich, was er vor dem Essen unbedingt brauchte, und verließ für einige Zeit den Gastraum, während die anderen ihre Plätze an einem reservierten Tisch aufsuchten.

„Was hast du ...?", flüsterte Hartmuth in Bastmüllers Ohr.

„Geht dich nichts an. Ist besser so."

Nach Rahmers Rückkehr gab jeder bei Giuseppe, dem Chef und Inhaber, seine Bestellung auf und nutzte die halbwegs entspannte Atmosphäre, um den Gutachter auf die bisherigen Leistungen des Instituts aufmerksam zu machen. Doch diese Bemühungen waren ebenso vergebens wie die späteren Demonstrationsversuche im Labor. Zwei Stunden lang führten sie ihn von Versuchsreihe zu Versuchsreihe, ließen ihn durch Mikroskope schauen, hielten ihm Reagenzgläser unter die Nase und zeigten ihm natürliche und synthetische Kristalle. Doch so sehr sich Hartmuth und Bastmüller auch bemühten, Rahmer ließ sich nicht überzeugen.

„Hier sehen Sie einen von uns gezüchteten Magnesium-Turmalin, auch Dravit genannt. Er zählt übrigens zu den Silikaten, wie der Beryll oder der Topas", erläuterte Hartmuth.

„Ganz schön, Ihre Smaragdsammlung, aber letztendlich ja wohl ohne Bedeutung und Bestand, wenn ich Sie richtig verstanden habe", kommentierte Rahmer.

„Ja, leider hat der Sauerstoff der Luft, sagen wir mal, einen schlechten Einfluss auf das Wagner-Elixier. Bislang jedenfalls haben sich sämtliche unserer synthetischen Kristalle als instabil erwiesen. Nach einer gewissen Zeit verlieren die chemischen Verbindungen ihre kristalline Struktur wieder und kehren in ihren Ausgangszustand zurück. Aus eben diesem Grund sind wir ja auf die Forschungsgelder angewiesen, denn wir vermuten noch einen immensen Forschungsaufwand, um die Wirkung des Elixiers zu stabilisieren", sagte Hartmuth und deutete mit dem Finger auf eine unscheinbare, farblose Flüssigkeit, die in einem Reagenzglas auf ihren Einsatz wartete. „Vor allem von den Experimenten in der Schwerelosigkeit erhoffen wir uns wichtige Erkenntnisse."

Rahmer schmunzelte, sein Famulus schmunzelte. Beide verließen noch am selben Tag Söggingen, nicht ohne dem Institutsleiter zuvor mitgeteilt zu haben, in spätestens vier Wochen ihr Gutachten vorzulegen.

Doch dazu kam es nicht. Denn drei Tage nach dem denkwürdigen Besuch war in jenen Zeitungen, die eine Wissenschaftsrubrik besaßen, vom plötzlichen Tod Rahmers zu lesen. Der renommierte Physiker sei, so hieß es allgemein, an den Folgen einer schweren Diabetes gestorben oder einer noch unbekannten Infektionskrankheit zum Opfer gefallen. Natürlich fand diese Mitteilung kaum Beachtung, denn Rahmer war nur in gewissen Fachkreisen namhaft gewesen.

Lediglich in Söggingen, im Institut für Experimentelle Mineralogie, schlug die Nachricht vom Tod des DFG-Mitarbeiters wie eine Bombe ein, abgesehen natürlich von Hartmuth und Bastmüller, die schon am Tag zuvor die Zeitungen nach einer entsprechenden Meldung durchsucht hatten.

„Das Wagner-Elixier hat tatsächlich gewirkt", schnaufte Hartmuth, als er zum wiederholten Male die Zeilen überflog. „Es hat tatsächlich gewirkt."

„Aber nur für kurze Zeit", entgegnete Bastmüller und stellte sich das im Entsetzen erstarrte Gesicht des Toten vor, der auf einem Edelstahltisch auf seine Obduktion wartete; sah einen Gerichtsmediziner, der sein Skalpell ansetzte und es nach einem kleinen Schnitt maßlos erstaunt zurückzog, denn aus den geöffneten Adern rieselten lauter kleine, rubinrote Kristalle wie Salz aus einem Salzstreuer. Irritiert machte sich der Mediziner auf den Weg zu einem Kollegen, womöglich seinem Chef, doch als er mit diesem zur Leiche zurückkehrte, waren die Kristalle bereits verschwunden, hatten sich wieder in Blut verwandelt, das längst damit beschäftigt war, den Gerinnungsprozess nachzuholen. Während der Mediziner beteuerte, sich nicht getäuscht zu haben, verschwand sein Chef kopfschüttelnd in einem der Gänge.

„Glaubst du, er wurde obduziert?"

„Kann sein", antwortete Bastmüller, „doch das spielt für uns keine Rolle. Entweder haben sich die Kristalle noch in den Adern wieder aufgelöst, oder gleich nach dem ersten Schnitt."

„Und das Elixier lässt sich bestimmt nicht nachweisen?"

„Wie denn? Du kennst es doch so gut wie ich. Du hast es doch selbst mit entwickelt. Du kennst doch seine Struktur. Wer immer da auch sucht, er wird nichts finden, was ihm verdächtig erscheinen könnte."

Hartmuth lehnte sich erleichtert zurück. Er hatte beschlossen, den Argumenten seines Freundes zu folgen und auf eine zweite Chance zu hoffen. Auch wenn ihm Mord nicht unbedingt das geeignete Mittel zu sein schien, Bastmüller hatte mit seiner Tat auch seinen Stuhl gerettet, vielleicht sogar sein Lebenswerk, hatte ihm Luft verschafft, die er dringend benötigte. So gesehen, und angesichts der Tragweite der Erfindung, war die Beseitigung

Rahmers auch als Akt der Notwehr zu verstehen. Hartmuth hatte sich längst entschieden, diesen Begriff auf die Tat Bastmüllers anzuwenden.

„Was meinst du, wen werden die uns jetzt schicken?"

„Keine Ahnung, vielleicht Gerlach oder Weber."

„Aber was machen wir, wenn auch einer von ihnen mauert?"

„Wir werden schon einen Weg finden. Gerlach und Weber sind auf jeden Fall eher zu überzeugen als Rahmer. Falls nicht, muss noch einmal Wagner zeigen, was er kann."

„Das lassen wir kristallisieren?"

„Das lassen wir kristallisieren."

Die Amtskette

"Na, was darf's denn sein?", fragte der Wirt und blickte der Reihe nach die vier jungen Frauen an, die sich, wie jeden Freitag, am Stammtisch eingefunden hatten.

"Was empfiehlst du uns?", lautete die Gegenfrage.

"Ja, was hat Linda heute zu bieten?"

"Sauerbraten mit Kraut und Kloß", antwortete der Wirt und hätte die Bestellung gar nicht mehr abzuwarten brauchen, denn er kannte den Geschmack seiner Stammgäste. Aber er legte ein wissendes Schmunzeln auf und sah Marie Kerschbaum an, die eine Art Sprecherin des Damenstammtisches war, obwohl sie sich nie einer Wahl gestellt hatte.

"Genau das nehmen wir", sagte sie erwartungsgemäß, ihre schwarzen Locken mit einer Hand knetend, ohne sich mit ihren Freundinnen zu beraten. "Und vier Pils, oder?"

Die anderen drei Frauen nickten wortlos, der Wirt verschwand zu seiner Frau in die Küche des Landgasthauses am Dorfbrunnen in einem kleinen Dorf am Rande des Steigerwaldes. Fränkisches gab es hier, fränkisches Bier aus Pahres, Aischgründer Karpfen und natürlich Fränkischen Sauerbraten, serviert in einem fränkischen Fachwerkhaus, dessen Alter sich nicht mehr exakt bestimmen ließ.

"Bei uns gibt's eigentlich eine ganze Menge saurer Gerichte". Mit dieser Bemerkung begann Helga Möhring das Stammtischgespräch. "Saure Lunge zum Beispiel."

„Und Saure Zipfel", warf Beate Dehn ein.
„Oder Sauerkraut", ergänzte Hedwig Bodenstein.
„Außerdem gibt's noch Sauerteig, Sauerkirschen, Sauermilch und Sauerampfer", fuhr Marie fort.
„ Und ... und ... Sauerstoff", meinte Beate nach kurzem Grübeln.
„Sauerstoff ist doch kein Gericht", kommentierte Marie kopfschüttelnd.
„Aber man braucht es zum Leben", verteidigte sich die Angesprochene. „Denn wenn man keinen Sauerstoff bekommt, dann ist es aus."
„So wie mit dem alten Zehgruber", sagte Hedwig.
„Hast du etwas gehört? Ist der wirklich ermordet worden?", riss Helga die Augen auf.
„Ja", antwortete Hedwig mit gedämpfter Stimme. „Der Schlenzgers Gerch hat's mir vorhin erzählt. Sein Onkel ist doch in Neustadt bei der Polizei. Erwürgt worden ist er, hat der Arzt gesagt, mit einem Gürtel oder einer Kordel."
„Ein Mord in Schornweisach", raunte Helga. „Das hat's ja noch nie gegeben. Bestimmt ist es der erste überhaupt."
„Zuerst hat's nach einem plötzlichen Herztod ausgesehen", flüsterte Hedwig, „doch dann ist dem Arzt die rote Verfärbung am Hals aufgefallen. Und nun, sagt der Gerch, wird wegen Mordes ermittelt."
„Gibt's denn schon eine heiße Spur?", bohrte Helga, die Klatsch und Tratsch über alles liebte. Mehrfach hatte sie sich schon mit dem Weiterreichen und kreativen Ergänzen von lokalen Gesellschaftsnachrichten in Teufelsküche gebracht, hatte schwerkranke Menschen vorauseilend für tot erklärt und dem Pfarrer des Nachbarortes eine heiße Affäre

mit einer Weinkönigin nachgesagt. Erst Helgas öffentliche Entschuldigung hatte sie vor einer Anzeige und den Pfarrer vor dem Zorn des Kirchenrates bewahrt.

„Nein", berichtete Hedwig, „noch tappen die völlig im Dunkeln. Keine Tür und kein Fenster wurden aufgebrochen, und nichts scheint zu fehlen. Dabei hat der alte Geizhals doch bestimmt jede Menge Geld im Haus gehabt."

„Der alte Zehgruber, wer hätte das gedacht", bemerkte Beate.

„Na ja", meinte Helga, „wenigstens hat's den Richtigen erwischt. Ich konnte den alten Grabscher und Gaffer jedenfalls nicht ausstehen."

„Ich auch nicht", brummte Marie.

„Und ich noch weniger", gab Hedwig zu. „Der wollte mir immer an die Wäsche, wenn der bei meinen Eltern ins Geschäft kam. Hat mich einfach so angefummelt, der alte Bock, konnte seine Finger nicht auf dem Ladentisch lassen. Meistens bin ich gleich geflüchtet, wenn ich den vor der Tür habe stehen sehen."

„Mir ist der auch schon mal an die Bluse", bestätigte Beate und zündete sich eine Zigarette an.

Ihre Freundinnen folgten diesem Beispiel und warteten mit der Fortsetzung ihres Gesprächs, bis der Wirt die vier Pils serviert hatte und zum nächsten Tisch verschwunden war.

„Du hast Recht", sagte Marie, „der alte Zehgruber war eine alte geile Sau. Ich könnte da noch ganz andere Geschichten erzählen. Der hat ganz schön was auf dem Kerbholz, das sage ich euch. Denkt bloß man an die Ruth."

„Meinst du, der Zehgruber hat sie damals ...?"

„Wer soll es denn sonst gewesen sein? Hannes oder Willi etwa? Auch wenn die Untersuchung damals nichts ergeben hat, es war der Zehgruber. Heute wäre das mit einem Gentest kein Problem, da hätte er keine Chance gehabt. Aber vor ... wie lange ist das jetzt her? Dreizehn Jahre? Da gab´s das noch nicht. Heute wäre der fällig gewesen."

„Also der alte Zehgruber ...", begann Helga.

„Jede Wette", sagte Marie, „aber das behältst du bitte für dich. Beweisen kann ich es schließlich nicht. OK?"

„OK", nickte Helga.

„Na, wenn das so ist", meinte Hedwig, „dann könnte man ja fast auf den Mörder anstoßen und hoffen, dass er nicht erwischt wird."

„Ich habe nichts dagegen", tuschelte Marie, „aber nicht so laut. Muss ja keiner wissen."

Die vier Frauen griffen in die Henkel und erhoben kommentarlos ihre Bierseidel, jede in andere Gedanken verstrickt, die um den Zehgruber und sein abruptes Ableben kreisen. Bis der Wirt den Sauerbraten auftrug, hielt ihr Schweigen an, stocherte jede in Erinnerungsfetzen, Bildern und Ahnungen, sah jede den alten Zehgruber noch immer durch den Ort laufen, kaum jemanden grüßend, ein Einzelgänger, der in Neustadt bei Haselmeyer & Co arbeitete und Frauen unverhohlen sonderbare Blicke zuwarf.

Es gab auch einen jungen Zehgruber, der jedoch mit dem alten nicht einmal entfernt verwandt und auch nur einige Jahre jünger als dieser war. Wie man ihn jetzt wohl nennen würde, nun, da der alte tot war? Nur noch Zehgruber? Wahrscheinlich würde er sein Attribut behalten, denn Änderungen von Beinamen kamen hier nur höchst selten vor.

„Mensch, die Linda kann wirklich gut kochen", unterbrach schließlich Beate die verzweigten Gedankengänge ihrer Freundinnen.

„Allerdings", schmatzte Marie. „Das muss man ihr lassen, kochen kann sie. Ich würde das nie hinkriegen."

„Die Sache mit der Amtskette damals, war da nicht auch der Zehgruber in Verdacht", griff Helga, die nicht von dem Thema lassen konnte, den Faden wieder auf.

„Welche Amtskette?", fragte Beate.

„Die Amtskette des Bürgermeisters. Aber das war, bevor ihr hierher gezogen seid", erzählte Hedwig. „Der alte Zehgruber war nämlich vor Jahren auch mal im Gemeinderat und wollte sogar Bürgermeister werden. Aber bei der Wahl ist er glatt durchgefallen, als Bürgermeister wollte den dann doch keiner haben. Gleich am nächsten Tag hat er alle Ämter hingeschmissen und den Gemeinderat verlassen. Gewählt wurde übrigens Maries Vater, der ja auch heute noch Bürgermeister ist."

„Und die Amtskette?", bohrte Beate.

„Die wurde kurze Zeit später aus dem Rathaus gestohlen. Der Fall wurde nie geklärt, doch ging das Gerücht um, der alte Zehgruber habe sie sich geholt, weil er nicht Bürgermeister geworden ist. Noch Soße?"

„Meim banke", antwortete Beate, die ihrem Mund gerade einen viertel Kloß übergeben hatte.

„Und seit diesem Einbruch ist die Amtskette verschwunden", fuhr Hedwig fort und leerte fast die ganze Sauciere auf ihrem Teller.

„War die eigentlich wertvoll?", fragte Beate, nachdem sie den Viertelkloß niedergerungen hatte.

„Die Kette nicht", antwortete Marie, „aber die Münze. Sie soll aus dem Jahr 1716 stammen und aus purem Gold sein."

Beate nickte, ein weiterer Viertelkloß hinderte sie am Sprechen, nicht aber daran, sich einen riesigen Taler vorzustellen, der schwer an einer barocken Amtskette hing, die wiederum Hals und Brust eines Bürgermeisters zierten, der in diesem Fall, da sie ihn nun einmal kannte, Maries Vater war.

„Vielleicht ist der alte Zehgruber wegen der Amtskette ermordet worden?", spekulierte sie, nachdem ihr Mund einen erneuten Sieg davongetragen hatte.

„Das glaube ich nicht", meinte Hedwig, „dann hätte der Mörder ja wissen müssen, dass Zehgruber die Kette damals gestohlen hat."

„Bestimmt ist ihm die Luft abgedreht worden, weil er wieder einmal einer an die Wäsche wollte", meinte Marie.

„Womöglich mit der Amtskette", grinste Hedwig.

„Warum nicht", nickte Marie, „denn sie wäre doch ein ideales Tatwerkzeug, das der Täter nach der Tat hätte verschwinden lassen können, ohne dass einer danach gesucht hätte."

„Stimmt", gab ihr Helga Recht. „Da er sie offiziell gar nicht besessen hat, steht sie auch auf keiner Liste der Polizei."

„Das mag ja alles sein", schmatzte Beate. „Aber wer ist es denn nun wirklich gewesen? Habt ihr eine Idee?"

„Die Polizei hat jedenfalls keine, das weiß ich vom Gerch", sagte Hedwig. „Aber wenn ihr mich fragt, das kann nur einer aus dem Ort gewesen sein. Da hat jemand noch eine Rechnung offen gehabt mit dem alten Zehgruber."

„Da bin ich mir sogar ganz sicher", stimmte ihr Marie zu.

„Und ausgekannt hat er sich, der Mörder", vermutete Helga, „denn wie wäre er sonst in sein Haus gelangt, ohne etwas zu beschädigen?"

„Ganz einfach", sagte Marie, „er hat an der Vordertür geklingelt."

„Mensch, du könntest Recht haben. Er hat dem Mörder selbst die Tür geöffnet", tuschelte Beate. „Wahrscheinlich hat er seinen Mörder sogar gekannt."

„Und so leicht gesehen werden, konnte der Mörder auch nicht, denn Zehgrubers Haustür ist doch von der Straße aus gar nicht zu sehen, wegen der vielen Sträucher und Bäume in seinem Vorgarten", fügte Hedwig hinzu.

„Wenn er keine Fingerabdrücke oder andere Spuren hinterlassen hat, dürfte er schwer zu finden sein", meinte Helga. „Da müsste man schon jeden aus dem Dorf nach seinem Alibi fragen."

„Damit kommst du auch nicht weit", entgegnete Hedwig, „denn der Gerch hat gesagt, er sei so zwischen 22 Uhr und Mitternacht ermordet worden. Da haben doch die meisten vor der Glotze gehockt oder längst tief und fest geschlafen. Für den Zeitraum hat kaum einer ein Alibi."

„Stimmt", gab Beate erstaunt zu, „ich habe gestern auch geglotzt, die neue Serie, ihr wisst schon, die mit dem dicken Schauspieler, wie heißt der gleich noch? Auf jeden Fall war ich allein zu Haus, denn der Peter ist ja immer noch in München."

„Siehst du", grinste Hedwig, „und so geht es den meisten. Ohne konkrete Spur läuft da gar nichts."

„Hier läuft aber auch nichts mehr", schmunzelte Marie, stemmte ihren leeren Bierseidel in die Luft und rief in Richtung Tresen: „Noch mal vier Pils!"

Als der Wirt die Seidel brachte, waren nicht nur die geleerten Teller bereits vom Tisch, sondern auch der alte Zehgruber und sein mutmaßlicher Mörder. Helga hatte spontan den umfangreichen Themenkomplex ´Wer mit wem?´ auf die Tagesordnung gesetzt und sich ebenso spontan zur Hauptreferentin ernannt. Die Müllers Claudia war mit dem Albrechts Toni im Freibad gesehen worden, während die Frau vom Toni viele Abende und jedes Wochenende in Erlangen verbringen soll. Und die Hanne, also die aus Uehlfeld, die soll wieder in festen Händen sein, und diese Hände würden einem gewissen Wolfgang gehören. Auch einen gemeinsamen Urlaub hätten die beiden schon verbracht. Die Sensation sei jedoch die Vera aus Demantsfürth, die kürzlich ...

Ehe sich die vier jungen Frauen versahen, war es nach zwölf und somit Zeit, den Heimweg anzutreten. Umarmungen und Wangenküsschen vor dem Dorfbrunnen beendeten den gemeinsamen Abend, denn nun wählte jede einen anderen Weg. Als einzige musste Hedwig fahren, wenn auch nur vier gute Kilometer. Die anderen schlossen ihre Jacken, denn es war frisch geworden. Der Herbst, so schien es, hatte sich nun doch durchgesetzt.

Als Marie in den schmalen Weg einbog, der zu ihrem Haus führte, sah sie sich kurz um und öffnete ihre Lederjacke, aus deren Innentasche sie eine längst museumsreife Amtskette zog. Das hohe Alter der Münze, die die Kette zierte, ließ diese daher auch nicht golden, sondern gülden im Mondlicht glänzen.

Marie hängte sich die Kette wie eine Trophäe um den Hals und marschierte mit ihr die letzten Meter. Sie trug die Kette mit Würde und einem Gesichtsausdruck, der auf Zufriedenheit und Erleichterung schließen ließ.

Flambeau

„Noch einmal der Reihe nach und zum Mitschreiben", sagte der Beamte mit gezücktem Block und bereits agierendem Kugelschreiber. „Sie haben den Pokal entdeckt?"

„Aufgespürt", antwortete der kleine, schmächtige Pfarrer, „ich habe ihn aufgespürt. Außerdem handelt es sich um einen Kelch. Um den Kelch Franz von Wöckingens. Das sagte ich Ihnen doch schon."

„Was meinen Sie mit aufgespürt?"

„Als ich vor zwei Jahren Pfarrer dieser Gemeinde wurde, kam mir die Sage vom Höhenberger Kirchenschatz zu Ohren. Kurz vor Ende des 30jährigens Krieges, so wurde mir erzählt, soll einer meiner Vorgänger einen Schatz in unserer Kirche versteckt haben, um ihn vor marodierenden Soldaten in Sicherheit zu bringen."

„Den Pokal."

„Kelch. Es ist ein Kelch", schüttelte der Pfarrer den Kopf. „Jedenfalls berichtet die Sage, die Soldaten hätten den Pfarrer sogar gefoltert, doch dieser habe kein Wort gesagt und das Geheimnis mit in den Tod genommen. Seither haben immer wieder Leute versucht, den Schatz zu finden."

„Was Ihnen gestern schließlich gelungen ist. Aber wie haben Sie ...?"

„Menschenkenntnis, Kombinationsvermögen und Intuition", erklärte der Pfarrer erhobenen Hauptes mit einer Spur Understatement. „Ich habe mich einfach in die Lage meines bedauernswerten

Vorgängers versetzt. Die Kirche ist ja baulich seit dem 30jährigen Krieg kaum verändert worden."

„Bis auf eine Kleinigkeit."

„Und eine winzige noch dazu. Ich habe Sie Ihnen ja gezeigt. Ein simples Maßband hat ausgereicht, sie aufzuspüren."

„Wer war bei der Öffnung der Mauer anwesend?"

„Dr. Friedrich Möller vom Institut für Regionalgeschichte der hiesigen Universität, Hartmut Winge, der Baudenkmalpfleger des Landkreises, und Peter Joksch, unser Küster."

„Und warum haben Sie den Po ..., den Kelch hier im Pfarrhaus verwahrt, anstatt ihn Herrn Dr. Möller oder Herrn Winge anzuvertrauen?"

„Weil beide natürlich nicht damit gerechnet hatten, dass der Schatz tatsächlich existiert und ich sein Versteck aufgespürt habe. Die haben vielleicht Augen gemacht, nachdem Joksch die ersten Steine aus der Wand gestemmt hatte und das Gold zum Vorschein kam."

„Das beantwortet nicht meine Frage."

„Dr. Möller und Herr Winge hatten noch Termine, und da wollten sie die Verantwortung nicht übernehmen. Sie waren damit einverstanden, den Kelch bis heute hier im Tresor der Pfarrei aufzubewahren. Um 14 Uhr wollte Dr. Möller ihn dann abholen und ins Institut bringen."

„Aber Sie sagten doch, die Kombination dieser Antiquität, die Sie als Tresor bezeichnen, sei allgemein bekannt?"

„Allgemein nun nicht gerade. Pfarrer Antonius, der in den fünfziger Jahren dieses Monstrum erworben hat, hat leider den Fehler begangen, ausgerechnet die Postleitzahl Höhenbergs, also die alte, vierstellige, als Kombination einstellen zu lassen. Diese Idee fand er zudem so gelungen, dass er damals einigen Kirchenräten davon erzählt hat."

„Gut", brummte der Beamte und bearbeitete seinen Block. „Der Kreis der in dieses Geheimnis Eingeweihten lässt sich also kaum genau bestimmen."

„Kaum", nickte Pfarrer Sebald.

„Wer aber wusste noch von Ihrem Fund, abgesehen von Möller, Winge und Joksch?"

„Niemand. Ich habe großen Wert darauf gelegt, die Sache geheim zu halten. Außerdem hätte ich mich ja auch irren können. Obwohl ich mir schon sehr sicher war."

Diese Antwort veränderte die Blickrichtung seiner Haushälterin Erna, die nun nicht mehr den Beamten mit leicht geöffnetem Mund fixierte, sondern dem Geistlichen eine erstaunte Miene entgegenwarf. Sie fing sich jedoch umgehend und kehrte zu ihrer ursprünglichen Blickrichtung zurück. Dennoch war diese Reaktion dem Beamten nicht entgangen.

„Wirklich nur diese drei?"

„Sonst war niemand bei der Öffnung der Mauer anwesend", bekräftigte der Pfarrer.

„Das ist nicht sehr viel, zumal uns eine genaue Beschreibung des Kelches fehlt", sagte der Beamte. „Ich werde den Zoll informieren und die üblichen Hehler überprüfen. Vielleicht kriegen wir ja einen Tipp aus der Szene. Aber die Chancen würde ich nicht als sehr hoch einschätzen. Ich fürchte, die kurze Freude an Ihrem Fund wird auch die einzige bleiben."

„Aber einen derart großen und auffälligen Kelch kann man doch nicht so einfach verkaufen", warf der Pfarrer ein.

„Leider doch", entgegnete der Beamte. „Wäre er aus einem Museum entwendet worden, also fotografiert, vermessen und detailliert beschrieben, hätten wir eine gute Chance. Doch für ein faktisch unbekanntes Objekt dieser Art lässt sich auf dem schwarzen Kunstmarkt mühelos ein Käufer finden. Wenn die Diebe die Steine nicht sowieso aus dem Kelch lösen, einzeln verkaufen und das Gold einschmelzen. Wie hoch, sagten Sie, hat Dr. Möller den Wert geschätzt?"

„Den materiellen? Auf gut 200.000 Euro. Vom ideellen Wert gar nicht zu reden."

Noch einmal ließ der Beamte seinen Blick durch den Raum gleiten, musterte den Tresor, dessen Tür offen stand, betrachtete den Schreibtisch und die Regale, die der oder die Täter unberührt gelassen hatten. Sie hatten es auf den Kelch abgesehen, und nur um den hatten sie sich auch gekümmert. Vor ihm stand das sonderbare Pärchen, der Pfarrer, noch keine sechzig, einerseits ein bisschen naiv, andererseits leicht überheblich; seine Haushälterin, rundlich, um die fünfzig, mit Küchenschürze und hochgesteckten Haaren, weder hübsch noch hässlich. Die Blicke des Pärchens verrieten, dass es auf Antworten wartete, die er ihm mit größter Wahrscheinlichkeit nie würde geben können.

„Fassen Sie bitte nach wie vor nichts an, bis die Spurensicherung ganz fertig ist. Vielleicht haben wir ja Glück, und die Diebe haben keine Handschuhe getragen. Dann hätten wir immerhin eine kleine

Chance." Mit diesen Worten, gedacht als Hoffnungsschimmer, verließ der Beamte das Arbeitszimmer der Pfarrei. „Sobald sich etwas ergibt, melde ich mich bei Ihnen. Wiedersehen."

Als der weiße Wagen durch das Tor fuhr, erneuerte Erna ihre erstaunte Miene und fragte, wenn auch vorsichtig: „Warum haben Sie ihm nichts von Köhler und Wittig gesagt?"

„Weil der Kelch mir gestohlen worden ist und ich ihn auch wieder beschaffen werde", entgegnete Sebald mürrisch. „Außerdem geht Sie das nichts an. Wenn die Spurensicherung weg ist, machen Sie alles gründlich sauber. Gründlich. Die haben ja mehr Dreck ins Haus getragen als der Dieb."

„Der Dieb?"

„Ja, der Dieb. Und nun gehen Sie."

Sebald setzte sich an seinen Schreibtisch und fuhr mit der Hand durchs Gesicht. Mehr als ein Jahr hatte er investiert, um den Kelch zu finden, hatte in Archiven gestöbert und Quellen studiert. Erst als er überzeugt davon war, dass die Sage einen wahren Kern besaß, hatte er sich auf die eigentliche Suche begeben. Die Nische. Sie war von allen übersehen worden. Sein Vorgänger hatte im Sommer 1647 nicht viel Zeit gehabt. Ganze fünf Steine hatten ausgereicht, den Kelch verschwinden zu lassen. Welch ein Triumph, als Joksch sie nach mehr als 350 Jahren wieder entfernte. Und nun? Köhler oder Wittig. Niemand sonst kam in Frage. Einer von beiden hatte den Kelch gestohlen. Beide waren zufällig Zeuge geworden, der eine vom kleinen Ostfenster aus, der andere hatte plötzlich hinter der Tür gestanden.

Sebald ließ von seinem Gesicht ab und lehnte sich zurück in den schweren Ledersessel. Aber beide im Auge behalten? Das war so gut wie unmöglich. Er musste sich entscheiden. Doch er war Mitglied der Inklings und hatte seinen Chesterton gelesen. Er wusste, wie sein heimliches Vorbild vorging, kannte seine Methode, die eigentlich keine war, kannte sein Denken, seinen Verstand und seine Menschenkenntnis. Menschenkenntnis. Für ihn war dies der Schlüssel, war dies die Antwort auf die Laborkriminalistik dieser Positivisten und Zahlenakrobaten, die erst ihre Computer befragen mussten, um das Böse zu erkennen. Er brauchte das nicht, ebenso wenig wie sein Vorbild. ′Eine Maschine ist nur deshalb eine Maschine, weil sie nicht denken kann′, hatte Chesterton geschrieben.

Köhler oder Wittig? Der Sozialhilfeempfänger und Schwarzarbeiter oder der Bauunternehmer, der im Gemeinderat heimlich die Fäden zog und dies im Kirchenrat auch schon versucht hatte? Sebald rief sich abwechselnd ihre Gesichter vor Augen und unterzog sie einer eingehenden Inspektion. Beiden traute er nicht über den Weg. Doch wer von ihnen hatte schnell geschaltet und die Gunst der Stunde genutzt, war in der vergangenen Nacht durch die Hintertür, die kein Sicherheitsschloss besaß, ins Pfarrhaus eingedrungen, hatte die richtige Kombination eingestellt und war mit dem Kelch Franz von Wöckingens verschwunden, ohne Spuren zu hinterlassen?

Sebald stellte in Gedanken den Tathergang nach, ließ beide Verdächtigen nacheinander agieren, ließ sie mit einem einfachen Dietrich das Türschloss öffnen und durchs Haus schleichen. Dann verlängerte er die Tat in die Zukunft. Wer von beiden war in der Lage, für die Beute einen Hehler zu finden? Je intensiver er sich in die Tat vergrub, umso mehr rückte Wittig ins Zentrum seines Gedankenspiels. Herbert Wittig, arrogant, gerissen, korrupt, rücksichtslos, verschuldet. Jochen Köhler war zwar vorbestraft, aber für eine solche Tat doch nicht gewitzt genug. Wittig aber war gewitzt, hatte schon etliche Leute übers Ohr gehauen, hatte zahlreiche Anzeigen verdaut und scheinbar aussichtslose Prozesse gewonnen. Ihm war einfach noch nie etwas nachzuweisen gewesen.

Wittig war sein Flambeau. Wie hatte Chesterton ihn genannt? ´Gigant des Verbrechens.´ Das traf irgendwie auch auf Wittig zu. Köhler, der notorische Schläger und Trinker, war aus dem Rennen. Sebald traf die Entscheidung, seinen Flambeau nicht aus den Augen zu lassen und die Aufklärung des Diebstahls nicht diesem steifen Ermittler zu überlassen, diesem deutschen Aristide Valentin, der einen Pokal nicht von einem Kelch unterscheiden konnte. ´Die französische Intelligenz ist reine und ausschließliche Intelligenz`, hieß es bei Chesterton. Das traf auch auf sein deutsches Pendant zu.

Noch am selben Tag mutierte Sebald zur Klette, allerdings zu einer so gut wie unsichtbaren. Da Wittig Höhenberg nur selten verließ, sondern meistens einen seiner Mitarbeiter nach Rainzburg oder Nöhen schickte, war die selbstgestellte Aufgabe nicht schwer. Denn auch ein Pfarrer kann den ganzen Tag in seiner Gemeinde unterwegs sein. Im

Gegenteil, kaum jemand ist unauffälliger als ein Pfarrer, der diesen oder jenen problembeladenen Christen aufsucht, diesem oder jenem Kranken einen Besuch abstattet. Dass sich der Pfarrer dabei immer in unmittelbarer Nähe des Bauunternehmers Wittig befand, ließ sich mühelos als Zufall verkaufen. Falls es überhaupt jemandem auffiel.

Am Abend stand Sebald vor einem der Hoffenster des Wirtshauses *Zum Schwarzen Adler*, in dem Wittig Stammgast war. Sehen konnte den schwarz gekleideten kleinen Mann von der Straße aus niemand, dafür konnte der Pfarrer umso besser sehen. Wittig saß nicht an seinem Stammtisch, sondern hatte sich zu zwei Fremden an den Tisch neben der Garderobe gesetzt. Zwar konnte Sebald nicht hören, worüber sie sprachen, hatte aber in einem Seminar für die Betreuung von Gehörlosen das Lippenlesen erlernt. Natürlich konnte er nicht jedes Wort erwischen, doch die, die er zu lesen glaubte, nötigten ihn zu einem sanften Lächeln. Von Geld war die Rede, von viel Geld, und von einem Geschäft, das unter allen Umständen geheim bleiben musste. Als Wittig dann noch mit seinen Händen einen Gegenstand in die Luft zeichnete und mit einer Höhenangabe versah, gute 40 cm über dem Tisch, wusste Sebald, dass er seinen Flambeau erkannt hatte. Ebenso werdet ihr auch einen Menschen an seinen Taten erkennen. Matthäus 7, 20. Und an seinen Gesten.

Um kurz vor zwölf machte sich Flambeau auf den Heimweg. Die beiden Fremden stiegen in einen roten Mercedes mit Stuttgarter Kennzeichen und fuhren Richtung Rainzburg davon. Sebald folgte

Flambeau, der nicht den geraden Weg wählte, sondern hinter dem Dorfbrunnen in den Eschenweg einbog. Zum Pfarrhaus, schoss es Sebald durch den Kopf, und er irrte sich nicht, Flambeau verlangsamte seine Schritte und blieb abrupt am Zaun des Pfarrgeratens stehen. Sebald war nicht so schnell. Flambeau schien den letzten seiner Schritte gehört zu haben, denn so unvermittelt er stehen geblieben war, so unvermittelt setzte er seinen Gang fort, nun ersichtlich seiner Villa in der Richardstraße entgegen.

Am nächsten Tag blieb Sebald seinem Klettenleben treu und registrierte jeden von Flambeaus Schritten. Er begleitete ihn zur Post, stand neben ihm in der Raiffeisenbank am Schalter und verfolgte seine Anweisungen auf einer Baustelle am Waldrand. Sebald konnte nichts Auffälliges in seinem Tagesablauf ausmachen, bis auf zwei unmotivierte Fußmärsche, die Flambeau am Pfarrhaus, genauer gesagt, am Pfarrgarten vorbeiführten.

Am Nachmittag, als Wittig mit seinem Porsche unterwegs war, wahrscheinlich nach Rainzburg, sank Sebald in seinen Ledersessel und versuchte, dem Zufall ein Muster abzutrotzen. Gleich dreimal hatte er gesehen, wie sich Flambeau dem Pfarrgarten genähert hatte, ohne dafür einen zwingenden Grund gehabt zu haben. Ihm fiel jedenfalls keiner ein. Außer einem. Der Diebstahl. Doch war es für Wittig nicht viel zu riskant, sich so oft nach der Tat dem Tatort zu nähern? Und warum? Seine Hand fuhr durchs Gesicht, wie fast immer, wenn er intensiv nachdachte. Wittig musste davon ausgehen, dass er nach dem Diebstahl zum Kreis der Verdächtigen gehören würde. Schließlich war er Zeuge des Fundes geworden. Also ... hatte er den Kelch nicht bei sich in der Villa versteckt, da er mit einer Hausdurchsuchung rechnen musste. Sebald rekonstruierte zum wiederholten Mal in Gedanken den Tathergang. Es gab nur eine Lösung: Der Dieb hatte den Kelch gar nicht mitgenommen, er hatte ihn in der Nähe des Tatortes versteckt! Das Pfarrhaus war sicher, vielleicht sogar der sicherste Ort, denn hier würde garantiert niemand suchen. Sein Arbeitszimmer, in dem er täglich Bücher und Schubladen bemühte, kam nicht in Frage. Außerdem hätte sich der Dieb dann ein zweites Mal heimlich Zugang verschaffen müssen. Aber der Pfarrgarten, der war ohne Einbruch zu erreichen. Sebald spürte das Adrenalin in seinen Schläfen arbeiten. Mit etwas Glück und Gottes Hilfe würde er den Kelch ein zweites Mal aufspüren. Er sprang aus seinem Sessel auf und wäre im Flur fast mit Erna zusammengestoßen, die zwei vollgestopfte Einkaufstüten in die Küche schleppte.

„Herr Pfarrer!", entfuhr es der Haushälterin.

„Heureka!", entgegnete Sebald, während Erna taumelnd versuchte, ihr Gemüse und zehn frische Eier in Sicherheit zu bringen.

Was hatte Flambeau als Versteck gewählt? Sebald schloss die Tür hinter sich und wurde zum nächtlichen Dieb, der dringend ein Zwischenlager für einen mit Edelsteinen besetzten Goldkelch benötigte, ein Zwischenlager, das leicht erreichbar war, aber einen Zufallsfund durch einen Dritten ausschloss. Sebald tastete mit Adleraugen die

Rückwand des Pfarrhauses ab, die Fenster, die Fensterläden, den Geräteschuppen, die Tomaten, die Gartenbank, den gepflasterten Weg zum Gartentor, den Wein, die Dachrinne ... die Regentonne! Nach zwei schnellen Schritten stand er vor dem blauen Kunststofffass, das so gar nicht zu der Pfarrhausidylle passte. Wie immer versperrten einige Grünalgen den Blick auf den Boden. So sehr er sich auch bemühte, zu erkennen war nichts, was auch immer auf dem Grund des Wassers ruhte, es blieb verborgen wie das Rheingold. Sebald ging zu den Tomaten und nahm der erstbesten Pflanze den überdimensionalen Korkenzieher, den er erst kürzlich im Baumarkt unter dem merkwürdigen Namen Rankhilfe gekauft hatte. Vorsichtig schraubte er den Korkenzieher ins Trübe und ließ ihn kreisen. Der Tauchgang währte nur kurz, denn schnell hatte der Pfarrer einen Gegenstand ausgemacht und so mit der Schnecke des Korkenziehers in die Enge getrieben, dass er ihn langsam aus dem Wasser fischen konnte.

Makelloses Gold strahlte ihn an, Smaragde lächelten zwischen den Algen. Der Kelch Franz von Wöckingens. Zum zweiten Mal aufgespürt von einem kleinen Pfarrer, der kein examinierter Kriminalist war, dafür aber seinen Chesterton gelesen hatte. Sebald feierte diesen Triumph mit einer Träne, nahm den Kelch vom Haken, den er nun wieder der kleinen Tomatenpflanze überließ. Als er die Hintertür öffnete und euphorisch in den Flur trat, spürte er einen heftigen, dumpfen Schlag gegen seine Brust. Er senkte seinen Kopf und sah auf den schwarzen Griff eines mittelgroßen Küchenmessers. Schmerz spürte er kaum, nur ein plötzliches Schwindelgefühl. Die Kraft wich aus seiner rechten Hand, der Kelch glitt durch seine Finger, fiel aber nicht zu Boden, sondern wurde von einer Hand in Empfang genommen, von Ernas Hand. Die Küchenschürze war unverwechselbar. Sebald versuchte, seinen Kopf zu heben.

„Sie haben es ja nicht anders gewollt", sagte seine Haushälterin mit leiser, aber sicherer Stimme. „Ich wollte Sie nicht umbringen. Bestimmt nicht. Obwohl Sie mich zwölf Jahre lang schikaniert und gedemütigt haben. Zwölf Jahre. So lange habe ich Ihre ewige Besserwisserei ertragen, Ihre Arroganz, Ihre Bevormundung. Wie ein kleines Kind haben Sie mich behandelt, wie eine Leibeigene. Als Sie den Pokal da ins Pfarrhaus brachten, haben Sie mir den Schlüssel zur Freiheit gebracht. Ich brauchte nur zuzugreifen. Dass es jetzt so gekommen ist, habe ich nicht gewollt. Aber ich hatte keine andere Wahl. Ich brauche den Pokal, und nach diesen zwölf Jahren habe ich ihn mir auch verdient."

„Kelch", hauchte der Pfarrer und sackte in sich zusammen. Draußen, hinter dem Pfarrgarten, spazierte Herbert Wittig vorbei, der sich noch immer Hoffnungen machte, seine Katze wiederzufinden. Zweimal schon war sie fortgelaufen, zweimal hatte er sie aus dem Pfarrgarten geholt. Doch nun war sie schon eine ganze Woche weg. Er hing an seiner Katze. Aber im Pfarrgarten stritten sich nur ein paar Spatzen. Eine echte Idylle, um die er, seiner Riesenvilla zum Trotz, den Pfarrer beneidete.

Der Griff zur Flasche

Die Flasche war ordnungsgemäß verkorkt, der Korken selbst weder zu feucht noch zu trocken, und Schmant hatte sich ebenfalls nicht gebildet. Auch sonst wies der Korken keinerlei Beschädigung auf, kein Loch deutete auf den Einstich einer Kanüle hin, keine Ränder im Flaschenhals auf ein erst kürzlich erfolgtes Umkorken. Der Geruch war sauber, fast neutral, also ganz so, wie er sein sollte.

Vorsichtig trieb Rainer Mehringer die Spirale in den Korken, packte den Flügel des Korkenziehers und öffnete ohne große Kraftanstrengung die Flasche, deren Etikett einen Châteaux Lafite-Rothschild des Jahrgangs 1979 ankündigte. Mehringer achtete auf mögliche Korkenbrösel und dekantierte den Wein. Langsam floss der samtrote Bordeaux in die Karaffe und ließ in der Flasche ein kleines Depot zurück. Bukett und Farbe schienen voll und ganz seinen Erwartungen zu entsprechen.

Doch Rainer Mehringer hatte die Drohung nicht vergessen, die sein Neffe bei der letzten Sitzung ausgestoßen und durch einen Blick unterstrichen hatte, den er bis heute nicht hatte abschütteln können. Aber deswegen zurücktreten? Das kam für ihn auf keinen Fall in Frage. Solange er Vorsitzender der Buchenrieder Winzergenossenschaft war und die alten Winzer noch das Sagen hatten, solange mussten sich Peter und die anderen Jungen Wilden, wie sie sich nannten, damit abfinden, dass alles so blieb, wie es war. Qualitätsweine für Weinkenner und Feinschmeckerrestaurants? So ein Blödsinn. Damit würden sie die Buchenrieder Winzer nur in den Ruin treiben. Experimente waren angesichts der Lage auf dem europäischen Weinmarkt überflüssig und gefährlich.

Auf die Menge kam es an. Das war schon immer so. Silvaner und Müller-Thurgau waren nun einmal Rebsorten für Massenware, die Flasche nicht teurer als 5 Euro. Das wollten die Leute trinken. Das konnte man an den Großhandel, der die großen Supermarktketten belieferte, verkaufen. Das brachte sicheres Geld. Und wenn der eigene Wein nicht reichte, musste man eben aus Italien ein paar Hektoliter dazukaufen oder sonst wie nachhelfen. Schließlich waren die Tricks doch bekannt. Wein wird auch aus Trauben gemacht. Ein altes italienisches Sprichwort. Die kannten sich aus, das musste man denen lassen.

Riesling, Dornfelder, Scheurebe, Bacchus. Ohne Chemie. Bloß eine Handvoll Flaschen pro Jahr. Für reiche Spinner. Reiche Spinner, die vom Wein sowieso keine Ahnung hatten. So ein Quatsch. Die Buchenrieder Winzergenossenschaft machte Wein für den Mann auf der Straße. Das hielt den Umsatz hoch, und dabei würde es auch bleiben. Basta. Die jungen Winzer konnten von ihm aus machen, was sie wollten. Später. Wenn er eines fernen Tages nicht mehr Vorsitzender war. Das war ihm egal. Aber jetzt, jetzt hatte er das Zepter in der Hand. Und er hatte die Buchenrieder Winzergenossenschaft seit Jahren auf die Massenproduktion eingeschworen. Fertig. Aus. Schluss.

„Du wirst noch mal an deinem eigenen Wein krepieren, das schwör ich dir!" Das waren Peters Worte gewesen. Und dieser Blick, dieser Blick eines zu allem Entschlossenen. Mehringer hatte keinen Zweifel daran, dass dies eine klare Morddrohung gewesen war. Schließlich kannte er Peter. Schon sein Vater war ein Choleriker gewesen, ein hinterlistiger, streitsüchtiger Widerling, ein Zugereister, dessen Tod kaum jemand in der Winzergenossenschaft bedauert hatte. Alle hatten daraufhin auf Peter gesetzt, doch der hatte sich schnell als Revoluzzer entpuppt, als jemand, der mit Gewalt alle Traditionen auf den Kopf stellen wollte. Immer mehr junge Winzer hatte er inzwischen auf seiner Seite.

Der alte Föhring, der einzige Freund von Peters Vater, hatte im letzten Jahr behauptet, Peter habe seinen Erzeuger vergiftet, um das Weingut übernehmen zu können. Allerdings war er mehr als angetrunken gewesen, als er diesen Verdacht geäußert hatte. Eine polizeiliche Untersuchung hatte es jedenfalls nicht gegeben.

Wie auch immer, Mehringer war vorbereitet. Mochte Peter auch Önologie studiert haben und Akademiker sein, mit dem wurde er schon fertig. So schlau war er allemal. Erstens trank er seinen eigenen gepanschten Billigwein sowieso nicht, und zweitens ließ er sich auch nicht von seinen kostbaren Tropfen trennen, die in seinem Keller lagerten. Gestern hatte er die alte Kellertür, durch die man vom Hof aus in den Keller gelangte, durch eine moderne Stahltür ersetzen lassen. Denn die alte Tür hatte schon lange kein intaktes Schloss mehr gehabt. Doch jetzt konnte man den Keller nur noch vom Haus aus erreichen. Das neue Schloss kriegte auch ein Akademiker nicht auf, da war auch für einen Studierten nichts zu machen. Aber in der letzten Woche war sein Keller nur sehr bedingt geschützt gewesen.

Mehringer ging also auf Nummer sicher und betrachtete das Depot in der Bordeaux-Flasche. War das wirklich Weinstein? Waren das Gerbstoffe und Kristalle, die der Rotwein in den Jahren seiner langen Lagerung abgesondert hatte? Mehringer wusste es nicht. Und da er seine längst unbezahlbaren Schätze nicht so einfach wegschütten wollte, allen Blicken seines Neffen zum Trotz, hatte er sich an seine Lehrzeit erinnert. Vor ihm auf dem Küchentisch stand ein kleines Labor. Reagenzgläser, Teststreifen, Universalindikatorpapier und einige Chemikalien sollten seine Lebensversicherung sein.

Ja, damit hatte Peter bestimmt nicht gerechnet. Wahrscheinlich wusste er gar nicht, dass er vor der Übernahme des elterlichen Weingutes eine Ausbildung zum Chemielaboranten gemacht hatte. Und wie oft hatten ihm die damals erworbenen Kenntnisse später geholfen, etwa als es darum gegangen war, fade Spätlesen mit Glykol aufzuwerten.

Mehringer machte sich an den ersten Test, schüttelte das Depot auf und gab ein paar Tropfen in ein Reagenzglas. Gekonnt hantierte er mit Pipette und Katalysatoren und starrte gebannt auf die Antwort: Negativ. Keine Verfärbung. Kein Strychnin. Wieder gab er ein paar Tropfen des Depots in ein Reagenzglas, träufelte mit der Pipette erst eine gelbe, dann eine farblose Flüssigkeit hinein. Eine Löffelspitze eines weißen Pulvers fehlte noch. Wieder negativ. Keine Verfärbung. Keine Barbiturate. Keine Gefahr.

Mehringer machte dieses Experimentieren zusehends Spaß, es bereitete ihm eine fast kindliche Freude, die ihn an seine Ausbildung bei Horgau & Co. erinnerte. Weiße Kittel, säurevergilbte Fingerkuppen, Erlenmeyerkolben. Vorsicht, Mundschutz tragen! Und dann die Buttersäure in Jakobs Wohnung. Ein Tropfen hatte gereicht, um einen unerträglichen Gestank zu verbreiten. Das war vielleicht ein Spaß gewesen.

Wieder hatte er ein Gift ausgeschlossen. Diesmal Arsen. Auch Zyankali hatte keine Chance. Wo er nicht weiter wusste, half ihm ein Blick ins ebenso betagte wie abgegriffene Chemiebuch. Horgau & Co gab es schon lange nicht mehr. Irgendeiner der großen Konzerne hatte den kleinen Laborbetrieb in den 80er Jahren aufgekauft.

Mehringer schwitzte, seine Zunge ertastete eine zunehmende Trockenheit in seinem Mund. Sollte er nachgeben, ohne die letzten ihm bekannten Tests durchgeführt zu haben? Zweifel keimten auf, wucherten wild und welkten schließlich wieder angesichts des Buketts, den der geöffnete Bordeaux verströmte. Ein verwegenes Schmunzeln entfachte sein Gesicht, ein Gefühl der Überlegenheit über seinen familiären Kontrahenten und Herausforderer überkam ihn. Der nicht, dachte er, der nicht. Mehringer griff zum Rotweinglas und füllte es zur Hälfte, hob es gegen das elektrische Licht der Küchenlampe, war zufrieden mit dem satten Glanz der Farbe. Der nicht, wiederholte er still, dann setzte er das Glas an die Lippen, ließ den Wein durch den Mund wandern und genoss den einmaligen Abgang. Er glaubte Trüffel zu schmecken, obwohl er wusste, dass dies nicht typisch für einen Châteaux Lafite-Rothschild war. Ja, das war ein Wein. Paradiesisch.

Erst nach der Sitzung, auf der Herrentoilette im Jägerhof, hatte er ihm diesen hasserfüllten Blick zugedacht und seinen Tod prophezeit. Doch da hatte er sich geschnitten. So schnell war er nicht einzuschüchtern. Ein weiterer Schluck hob seine Stimmung und seinen Elan weiter an.

Diesem Besserwisser würde er es zeigen. Sich mit ihm anzulegen. Dem Besitzer der Riedler Weinberge und der größten Abfüllanlage des ganzen Landkreises. Ihm seinen Wein vermiesen wollen. Ihn womöglich vergiften wollen. Mehringer leerte das Glas, um es umgehend wieder zu füllen. Erneut wischte er sich den Schweiß und beobachtete für kurze Zeit seinen Körper. Außer dem wohligwarmen Gefühl, das der Wein hinterließ, spürte er nichts. Er atmete völlig normal und hatte einen normalen Puls. Sein Magen reagierte weder mit Krämpfen noch mit Schmerzen auf den kostbaren Franzosen. Nein, dessen war er sich sicher, dieser Wein war nicht vergiftet worden. Obwohl der letzte Test, den durchzuführen er in der Lage war, noch ausstand, fiel der noch verbliebene Zweifel von ihm ab. Er fühlte sich wieder sicher, konnte nun dem Blick, der ihn seit der Sitzung vom Freitag verfolgte, widerstehen.

Den letzten Rest des Depots füllte der Winzer in ein Reagenzglas, das er über der Flamme eines

Spirituswürfels erhitzte. Diesmal musste er gleich mehrere Chemikalien hinzufügen, bevor er einen Streifen des Indikatorpapiers mit einer Pinzette hineinhalten konnte. Bei diesem Versuch war er giftigen Sulfaten auf der Spur und wartete auf eine Einfärbung des Teststreifens ins Violette. Als die Reaktion ausblieb, meldete sich der Schweiß auf der Stirn zurück. Aber Mehringer ließ sich nicht aus der gerade zurückgewonnenen Ruhe bringen, sondern verschloss das heiße Reagenzglas mit dem Daumen und schüttelte es kräftig. Er trennte einen neuen Teststreifen ab und tauchte ihn in die Flüssigkeit, während sich einzelne Schweißperlen auf seiner Stirn zu dicken Tropfen vereinigten. Kurz sondierte er seinen Magen, dann kam endlich die Reaktion: Der Teststreifen begann ganz langsam, sich violett zu verfärben. Im selben Augenblick waren die dicken Tropfen getilgt und das zweite Glas geleert. Paradiesisch.

Um 21 Uhr erwartete Mehringer Karl Franzen, den zweiten Vorsitzenden der Buchenrieder Winzergenossenschaft, um mit ihm eine Strategie gegen die aufbegehrenden Jungwinzer zu diskutieren. Die bevorstehende Rekordernte war eine günstige Gelegenheit, seinen Neffen auch in der Presse als Spinner vorzuführen. Mehringer hatte mit dem Chefredakteur des Buchenrieder Boten bereits die Headlines besprochen. Den Coup mit den Sonderfördermitteln aus Brüssel wollte er sich bis zum Schluss aufheben. Dieses Ass wollte er erst auf der letzten Jahresversammlung aus dem Ärmel ziehen.

Franzen aber, der sollte teilhaben an seinem Triumph über Peter, jetzt gleich, wenn er zu ihrem konspirativen Treffen kam. Mehringer sprang fast auf, entsorgte seine Testreihe und stellte frische Reagenzgläser auf. In wenigen Minuten würde er die zweite Flasche Châteaux Lafite-Rothschild überprüft haben. Kein Problem für einen alten Chemielaboranten. Dann wollte er mit Karl das Glas erheben. Zünftig. Auf den Sieg. Der Preis sollte dabei keine Rolle spielen.

Mehringer betrat die Speisekammer des alten Winzerhofes, warf einen Blick auf seine Sammlung geleerter Flaschen exklusiver Weine und öffnete die Kellertür aus massiver Spiegeleiche. Dabei musste er dem kleinen und vergitterten Fenster den Rücken zuwenden, das die enge Speisekammer mit frischer Luft versorgte. Somit entging ihm die behandschuhte Hand, die beherzt durch die Gitterstäbe langte, eine der leeren Flaschen am Hals packte, die unterhalb des Fensters auf einem Regalbrett standen, übrigens ein 1976er Châteaux Beauval, und ihm auf den Schädel schlug. Der alte Winzer taumelte kurz und fiel dann polternd vornüber die Kellertreppe hinunter, überschlug sich zweimal und blieb mit weit aufgerissenen Augen und sonderbar verdrehtem Kopf auf dem Boden seines Weinkellers liegen, umgeben von dem Besten, was Frankreich und Italien zu bieten hatten.

Die behandschuhte Hand, die sich weit in den kleinen Raum gewagt hatte, zog sich langsam zurück, stellte die Sammlerflasche mit dem schönen Etikett wieder an ihren angestammten Platz und verschwand durch das geöffnete Fenster.

In Greetsiel gepult

Es gibt Schlagzeilen, die der Leser überfliegt und noch während des Überfliegens wieder vergisst. Es gibt Schlagzeilen, an denen das Auge kurz hängen bleibt und solche, die den Leser fesseln und ihn dazu verleiten, den entsprechenden Artikel zu lesen. Und es gibt Schlagzeilen, die den Leser anschreien, die ihn blitzschnell packen und in den Artikel, für den sie werben, hineinsaugen. Es sind Schlagzeilen, die zu leben scheinen.

Von einer solchen Schlagzeile wurde Heiko Tammen an einem sonnigen Montagmorgen verschlungen. Gleich auf der Titelseite des *Ostfriesischen Kuriers* hatte die Schlagzeile gelauert und ihm beim ersten Kontakt ein magisches Wort entgegengeschleudert: **Krabbenschälmaschine**. Eingerahmt war der provokante Begriff von den nicht weniger elektrisierenden Worten **Neuartige** und **erfunden**. Zwar war die Wortwahl des Autors mehr als fragwürdig, denn Krabben wurden in Ostfriesland seit jeher gepult und nicht geschält. Doch das war es nicht, was Tammen die gerade an den Mund geführte Teetasse wieder auf der Untertasse abstellen ließ.

Tammen war der Inhaber des größten Fischereibetriebs von Greetsiel, den die Presse regelmäßig als ungekrönten Granatkönig, ostfriesischen Krabbenmillionär oder erfolgsverwöhnten Kutterbaron feierte. Der Unternehmer war stolz auf diese und ähnliche Titel, die er sich in fast drei Jahrzehnten harter Arbeit erworben hatte. Mit neunzehn hatte er die Firma von seinem Vater, der nach dem Sturmtief Erna auf See geblieben war, geerbt und aus dem kleinen, rückständigen Fünfmannbetrieb ein Imperium mit zehn Kuttern und mehr als sechzig Angestellten gemacht. Dafür hatte er geschuftet. Von morgens um sechs bis kurz vor Mitternacht. Tag für Tag. Auch am Wochenende. Jede Krise hatte er pariert, über jeden noch so zähen Konkurrenten triumphiert. Sein letzter und überaus gewinnbringender Coup war die Anschaffung von drei modernen dänischen Krabbenpulmaschinen vor zwei paar Jahren gewesen. Seither konnte ihm keiner mehr das Meerwasser reichen.

Als er ein Kind war, wurde der Granat noch von den Frauen der Fischerfamilien gepult. Auch seine Mutter hatte sich nach jedem Einlaufen der Kutter ihre Kisten geholt und sofort in der Küche mit ihrer Schwester und einer Nachbarin losgelegt. Liefen die Kutter morgens ein, gingen die gepulten Krabben noch am selben Tag in die Fischgeschäfte und Restaurants. Vorher wurden sie gewogen und vorsichtig gewaschen, damit sie ihr Meeresaroma behielten, denn schließlich wurden sie an Bord der Kutter in Meerwasser gekocht. Als Krabbenpulerin wurde man zwar nicht reich, hatte aber ein kleines Einkommen, auf das viele Haushaltskassen nicht verzichten konnten. Lange Zeit wurden die Krabben, die die Greetsieler Fischer anlandeten, selbstverständlich auch in Greetsiel gepult. Bis lukrativere Jobs und neue Hygieneverordnungen die Krabben ins Exil nach Polen oder Marokko trieben, wo Handarbeit billig und die Fugenbreite zwischen den Fliesen den zuständigen Behörden egal war.

Die Krabben wurden globalisiert, gewaschen, nochmals gewaschen und mit Benzoe- und Sorbinsäure konserviert, als gelte es, die Aura der Nordsee zu exorzieren.

Die dänischen Krabbenpulmaschinen jedoch, die besten, die es auf dem Markt gab, ersparten den Krabben die langen Reisen und pulten den Granat gleich nach dem Anlanden wieder in Greetsiel. Nur ein paar Stunden später konnte man sie in Tammens Fischgeschäften kaufen oder in den bekannten Restaurants bestellen. Frischer und hygienischer ging es einfach nicht. Der einzige Nachteil waren die hohen Anschaffungs- und Wartungskosten für die empfindlichen Maschinen. Die komplizierte Mechanik, die kleinen Messer, die Hydraulik, die Kompressoren und die verschiedenen Siebe hatten ihre Tücken und sorgten dafür, dass fast immer eine seiner drei Maschinen in Reparatur war. Aber das spielte keine Rolle, denn der Einsatz lohnte sich trotzdem. Wer auf Frische und Qualität Wert legte, kaufte seine gepulten Krabben bei der *Tammen-Fisch GmbH.*

Der Zeitungsartikel begnügte sich nicht mit einer einmaligen Lektüre und zwang den Granatkönig zu einem zweiten Durchgang.

Hermann Döring hatte Greetsiel nach dem Abitur verlassen und in München studiert, um anschließend in die Forschung zu gehen. Luft- und Raumfahrt. Irgendein Programm hatte er dort geleitet, das Tammen nichts sagte, und war nach gesundheitlichen Problemen vor drei Jahren ausgestiegen und in sein Heimatdorf zurückgekehrt. Dort hatte er, von der Öffentlichkeit unbemerkt, die völlig neuartige Krabbenpulmaschine in einer Halle des elterlichen Betriebs konstruiert. Das Herzstück seiner Maschine sei ein besonderer Chip, der mit Hilfe eines von Döring entwickelten Programms sämtliche Prozesse steuere. In der Maschine, hieß es weiter, würde zunächst die genaue Größe jeder Krabbe ermittelt, um dann individuell von einem System feiner Klingen und Greifer vom schützenden Panzer befreit zu werden. Dies ginge so rasend schnell, dass das Auge dem Vorgang nicht folgen könne. Pro Stunde könne die Maschine bis zu 50 kg pulen. Außerdem sei die Maschine in der Lage, nicht nur die Nordseegarnele, lateinisch Crangon crangon, zu pulen, sondern jede beliebige Krabbe und jeden Shrimp bis hin zum Hummer. Der Schlüssel sei eben die Größenmessung, denn der feinmechanische Pulvorgang sei immer ein und derselbe. Am Ende würden die gepulten Tiere dann noch mittels Ultraschall gereinigt und in einer Spezialfolie vakuumverpackt. Dadurch könne das Aroma perfekt bewahrt werden. Döring wolle seine Maschine, die jeder anderen um ein Vielfaches überlegen sei, nicht nur an der gesamten Nordseeküste vermarkten, sondern zu einem weltweit erfolgreichen Exportschlager machen. Hightech, made in Germany. Dafür sei jedoch ein Patent erforderlich, das der Erfinder auch beantragt habe. Die Kommission vom Europäischen Patentamt in München treffe, unterstützt von Experten des TÜVs, am morgigen Dienstag in Greetsiel ein, um letzte Fragen zu erörtern, die eingereichten Pläne durchzugehen und die Maschine in Funktion zu erleben.

Tammen ließ die Zeitung auf den Tisch sinken, schaute kurz und wie hypnotisiert aus dem Küchenfenster und sprang auf. Es war zwar erst kurz nach acht, aber das Gelesene konnte er ohne einen eiskalten Aquavit nicht verdauen. Im Gefrierschrank standen gleiche mehrere Flaschen, die gewöhnlich immer erst am späten Abend, nach getaner Arbeit, aus dem Kälteschlaf geholt wurden. Erst nach drei randvollen Gläsern und einem kurzen Spaziergang durch seinen Garten konnte er sich dem schriftlich zugestellten Urteil stellen. Die Eltern des Erfinders zählten zu seinen härtesten Konkurrenten. Wenn die neue Maschine das hielt, was die Zeitung versprach, waren seine Tage als Granatkönig gezählt. Noch dazu hatte er in den letzten Jahren viel investiert und war nicht nur bei einer Bank am Limit angelangt. Für absehbare Zeit hieß es für ihn: Rien ne vas plus.

Vor der Tür zum Wintergarten blieb der Granatkönig stehen und betrachtete sein Spiegelbild in der großen Scheibe. Trotz der Verzerrung und der störenden Reflexionen waren die Tränensäcke unter seinen Augen und die Furchen um Mund und Wangen deutlich zu erkennen. Der Mann in der Scheibe wirkte älter, als er tatsächlich war, wirkte verbraucht und müde. Je länger er das Spiegelbild anstarrte, umso mehr schien die Farbe aus dem Gesicht seines Zwillings zu verschwinden. Als sich eine Wolke vor die Sonne schob, löste sich sein Spiegelbild fast völlig auf. Tammen wich von der Scheibe zurück, in der er nur noch mit Mühe zu erkennen war. Er musste handeln, und zwar schnell, sonst lief er Gefahr, alles zu verlieren.

Am Abend war von den Plänen, die er im Laufe des Tages geschmiedet und durchgespielt hatte, einer übrig geblieben. Es war ein gewagter Plan, für deren Ausführung er darüber hinaus nur die kommende Nacht zur Verfügung hatte. Tammen hatte bis nach Mitternacht gewartet und den Weg über den Deich gewählt. Um diese Zeit war die Chance, hier jemandem zu begegnen, gleich Null. Anfang Mai waren die Nächte einfach noch zu kalt zum Flanieren. Auf der Höhe des Jachthafens verließ er die Deichkrone und näherte sich vom Schöpfwerk her dem Fisch- und Krabbenverarbeitungsbetrieb der Dörings, der in einem alten Gulfhof untergebracht war. Der Hof war jedoch nicht sein eigentliches Ziel, sondern die kleine moderne Halle, die vor einigen Jahren an den hinteren Teil der Scheune angebaut worden war. Ein schmaler Pfad, der beim Hafen endete, führte an einer Notausgangstür vorbei, die mit größter Wahrscheinlichkeit noch niemals benutzt worden war. Auch Tammens Betrieb besaß solche Türen, auf denen die Bauämter bestanden. Beim Einbau der letzten in seinen neuen Stapelraum hatte ihm ein Handwerker ganz nebenbei und lachend gezeigt, wie man diese Türen mit einem Streifen dünnen und biegsamen Blechs ohne große Mühe von außen öffnen konnte.
Der Granatkönig ließ seinen Blick kurz durch die Dunkelheit schweifen und zog ein Stück Blech, das er mit einer großen Schere aus dem Deckel einer Konservendose geschnitten hatte, aus seiner Jackentasche. Ganz so einfach, wie er es in Erinnerung hatte, war es dann doch nicht. Erst nach einer guten Viertelstunde, Tammen war kurz davor auf-

zugeben, gab der Notfallmechanismus der Tür mit einem leisen Klicken nach. Eine Alarmanlage besaß die Halle nicht, das hatte er am Nachmittag aus einem der Arbeiter des Betriebs herausgebracht. Nur das Licht durfte er nicht einschalten, denn das hätte man vom Wohnhaus des Gulfhofs aus sehen können. Also arbeitete er sich im fahlen Lichtkegel seiner Taschenlampe durch die Halle.

Lange brauchte er nicht zu suchen, denn die Krabbenpulmaschine nahm mehr als die Hälfte des Raumes ein. Sie war deutlich größer als seine dänischen und sah auf den ersten Blick auch ganz anders aus, moderner, technischer, stromlinienförmiger. Dass Döring für die Luft- und Raumfahrt gearbeitet hatte, war nicht zu übersehen. Tammen brauchte eine Weile, bevor er überhaupt verstand, auf welcher Seite sich die Einfüllöffnung befand, und wo die Maschine die gepulten und eingeschweißten Krabben wieder ausspuckte. Die Funktion der Maschine blieb ihm jedoch ein völliges Rätsel, so sehr unterschied sie sich von den Modellen in seinem Betrieb.

In unmittelbarer Nähe des Förderbandes, das zur Einfüllöffnung führte, entdeckte er mehrere Kisten Granat, einige Kartons Pazifikshrimps, Flusskrebse und gleich zehn bereits gekochte Hummer mittlerer Größe, wahrscheinlich aus Kanada, wie man sie inzwischen in fast jedem Supermarkt kaufen konnte. Auf Eis gebettet, warteten die verschiedenen Krebstiere offenbar auf die morgige Vorführung.

Anfangs hatte Tammen vorgehabt, die Maschine mit ein paar kräftigen Schlägen eines Vorschlaghammers so zu beschädigen, dass eine Vorführung nicht mehr möglich war. Auch an ein kleines Feuer hatte er gedacht. Doch dann hatte er sich dafür entschieden, unauffällig vorzugehen und die Maschine lediglich zu sabotieren, damit sie bei der Vorführung versagte. Und für nicht funktionierende Maschinen, dessen war er sich sicher, würden die Münchner keine Patente vergeben. Auf diese Weise konnte er etwas Zeit gewinnen und gleichzeitig an Dörings Erfinderruf kratzen. Nur Spuren hinterlassen oder erwischt werden durfte er nicht.

Der Granatkönig ließ den Lichtkegel über die Maschine gleiten und fand schließlich die Stromzufuhr. Alles war auf null geschaltet, auch die Steckleisten für die Rechner, die auf einem langen Tisch neben der Maschine standen. Er holte einen Satz Inbusschlüssel und mehrere Schraubenzieher aus der Innentasche seiner Jacke und machte sich ans Werk. Obwohl er die Funktion der Maschine nach wie vor nicht nachvollziehen konnte, fand er nach kurzer Suche am vorderen Teil der Einfüllöffnung eine Schraube, die er vorsichtig um ein paar Umdrehungen löste. Nun konnte er einen langen Stahlbolzen, auf dem sich eine Skala befand, um einige der schwarzen Markierungsstriche aus seiner Fassung herausziehen. Skalen dienen dazu, die Arbeitsweise bestimmter Maschinenteile genau zu justieren, dachte Tammen. Der sicherste Sabotageakt ist also eine Änderung vorgenommener Einstellungen. Soweit die Maschine zugänglich war, suchte er sie nach weiteren Skalen und Justiereinrichtungen ab. Gleich fünfmal wurde er fündig. Bei der ersten, einem Einschub, der ihn an die Rechenschieber aus seiner Schulzeit erinnerte, löst er nur die Inbusschraube, bei einer Art Drehscheibe zog er einen der kleinen Stahlstifte heraus, deren Zweck ihm ebenso rätselhaft wie egal war, und steckte ihn in eines der vielen freien Löcher auf der Scheibe.

Fast eine Stunde lang kroch er um die Maschine herum und hier und da auch fast in sie hinein, dann war seine Arbeit getan. Äußerlich hatte sich nichts verändert, doch innerlich hatte er die Maschine in eine andere verwandelt. Zufrieden verstaute er sein Werkzeug und betrachtete sein unsichtbares Werk. Ihn ärgerte lediglich, dass er bei der Vorführung nicht anwesend sein konnte, um Dörings Gesicht zu sehen, wenn es seiner Maschine nicht gelang, auch nur eine einzige Krabbe zu pulen. Er stellte sich vor, wie Döring die Maschine abschritt und der Kommission aus München jedes Teil erklärte, um dann demonstrativ den Startschalter zu betätigen. Tammen hörte schon den Aufschrei der Maschine, die nicht mehr wusste, was sie tat, weil sie jegliches Maß verloren hatte.

Durch einen langsamen Schwenk mit der Taschenlampe vergewisserte er sich, keine Spuren hinterlassen zu haben, und wollte gerade die Halle verlassen, als ihm der Startschalter der Maschine wieder in den Sinn kam. Er war leicht zugänglich in der Nähe des Fließbands angebracht. Der Boden der Halle war gefliest und nie wirklich trocken. Wie jeder Raum, in dem Fisch verarbeitet wurde. Tammen ging zur Maschine und nahm den Schalter unter die Lupe. Er konnte von der Rückseite des Blechs, in den er eingelassen und verschraubt war, ausgebaut werden. Wenn auch mit einiger Mühe und nicht ohne Verrenkungen. Dafür eröffnete ihm der Schalter die Möglichkeit, die Überraschung für Döring bis ins Tödliche hinein zu steigern.

Als sich der Granatkönig über die letzte Konsequenz seiner spontanen Idee klar wurde, fingen seine Finger ganz leicht zu zittern an. Er schloss seine Jacke und wollte die Halle so schnell wie möglich verlassen. Doch dann tauchte das Spiegelbild vor ihm auf, das er am Vormittag so lange und intensiv betrachtet hatte. Er sah Dörings Aufstieg und seinen Sturz, sah sich als mittellosen Sozialhilfeempfänger, der früher als andere in der Seniorenresidenz Regenbogen landete, den keiner besuchte, weil die Insolvenz ihm die letzte Chance genommen hatte, doch noch eine Familie zu gründen, der nicht einmal mehr seine kleine Jacht besaß, um sich ab und zu auf die Nordsee zu flüchten. Tammen holte tief Luft und verscheuchte die Bilder. Seine Finger hatten das Zittern eingestellt und öffneten die Jacke, um das passende Werkzeug zu suchen.

„Bitte, meine Herren", sagte Hermann Döring und führte die Kommission in die kleine Halle, die er vor zwei Jahren, nach einer längeren Auszeit, zu seinem Reich erklärt hatte. Statt seines sonst üblichen Arbeitskittels trug er einen schlichten blauen Anzug, der ihm eine Spur Eleganz verlieh, zugleich aber leger und praktisch genug war, um glaubwürdig mit den Krustentieren und der Maschine hantieren zu können. Er war extra nach Oldenburg gefahren, um diesen Anzug zu kaufen.

Vor ihm standen vier Männer unterschiedlichen Alters, praxisfern in teuren Stoff gekleidet, ausgestattet mit Aktenkoffern, Mappen und handlichen Digitalkameras. Die Pläne, die er ihnen überlassen und nochmals am Monitor erklärt hatte, waren überzeugend und hatten die Richter über seine Zukunft optimistisch gestimmt. Jetzt kam es darauf an, dass seine Krabbenpulmaschine so perfekt funktionierte, wie sie es an den letzten Tagen getan hatte.

„Folgen Sie mir bitte. Ich werde Ihnen vor der Inbetriebnahme noch einige Details zeigen. Sie hatten sich doch vorhin nach der genauen Position des Sensors erkundigt?", begann Döring seine kleine Führung rund um die Maschine. „Er befindet sich hier in der seitlichen Führungsschiene."

Zwar hatte er gelernt, in solchen Situationen den Souveränen zu mimen, doch fiel ihm diese einst gewohnte Leistung an diesem Vormittag sehr schwer. Trotz der niedrigen Temperatur in der Halle hatten sich ein paar Schweißperlen auf seiner Stirn gebildet, die er sich schnell und unauffällig mit einem Taschentuch von der Stirn wischte. Er fürchtete weniger den Sachverstand der Münchner, sondern vielmehr Murphy´s Law, das besonders bei Vorführungen jeder Art liebend gerne zuschlug. Die Patentexperten schienen Murphy nicht zu kennen. Ihren Mienen konnte Döring ansehen, dass die optimistische Stimmung anhielt. Notizen wurden gemacht, Fotos aufgenommen und in den Unterlagen geblättert. Mit frischen Schweißperlen auf seiner Stirn musste Döring noch einige Fragen beantworten, dann trafen sie wieder beim Ausgangspunkt ein. Nun konnte die eigentliche Vorführung beginnen, die er in den vergangenen Tagen in allen möglichen Varianten durchexerziert hatte. Am Ende hatte er sich nicht für verschiedene Durchgänge mit verschiedenen Krabbenarten entschieden, sondern für das anspruchsvollste Programm. Gegen den Widerstand seines Magens hatte sich sein Kopf durchgesetzt, der Devise ´Ganz oder gar nicht!´ zu folgen.

„Ich will Sie nicht länger auf die Folter spannen", sagte der Erfinder, „und Ihnen gleich die ganze Leistungsfähigkeit meiner Krabbenpulmaschine demonstrieren. Ich bitte also um Ihre ungeteilte Aufmerksamkeit."

Döring griff wahllos in die Kisten und warf eine Handvoll Krabben, verschiedene Shrimps und zwei Hummer wahllos auf das Fließband. Die vier Männer stellten sich daraufhin am anderen Ende der Maschine auf und machten freundliche Erwartungsgesichter. Döring atmete tief durch, schloss kurz seine Augen und betätigte den Startschalter.

Die Maschine blieb stumm. Ein Schweißtropfen brannte in seinem Auge. Er versuchte zu lächeln und bearbeitete den Schalter. Nichts tat sich. Ein leichter Schlag mit der Faust. Endlich blinkten die kleinen Kontrollleuchten auf. Die Maschine begann zu arbeiten. Das Fließband setzte sich in Bewegung. Doch schon nach wenigen Sekunden wusste er, dass etwas nicht stimmte. Statt des vertrauten Rasselns und Surrens war ein metallenes Krächzen zu hören. Gleich darauf vernahm er einen kurzen, schrillen Schrei. Er stammte von dem kleinsten der vier Männer. Die anderen starrten stumm und wie vom Schlag getroffen auf die Ausgabeöffnung. Mit zwei großen Schritten war Döring bei Ihnen. Vor ihren Augen gebar die Maschine unter fortwährendem Krächzen eine Art Kokon aus mehreren Lagen Kunststofffolie. Der menschliche Körper, der eingeschweißt und vakuumverpackt vor ihnen liegen blieb, war nackt. Auf dem Kopf und dem Rücken fehlten große Teile seiner Haut. Von dem leblosen Gesicht, über dem die Folie besonders straff gespannt war, waren nur die großen, hervorquellenden Augen und ein weit aufgerissener Mund zu erkennen.

Fingerzeig

„Hast du endlich den Schlüssel? Du hast doch gesagt, du weißt, wo er ist!"

„Er muss hier irgendwo sein. Unter einem der Blumentöpfe. Letzte Woche hat er ihn jedenfalls hier irgendwo versteckt. Hier unter einem dieser Töpfe."

„Es sind aber Hunderte von Töpfen. Wann der die wohl alle gießt?"

„Fünfzig. Es sind höchstens fünfzig."

„Dann eben nur fünfzig. Aber das ist auch noch genug. Zeit genug jedenfalls, um von den Nachbarn gesehen zu werden. Die haben doch einen echten Logenplatz. Wenn da jetzt einer ans Fenster geht …!"

„Es geht aber keiner ans Fenster. Also reg dich wieder ab."

„Und wenn die keine Fußballfans sind?"

„Und wenn, und wenn! Hör endlich auf zu quatschen und hilf mir suchen!"

„Aber …"

„Aber wer sagt´s denn? Hier ist ja unser kleiner Freund!"

„Dann schließ endlich auf!"

„Was glaubst du denn, was ich hier tue? Mach jetzt bitte keine Panik und hol die Mädchen her. Es wird höchste Zeit. In zwei Stunden ist Horst zurück."

„Und wir im Knast. Wegen schweren Einbruchs, oder wie das heißt."

„Allenfalls wegen deines ewigen Pessimismus´. Und mit so was bin ich seit dem Abi befreundet. Hol endlich die Frauen, wir müssen anfangen."

Thorsten Jäger hatte seinen Freunden eingeschärft, kein Licht zu machen, sondern sich solange im Halbdunkel zu bewegen, bis sie die Jalousien und Vorhänge geschlossen hatten. Und selbst danach wollten sie nur so viel Licht machen, wie unbedingt erforderlich war. Ihre Absicht, dabei völlig geräuschlos vorzugehen, misslang jedoch auf Anhieb. Denn Horst Winter, ihr uneingeweihter Gastgeber, hatte in seinem Wohnzimmer die beiden Couchen umgestellt. Eigentlich hatte er sie nur vertauscht, wahrscheinlich, weil die Verandatür nun leichter und auch weiter zu öffnen war. Doch reichte diese kleine Veränderung aus, um die Einbrecher in der um sich greifenden Dunkelheit aus dem Konzept zu bringen. Clara Seidenbach ertastete zwar die Schrankwand, fiel aber über die Lehne der Couch, die sie nicht an dieser Stelle vermutet hatte, sondern weiter hinten im Wohnzimmer. Ihr kurzer, unterdrückter Aufschrei reichte nicht aus, um Martin Wolland zu warnen, der seitlich hinter ihr durch den Raum schlich und prompt über ihren unfreiwillig ausgestreckten Körper stürzte. Auch ihm entfuhr ein Schrei, der jedoch in dem nachfolgenden Klirren zersplitternden Glases unterging, da Martin, bei dem Versuch, rudernd irgendwo Halt zu finden, eine leere Flasche erwischt und durch die Luft katapultiert hatte.

Als es Thorsten endlich gelungen war, den Raum unter seine Kontrolle zu bringen, die Fenster zu verdunkeln und die kleine Schreibtischlampe einzuschalten, erschienen in dem schmalen Lichtkegel zwei seiner Freunde, die auf dem Teppich in Form eines Kreuzes übereinander lagen, sich kaum rührten und mit erhobenen Zeigefingern vor ihren Mündern die Stille beschworen. Die leere Flasche, die Martin von dem niedrigen Couchtisch gefegt hatte, war an der gegenüberliegenden, unverputzten Klinkerwand zerschellt und hatte es sich fast im gesamten Wohnzimmer bequem gemacht. Eine der Scherben war zudem so schnell gewesen, dass sie sich noch rechtzeitig mit Martins auf dem Boden aufschlagenden rechten Zeigefinger vereinigen konnte. Willig saugte der teure, falbfarbene Schurwollteppich einen Blutstropfen nach dem anderen auf. Wären Lautlosigkeit und ein effizientes Zeitmanagment in diesem Moment keine hohen Güter gewesen, hätte Thorsten sich das Lachen kaum verkneifen können, um anschließend seinen Freunden einen ebenso kurzen wie lautstarken Vortrag über die Geschichte der Blödheit zu halten. Stattdessen versteinerte sich seine Miene und er zischte in Zimmerlautstärke, auf eine umfassende Analyse des Unfallhergangs verzichtend: „Ihr Idioten! Warum habe ich euch bloß mitgenommen? Los, steht endlich auf und sammelt die Scherben ein. Und seht zu, wie ihr das Blut aus dem Teppich kriegt. Ulla, im Bad müssten Pflaster sein, im kleinen Wandschrank. Ich erwarte euch dann in fünf Minuten in der Küche!"

„Ja, Boss", maulte die auf dem Boden Liegende.

Nach genau zwölf Minuten tauchten Ulla Rheinke, Martin und Clara in der Küche auf und machten Gesichter, als seien sie gerade zu längeren Haftstrafen verurteilt worden. Martin hatte ein Taschentuch, also sein Taschentuch, das seinem Vater gehört hatte, und dass er stets bei sich trug, um seinen Zeigefinger gewickelt und verknotet.

„Wir haben kein Pflaster gefunden", brummte er, „dafür aber alle Scherben. Wir haben sie in einen der Kartons getan."

„Und das Blut?"

„Ist Chefsache, also deine Aufgabe. Am Ende machen wir doch nur wieder alles falsch", entgegnete Ulla bissig.

„Ulla, bitte, nicht schon wieder", ermahnte sie Thorsten.

„Schon wieder? Wer markiert hier denn schon wieder den Boss?"

„Das bringt doch nichts", unterbrach Martin die beiden Kontrahenten, „diese Diskussion hatten wir doch schon. Und außerdem haben wir dafür jetzt keine Zeit."

„Okay", nickte Ulla, „aber Blutflecken brauchen ihre Zeit. Ich habe im Bad Teppichschaum gefunden und werde die Stelle einweichen. Das wird schon. Lass uns lieber sehen, dass unser Essen fertig wird."

„Sorry", gab Thorsten nach, „war keine Absicht. Können wir die Mission jetzt fortsetzen?"

Die Mission. So hatte Thorsten seine Idee getauft, von der er sich so viel versprach. Er wollte für Horst Jahn einen Neubeginn inszenieren und diesen bewussten Start in ein neues Leben mit einem Überraschungsmenü feiern. Er wollte seinem alten Freund Horst helfen, sich aus seiner Isolation zu befreien, in die er sich nach dem plötzlichen Verschwinden seiner Frau begeben hatte. Keinen hatte er an sich rangelassen, nicht mal ihn, was sie schließlich alle schlucken mussten. Gut zwei Jahre hatten sie ihn nun weitgehend in Ruhe gelassen, um ihm Zeit zu geben, alles auf seine Weise zu verarbeiten. In der Zwischenzeit hatte sich vor allem Thorsten belesen, hatte Mitscherlich und Simon studiert, hatte sich mit „Erlebnis-Katastrophen" und „Verlust-Traumata" auseinandergesetzt.

Nun hielt er den Zeitpunkt für gekommen, Horst ins Leben zurückzuführen. Ob diese amateurpsychologische Entscheidung tatsächlich richtig war, wusste er nicht. Aber er fühlte es. Die ganze Clique fühlte es. Sie fühlte, dass Horst sich wieder gefangen hatte, sie hatte genau registriert, dass er nun wieder ab und zu anrief und sogar für eine halbe Stunde auf Claras Geburtstagsparty erschienen war. Wortkarg zwar, aber er hatte sich blicken lassen. Diese Signale, die Horst nach langer Zeit der Verweigerung auszusenden begann, interpretierten sie als den Wunsch, die selbst gewählte Isolation aufzugeben. Jetzt brauchten sie ihm nur noch die Hand zu reichen, und sie könnten Horst endlich helfen, seine Frau loszulassen und ihr Verschwinden endlich zu akzeptieren. So wie sie es schon längst getan hatten. Dabei hatte der Verlust auch die Clique hart getroffen. Niemand hatte damit gerechnet, dass Vera Horst über Nacht verlassen würde, dass sie das machen würde, was es sonst nur in schlechten Witzen oder auf Seite drei zu lesen gab, nämlich Zigaretten holen zu gehen und nicht mehr wiederzukommen. Alle Aktionen der Polizei waren ergebnislos geblieben, obwohl Horst schon am nächsten Tag die Vermisstenanzeige aufgegeben hatte. Vera blieb spurlos verschwunden.

„Passt jemand auf die Sauce auf? Sie darf auf keinen Fall gerinnen."

„Keine Sorge, du weißt doch, wie rührend ich sein kann. Seht ihr lieber zu, dass der Tisch korrekt gedeckt ist. Von außen nach innen."

„Was von außen nach innen?"

„Das Besteck gemäß der Menüfolge. Außen liegt also das kleine…"

„Wissen wir doch. Du mit deinem Von-außen-nach-innen. Wer soll denn darauf kommen?"

„Ist doch egal. Hauptsache, ihr habt es. Ihr kennt ja Horst."

„Na, der wird Augen machen!"

„Vor allem, wenn er Martins Finger sieht. Ich wette, er liebt Köche, die mit notdürftig verbundenen Schnittwunden in Safransaucen rühren. Wisst ihr noch, im *La Boheme*? Der Kellner mit der winzigen Schnittwunde auf dem Handrücken? Dass ihm das überhaupt aufgefallen ist?"

„Darauf kannst du bei ihm wirklich wetten. Ist aber ein guter Tipp. Wir müssen doch noch irgendwo ein Pflaster auftreiben. Wenn ihr fertig seid, stellt noch mal das Bad auf den Kopf. Und vielleicht ist dann noch Zeit, den Blutfleck völlig verschwinden zu lassen."

„Wird gemacht, Boss!"

Während Thorsten als Antwort mit einem Pfannenwender drohte, ging Ulla noch einmal ins Bad, um vorsichtig, aber intensiv nach einem Pflaster zu suchen. Bald war zu hören, wie sie Schubladen öffnete und Schranktüren schloss.

„Die lässt bestimmt nichts aus."

„Wie im richtigen Leben. Die lässt nichts anbrennen."

„Du hoffentlich auch nicht. Wenn die Sauce …"

„Keine Sorge, alles unter Kontrolle. Wie viel Zeit haben wir noch?"

„Eine Viertelstunde. Es sei denn, sein Zug hat Verspätung oder das Taxi braucht heute länger vom Bahnhof. Aber das glaube ich nicht. Nicht, wenn Fußball im Fernsehen läuft."

„Haben wir eigentlich alles?"

„Die Jakobsmuscheln, den Salat und die Pfifferlinge, die Fischdegustation, den Wildreis, das Lauchgemüse, deine Sauce, der Teeschaum. Sieht gut aus. Nur den Teeschaum dürfen wir nachher nicht vergessen. Der darf weder zu weich sein noch zu fest werden."

„Ich hab´s geschafft!", platzte Clara in die Küche.

„Was hast du geschafft?"

„Den Blutfleck. Nichts mehr zu sehen. Muss nur noch trocknen. Und hier, diese Scherbe habe ich noch gefunden. Lag fett und breit vor seinen Platten."

„Perfekt. Alle Spuren beseitigt."

„Alle? Eine Scherbe bleibt doch immer irgendwo zurück. Jedenfalls, wenn ich ein Glas zerschlage. Unter einem Schrank oder hinter einer Box taucht sie dann auf."

„Ich habe wirklich alles abgesucht. Das war bestimmt die letzte."

„Wird schon schief gehen. Kannst du den Teeschaum in die Tassen füllen? Ich schneide das Zitronengras für die Jakobsmuscheln."

„Kein Pflaster! Der Kerl hat im ganzen Haus kein Pflaster. Kondome hat der jede Menge. In allen Farben. Aber kein Pflaster."

„Kondome? Was macht denn Horst mit Kondomen?"

„Na was wohl?!"

„Und was machen wir jetzt mit meinem Finger?"

„Nichts. Wir sagen Horst einfach, du hättest seine Küche nicht einmal betreten, sondern dich nur um den Einbruch, die Jalousien und die passende Beleuchtung gekümmert. Und die Verletzung ... hast du dir bei der Suche nach dem Schlüssel zugezogen. An der scharfen Kante eines seiner Blumentöpfe. Wie klingt das?"

„Wie von dir ausgedacht. Horst hat bestimmt nicht einen scharfkantigen Blumentopf. So etwas gibt's bei ihm nicht. Aber besser als gar nichts."

„Gut, dann sollten wir jetzt ..."

„Das gibt´s doch nicht. Der ist viel zu früh!"

Deutlich war zu hören, wie jemand versuchte, einen Schlüssel ins Schloss zu stecken, was jedoch misslang, da bereits einer von innen steckte. Vier Blicke schossen aufeinander zu und pendelten blitzschnell hin und her, als wolle jeder jedem gleichzeitig in die Augen schauen.

„Ulla, starte die CD. Und kein Wort von den Kondomen. Hüte deine spitze Zunge. Clara, an die Tür. Martin, hol den Wein aus dem Kühlschrank und halte ihm nicht gleich deinen Finger unter die Nase. Ich mache die Muscheln fertig. Brennen die Kerzen?"

„Brennen!"

Die Überraschung war perfekt. Wie vom Donner gerührt, von einem sehr lange nachhallenden, tropischen Donner, stand Horst in der Tür und versuchte nun seinerseits, allen seinen alten Freunden gleichzeitig in die Augen zu blicken. Er verstand nichts und bewegte sich wie in Zeitlupe, behielt seinen Aktenkoffer in der Hand, war sprachlos. Erst als Thorsten ihm mit sorgsam zurecht gelegten Worten den Sinn der Mission unterbreitete und ihm seine Hand reichte, verhallte der tropische Donner langsam. Horst zögerte, lächelte dann aber verhalten und erwiderte die offene Hand, die ihn abholen wollte. Das war der Moment, in dem Clara die Herrschaft über ihre Tränendrüsen verlor, während Ulla den Heimkehrer anstrahlte, als sei er ein Sektenguru. Dann nahmen ihn alle in den Arm, sogar Martin, dessen Finger eine Umarmung eigentlich nicht zuließ. Er schaffte es trotzdem, sodass Horst das Taschentuch entging. Obwohl Thorsten der Ideengeber war und sich eigentlich auf dem richtigen Pfad fühlte, gingen ihm plötzlich Bilder aus billigen TV-Serien durch den Kopf, die er sofort zu löschen versuchte.

„Jakobsmuscheln mit frischem Zitronengras!", freute sich Horst, der gut und erholt aussah, wie Ulla stumm feststellte. „Das habe ich ewig schon nicht mehr gegessen."

„Hat alles Martin aus Oldenburg mitgebracht", prahlte Clara und klopfte dem Verletzten auf die Schulter. „Alles megafrisch."

„Das schmeckt man", nickte Horst mit routinierter Gourmetmiene, dem die Muscheln wirklich zu schmecken schienen. „Auch der Riesling ist superb. Ein großes Lob an den Sternekoch und den Sommelier." Auch die Idee schien ihm mehr und mehr zu gefallen, denn er wirkte von Minute zu Minute entspannter.

Thorsten hatte bei der Begrüßung zwar von Vera gesprochen, jedoch auch von einem Schlussstrich. Jetzt, beim Essen, so hatten sie es vereinbart, sollte nur nach vorne geblickt werden, in eine Zukunft, in der sie wieder enger zusammenrücken würden. Daher lenkten die Gastgeber das Gespräch auf alle möglichen Pläne, individuelle wie gemeinsame, auf mögliche Reisen und neue berufliche Ziele, auf die kleine Boutique, die Ulla und Clara in Greetsiel unmittelbar am Deich eröffnen wollten.

Beim zweiten Gang, die Pfifferlinge waren kleine, handverlesene, hatte niemand mehr einen Zweifel an dem Erfolg der Mission, am wenigsten Thorsten. Horsts Laune befand sich spürbar im Steigflug, er erweckte sogar den Eindruck, erleichtert zu sein. Obwohl Martin seinen verbundenen Finger immer noch zu verbergen suchte, hatte Horst ihn längst bemerkt, aber lediglich kurz den Kopf geschüttelt.

„Wie stellt ihr euch den Hauptgang vor?", fragte Horst schmunzelnd.

„Jetzt kann ich's dir ja verraten: Seezunge, Seeteufel und Rotbarbe an ..."

„So war das nicht gemeint, ich wollte nicht die Menükarte, sondern mehr einen großen Teller, auf dem ..."

„Wird in wenigen Minuten serviert", lachte Thorsten und sprang auf, um die bereitliegenden Filets zu braten. „Clara, kümmerst du dich um die Nachspeise? Das müsste zeitlich eigentlich passen."
Als Thorsten die Fischdegustation serviert hatte und sich umdrehte, um Clara zu holen, stand sie plötzlich kreidebleich in der Tür.

„Was ist mit dir?", erschrak Thorsten. „Ist was mit dem Teeschaum? Ist er zusammengefallen? Oder kein Platz mehr im Gefrierschrank?"

„Den musste ich doch erst mal schaffen. Den halben Schrank habe ich für die Tassen ausgeräumt und das hier gefunden."

In diesem Augenblick sprang Horst wie von einem Schlag getroffen von seinem Platz auf und starrte auf Claras Hand. Seine Gabel fiel auf den Boden, seine Atemfrequenz beschleunigte sich hörbar.

Während ihr die ersten Tränen über die Wangen kullerten, hob sie die rechte Hand, in der sich ein kleiner Gefrierbeutel befand, in dem der weiße, abgetrennte Finger eines Menschen steckte.

Janssens Steg

Nerke riskierte einen Blick. An der Ecke parkte ein blauer VW-Bus ohne Firmenaufschrift. Die Heckscheiben waren schwarz oder getönt. Genau war das nicht zu erkennen. Also hatten sie auch Werners Adresse. Die konnte ihnen nur Willi gesteckt haben. Wahrscheinlich für ein paar Monate weniger im Bau. Mehr wusste Willi nicht. Konnte er gar nicht wissen. Heiner hatte er nie davon erzählt, und Jochen war in der Werkstatt in seine Feile gestolpert. Sechs Wochen hatte er zum Schärfen und Spitzen gebraucht. Immer nur im Lager hinter den großen Spulen. Wo die Trommeln an der Wand scheuerten. Da waren genug Spuren. Neue fielen da nicht auf. In der Werkstatt hatte er ihn erwischt. Dann hatte er Jochens Hand um das Heft der Feile gelegt. Hat der geblutet. Wie ein Schwein. Das er ja auch war. Ein mieses Schwein. Hafturlaub wegen seiner kranken Mutter. Und wie er dabei gegrinst hat. „So long", hatte er immer wieder gesagt. „So long." Und jetzt? Lag er auf Eis. So long, Jochen!

Nerke warf noch einen letzten Blick auf den Bus. Weichtiere. Alles Weichtiere. Bei dem Wetter würde draußen bestimmt keiner von denen rumhängen. Wie aus Eimern klatschte der warme Regen in sein Gesicht. Er war nass bis auf die Knochen. Aber kalt war ihm nicht. Irgend so ein Sturmtief, aber Juni. Mit dem Wetter hatte er schon immer Glück gehabt. Nerke verschwand hinter Brüggemanns Garage und arbeitete sich durch die Büsche und

Sträucher des großen Gartens. Auch zwei Beete musste er überwinden. Wie Blei klebte der schwere Marschboden an seinen Schuhen. Erst auf Staakes Rasen wurde er den Ballast wieder los. Die Straße war kein Problem. Von hier aus konnte er den Bus nicht sehen. Die Schmiere ihn also auch nicht. Dennoch gab er Gas, sprang über die kleine Gartenmauer von Hinrichs und tauchte in den Flieder ein. Er spuckte. Irgendetwas aus dem Dickicht war ihm in den Mund gekrochen. Die nächsten beiden Gärten waren große Rasenflächen. Einen Blick in die Fenster, dann sprintete er los. Hinter dem Kaninchenstall von Hoffmanns ging er in die Knie und linste über den grünen Bretterzaun. Schwere See schlug ihm entgegen, als hätte der Wind ihn erwartet. Böe auf Böe schwappte über den Zaun. Er wehrte sich mit erhobener Hand. Werners Garten war menschenleer. Verwildert, voller Gerümpel, die Wäschespinne umgeweht, aber leer. Er hatte Recht behalten. Bei dem Wetter trauten die sich nicht raus aus ihrem feinen Bus.

Nerke hob sich gegen den Wind über den Zaun. Bis zur Tür waren es nur ein paar Schritte. Der Schlüssel lag unter der großen Futterschüssel für die Katzen. Endlich im Trockenen. Er stapfte durch den Flur ins kleine Wohnzimmer, einen Bach hinter sich her ziehend, aus dem hier und da kleine Marschinseln ragten. Hinter dem gelben Vorhang ging er in Stellung und lugte vorsichtig durch die Scheibe, die der Regen unentwegt mit prasselnden Tropfen wusch. Auch die Kreuzung war menschenleer. Weichtiere eben. Nerke ging in die Küche und schnappte sich ein Geschirrhandtuch, mit dem er sich durchs Gesicht und die Haare fuhr. Im Kühlschrank fand er eine Dose Bier, die er in wenigen Zügen leerte. Zwei kalte Bockwürstchen aus einem angebrochenen Glas besänftigten seinen Magen. Senf konnte er keinen finden.

Die Kommode stand im Schlafzimmer. Er riss die oberste Schublade mit einer kräftigen Bewegung heraus und drehte sie um. Während die Wäsche vor seinen Füßen landete und sich der Nässe und dem Schmutz hingab, löste er die Plastiktüte vom Boden der Schublade. Der Pass sah klasse aus, Werner hatte Wort gehalten. Es war noch ein alter. Ohne diesen neuen elektronischen Schnickschnack. Ein Holländer hatte sich darauf spezialisiert. Nerke hieß jetzt Thomas Fischer und konnte gehen, wohin er wollte. Unten angelte er sich eine grüne Öljacke von der Garderobe, seine nasse Trainingsjacke ließ er auf die Fliesen klatschen. In die einzige Innentasche steckte er die Plastiktüte mit dem Pass, in die Seitentaschen stopfte er sich hastig einige Tafeln Schokolade, die er in der Küche gefunden hatte. Dann öffnete er die Tür.

Der Uniformierte war einen halben Kopf größer als er und hatte die Augen weit aufgerissen, seine rechte Hand flog reflexartig zur Pistole. Einen Satz brachte er nicht mehr heraus, denn Nerke war schneller. Er trat ihm einfach auf einen Fuß und stieß ihn mit seinem Körper um. Im Fallen gab der Bulle einen fast tierischen Laut von sich. Kein neuer Trick, aber ein sehr wirkungsvoller. Nerke wollte über den am Boden Liegenden steigen, doch der erwischte ihn an einem Hosenbein. Nerke verlor das Gleichgewicht, versuchte noch, das völlig zugewachsene Blumengitter zu erwischen und landete auf dem Uniformierten, der sofort zupackte. Nerke blieb oben und schlug ihm den Ellenbogen zweimal ins Gesicht. Dennoch hatte sein Untermann die Pistole aus dem Halfter ziehen können. Nerke rollte sich auf den rechten Arm seines Gegners, nahm ihm die Bewegungsfreiheit und schlug erneut zu. Viermal, fünfmal. Immer gegen die Schläfe. Dann gab der Körper unter ihm nach, verlor die Kraft, die gerade noch spürbar gewesen war. Blut rann aus einem Ohr und der Nase, färbte den Regen rot. Nerke wartete einige Sekunden, dann erhob er sich langsam, den Leblosen nicht aus den Augen lassend. Erst jetzt sah er sich um und fischte gleichzeitig die Pistole aus einer Pfütze. Werners Garten war wieder menschenleer. Ein zweiter Bulle hätte ihn längst angeschrien oder geschossen.

Nerke sprang auf und verschwand über den grünen Zaun. Diesmal warf er keinen Blick auf die Fenster. Er musste weg. Schnell weg. Denn ein zweiter Bulle würde schon bald in Werners Garten stehen. Dann würde es nicht lange dauern, und Leer war dicht. Wenn er sich nicht beeilte, saß er in der Falle. Aber er musste über die Brücke. Immerhin, bei dem Wetter konnten sie ihre Hunde vergessen. Groninger Straße. An der Seeschleuse. Die Brücke war nicht weit, er konnte es schaffen. An der Kreuzung hielt er den Daumen hoch. Die Chance war klein, aber er hatte schon oft Glück gehabt. Wie beim Wetter. Das Gesicht war wichtig. Es musste das Gesicht eines Hilfesuchenden sein, das Gesicht von jemandem, der eine Panne hatte. Nerke begann zu winken, und das Glück war tatsächlich zur Stelle. Der Lieferwagen einer Baufirma hielt neben ihm, eine graue Mischmaschine auf der Ladefläche. Der Fahrer war um die 60 und sah nicht trockener und sauberer aus als er. Nerke schwang sich auf den Beifahrersitz, grüßte mürrisch und hielt ihm dann seine nagelneue Dienstwaffe unter die Nase. Der Fahrer riss seine Augen noch weiter auf als der Bulle, machte aber keine Zicken. Ruckartig fuhr der Wagen los, der Diesel war laut. Auf der Brücke maß sich der Wind mit dem Wagen, die Mischmaschine stöhnte in ihren Haltebändern. Am Westufer blieb er zunächst auf der Emsstraße, bis er einen geeigneten Feldweg ausmachte. Dort ließ er den Maurer einbiegen und nach mehreren Feldern aussteigen. Sein Handy blieb im Wagen. Ein Schlag mit der Waffe ließ ihn in ein Weizenfeld sinken. Und bis Bingum würde er einige Zeit brauchen.

Nerke stieg ein und hatte Mühe, den störrischen Gang einzulegen. Verfluchte Karre! Stotternd setzte sich der alte Wagen in Bewegung. Nerke dachte an den anderen Bullen. Bis zur Grenze, die es nicht mehr gab, war es nicht weit. Wenn er es bis Groningen schaffte, hatte er gewonnen. Bei Bertha konnte er untertauchen. Mit dem neuen Pass, neuen Klamotten, einer neuen Frisur und einer Brille konnten ihn alle mal. Für immer. Denn er würde nicht fliegen, sondern sich in Rotterdam einen Frachter suchen. Den Tipp hatte er von Kalle bekommen. Auf Flughäfen ging nichts mehr. Rotterdam aber war nicht dichtzumachen. Da gab es immer ein Loch, das sie nicht kannten. In Brasilien würde dann das Leben beginnen, und was für ein Leben. Mit dreieinhalb Millionen würde er so richtig abhängen und sich jede Menge Weiber kaufen. Braune Schenkel tanzten durch seinen Kopf.

Coldam. Kirchborgum. Er war am Ziel. Die Wischer stemmten sich vergeblich gegen den Regen. Kaum hatten sie ihren Halbkreis beendet, war auch der Wasserfall wieder zurück. Dennoch fand er die richtige Stelle am Deich. Den Wagen parkte er so, dass ihn andere Fahrzeuge passieren konnten. Jetzt bloß nicht auffallen. Er zog die Kapuze über den Kopf und machte sich an den Aufstieg. Das Gras war rutschig, mehrmals fanden seine Schuhe keinen Halt. Auf der Deichkrone schlug ihm der Wind ein zweites Mal an diesem Tag ins Gesicht. Das Deichvorland war so menschenleer wie Werners Garten. Nerke suchte den Schilfstreifen, an dem entlang der schmale Weg zur Ems führte. Dann lief er los. Er wollte fertig werden, wollte weg, wollte die paar Kilometer bis nach Holland hinter sich bringen und sich ausruhen. Die letzten Tage steckten tief in seinen Knochen, die Flucht, der Weg von Oldenburg, die Nächte in den Scheunen, der Kampf mit dem Bullen. Der Pfad war ein einziger Matsch, aufgeweicht vom Sturmtief. Mühsam musste sich Nerke bis zu Janssens Steg vorarbeiten. Längst kroch der Regen auch unter die Öljacke.

Jochen hatte die Idee gehabt, die Beute unter Janssens Steg zu bunkern. Da kam nie jemand hin, selbst Opa Janssen nur alle paar Wochen, seit er keine Reusen mehr aufstellte. Die Kiste und der Stein waren auch Jochens Idee gewesen. Einfach und genial. Ein kluger Kopf. Aber einer, der alles für sich haben wollte. Nun hatte er gar nichts mehr. Nicht mal mehr sein Leben. Der hätte nie mit ihm geteilt. Der hatte einfach weg gemusst. Früher oder später.

  Der kleine Schilfwald wurde dichter und war plötzlich verschwunden. Nerke kämpfte mit beiden Händen gegen den Regen. Der Steg war weg. Das ganze Ufer war weg. Nur die Ems war noch da. Nerke sah sich um, so gut es ging. Er musste dem falschen Schilf gefolgt sein. Keuchend stapfte er durch den Morast zurück an den Deich und stocherte mit den Augen im Regen. Nein, es war der richtige Pfad, der Pfad zu Janssens Steg. Der Pfad, den sie schon als Kinder gegangen waren. Noch einmal arbeitete sich Nerke bis zur Ems vor. Der Steg war noch immer weg. Der Fluss sah anders aus als sonst, er floss anders, hatte Fahrt aufgenommen. Jedenfalls kam es ihm so vor. Er ging das frische Ufer ab, das er noch nicht kannte, suchte nach dem großen Stein, dem Pfahl mit dem roten Kopf, suchte nach Resten von Janssens Steg. Er musste in der Verlängerung des Pfades liegen. Vielleicht waren es nur ein paar Meter. Vielleicht war die Kiste noch da. Nass war er sowieso. Nerke sprang ins Wasser. Es war tiefer als erwartet und ging ihm bis zum Bauch. Ein lang gezogenes „Nein!" schrie er gegen den Wind und schlug mit der Hand aufs Wasser, in das er nicht weiter gehen konnte, in das er nicht weiter zu gehen brauchte. Die Kiste war ebenso weg wie das Ufer und der Steg. Ein Frachtschiff glitt vorbei, flussaufwärts. Nerke stand in der Ems und weinte. Die Tränen brauchte er sich nicht abzuwischen.

Hinter ihm, hinter dem Schilf war die Welt plötzlich nicht mehr menschenleer. Nacheinander tauchten mehrere Uniformierte auf der Deichkrone auf. Einer von ihnen wies mit dem Finger auf die Ems. Dorthin, wo früher einmal Janssens Steg gestanden hatte.

Teek

Das Wetter war viel zu mild für einen Oktobertag. Die Sonne nötigte sie sogar dazu, ihre Jacken zu öffnen und die Stirnbänder abzunehmen. Auch der Wind hatte nachgelassen, zumindest am Boden, denn die wenigen grauen Wolken, die zum Greifen nahe schienen, überholten sie mühelos. Möwen, Austernfischer, Sandregenpfeifer und andere Watvögel sorgten für einen natürlichen Klangteppich, den Einheimische kaum mehr bewusst wahrnahmen. Ab und zu setzten blökende Schafe markante akustische Akzente. Zu sehen waren sie nicht, da sie auf der Landseite des Deiches weideten. Am Horizont im Südwesten plierten die Greetsieler Zwillingsmühlen über den Deich.

Das letzte Hochwasser bestimmte ihren Weg, denn sie gingen, ohne es beschlossen zu haben, am Spülsaum entlang. Schon als Kinder waren sie diesem von der Nordsee immer wieder neu angelegten Pfad gefolgt. Damals hatten sie mit Tanjas Vater regelmäßig nach toten Vögeln gesucht und ihnen die Ringe abgenommen, um sie an die jeweiligen Vogelwarten zu schicken. Eines von vielen Kinderabenteuern, die es nicht mehr gab. Diese Ringe, hatte der Vater ihnen erklärt, sagten alles über die Vögel aus, erklärten ihre Herkunft und ihr Alter. Angst vor den Kadavern hatten sie nicht gehabt. Der Tod hatte noch keine große Bedeutung für sie. Einmal hatte Anne sogar eine Flaschenpost gefunden. Von einem Tschechen, der sie irgendwo über Bord geworfen hatte. Neben der Adresse hatte er nur zwei Wörter hinterlassen: Please write! Geantwortet hatte er nie.

Heute ließen sie die angespülten Vögel liegen. Neben Schilf, Wasserpflanzen, Gräsern und einigen von der See kunstvoll bearbeiteten Holzstücken hatte die Flut auch wieder viele Plastiktüten und Plastikflaschen am Fuß des Deiches abgeladen. Die hatte es in Kindertagen nicht gegeben.

„Was sind das für Menschen, die so etwas machen?", fragte Tanja.

„Keine Ahnung", antwortete Anne. "Es gibt einfach Menschen, die immer noch alles wegschmeißen. Die haben nichts begriffen und nichts dazugelernt."

„Sieh dir das an, wieder drei Flaschen. Haben die eigentlich keine Ahnung, wie lange es dauert, bis sich der Kunststoff zersetzt? Leersaufen und über Bord damit. Mehr haben die nicht im Kopf. Und dann der Pfand. Zuviel Geld haben die auch noch!"

„Jetzt reg dich nicht so auf, ändern kannst du es ja doch nicht. Der Teek wird eingesammelt. Dabei sortieren sie die Flaschen aus. Mehr können die auch nicht tun. Freu dich lieber über das tolle Wetter. Es könnte glatt Frühling sein. Letzte Woche war's nur grau in grau. Lass uns den Tag genießen. Du kommst ja sowieso kaum noch. Warum musstest du auch in Stuttgart studieren? War dir Oldenburg nicht gut genug?"

„Du weißt genau, warum. Aber, du hast Recht, lass uns den Tag genießen."

„Es ist Arno, stimmt's? Er liegt dir immer noch im Magen. Daher deine gute Laune."

„War ja auch eine lange Zeit. Sechs Jahre, davon vier bis fünf sehr schöne."

„Er hat dich nach Strich und Faden verarscht und betrogen. Und das auch noch mit Ute, dieser blöden Kuh. Was hat Arno nur an der gefunden? Was die über dich ..."

„Hör auf, hör bloß auf. Ich weiß, ich muss das Kapitel endlich abschließen. Aber die erste Zeit war trotzdem sehr schön."

„Gut kochen konnte er ja, das muss man ihm lassen. Besonders seine Speckendicken. Sonst habe ich diese Kalorienbomben ja nie gemocht. Die gab's immer bei meiner Oma. Grauenhaft. Aber Arnos waren einfach sensationell."

„Er hatte auch noch andere Qualitäten."

„Das will ich gar nicht wissen, mir reichen die Speckendicken. So, und jetzt vergiss Arno. Das habe ich dir schon lange gesagt. Du hättest schon letztes Jahr mit ihm Schluss machen sollen, dann hättest du dir viel erspart."

„Das sagst du so leicht", murrte Tanja, deren Blick wieder auf eine zerbeulte Plastikflasche traf. „Du hast es ja auch noch nie lange ausgehalten."

„Weil ich mich nicht verarschen lasse. Das ist alles. So etwas wie mit Ute ist bei mir nicht drin."

„Du würdest also sofort Schluss machen? Auch mit Jonny?"

„Was heißt hier ´würde´?"

„Sag bloß, du hast dich von Jonny getrennt?" Tanja blieb stehen, öffnete leicht ihren Mund und fixierte Anne, die ein ironisches Lächeln aufsetzte.

„Hab ich dir das nicht gemailt?"

„Nein, hast du nicht."

„Schon vor drei Wochen."

Tanjas Blick erübrigte jede Frage.

„Er wollte mal allein sein, hat er gesagt. Ein Segeltörn. Nur ein paar Tage. Selbstfindung, Wattenmeer, Einsamkeit und so weiter. Aber ich hatte da so eine Ahnung und bin nach Norddeich gefahren."

„Liegt sein Boot nicht in Greetsiel?"

„Schon, aber wenn du noch jemanden mit an Bord nehmen willst, ist Norddeich eine gute Adresse. Ich wusste gleich, wer es war. Lange blonde Haare, teures Handtäschchen und ein roter Plastikrock. Passend zum Cabrio. Du hättest sehen sollen, wie affig die Winkewinke gemacht hat, als er in den Hafen eingelaufen ist. Glaub mir, ich hab mich gebührend von Jonny verabschiedet."

Tanja machte noch immer ein Gesicht wie ein Fragezeichen. „Warum hast du mir das nicht gesagt?"

„Sorry, ich hab´s irgendwie vergessen. Es war einfach zu viel los in letzter Zeit. Der neue Laden. Karls Unfall. Jeden zweiten Tag zu meinem Vater ins Krankenhaus. War keine Absicht."

Tanja verzichtete auf eine Entgegnung und setzte den Spaziergang wortlos fort. Der Spülsaum entfernte sich nun vom Deich und näherte sich dem Deichvorland. Dennoch blieben sie ihm treu. Noch war der Boden fest und trocken. Die Sonne war auf dem Rücken zu spüren und provozierte die Schweißdrüsen. Daran konnte auch der leicht auffrischende Wind nichts ändern.

„Ich hab´s vergessen", wiederholte Anne nach einer kleinen Pause.

„Schon gut", antwortete Tanja. „Wahrscheinlich hast du dir viel erspart. Ich denke an die letzte Zeit, die ich in Arno investiert habe. Diese ewigen Diskussionen. Und dann mit verheulten Augen in die Vorlesung. Das hat mich ..."

Tanjas lose umherwandernder Blick hatte diesmal keine Flasche ausgemacht, sondern war unterhalb des Spülsaums an einem Stück Stoff hängen geblieben.

„Was ist denn das?"

„Ein Stück Segeltuch oder so etwas", vermutete Anne.

„Könnte auch eine Tasche oder ein Seesack sein. Lass uns mal nachsehen."

Die beiden jungen Frauen wichen von ihrer bewährten Route ab und stapften auf einige Strandastern zu. Gut fünfzig Meter weiter lag bereits das Watt, über dem die aufgeheizte Herbstluft flirrte. Der Bewuchs wurde nun höher und war nicht mehr so leicht zu passieren. Außerdem änderte sich die Konsistenz des Bodens.

„Viel weiter gehe ich nicht", kommentierte Anne. „Die Schuhe hab ich erst eine Woche."

„Los komm schon!"

Das Stück Segeltuch vor ihnen verlängerte sich mit jedem Schritt und erreichte schließlich die Dimension eines menschlichen Körpers, der auf dem Bauch lag. Gut zwei Meter vor der Leiche blieben sie stehen. Denn dass es eine war, daran hatten sie keinen Zweifel. Ohne die Gründe nennen zu können, erkannten sie intuitiv, dass die Körperhaltung nicht die eines Lebenden war. Mehr noch wog jedoch die gelblichweiße Farbe der Hand, die der

Tote ihnen entgegenstreckte. Das Segeltuch entpuppte sich als ausgeblichene, grüne Windjacke. Es folgten blaue Jeans und rote Chucks. Der Kopf steckte im Teek und war von schwarzen Haaren bedeckt, die wie angeklebt aussahen. Die Figur ließ auf einen Mann schließen.

Tanja setzte zu einem Schrei an, der jedoch von ihrem Magen unterbunden wurde, der sich ruckartig zusammenzog. Anne wurde nur blass und machte einen halben Schritt zurück.

„Ist er tot?", fragte Tanja schließlich, obwohl sie die Antwort bereits kannte.

„Ich schätze schon", sagte Anne ebenso langsam wie leise.

„Wie kommt der hierher?" Die Antwort auf diese Frage ergab sich eigentlich aus der Lage, dem Aussehen und dem Fundort. Dennoch stellte sie Tanja.

„Mit dem Hochwasser natürlich. Der wird irgendwo über Bord gegangen sein. Wahrscheinlich bei dem Sturmtief neulich. Und hier ist er dann angeschwemmt worden. Zusammen mit deinen Plastikflaschen."

„Anne!"

„Aber so oder so ähnlich wird es gewesen sein."

Die beiden Frauen riskierten zwei Schritte. Der auffrischende Wind bemühte sich vergeblich um die verklebten Haare. Das Gesicht war nicht zu erkennen.

„Was schätzt du, wie alt mag er gewesen sein?"

„Schwer zu sagen", antwortete Anne. „Die Figur, das volle Haar. Nicht älter als fünfundzwanzig, dreißig."

„Armer Kerl."

„Aber er hat´s hinter sich."

„Anne!"

„Schon gut. Ist mir so rausgerutscht."

Während die beiden Frauen unschlüssig schwiegen, unternahm der Wind einen weiteren erfolglosen Versuch, die mittellangen, schwarzen Haare vom Kopf des Toten zu lösen. Tanja tastete das halbhohe Gras der Salzwiese ab. Doch alle Gegenstände, auf die sie stieß, hatten offenbar nichts mit dem Toten zu tun. Ein halber Eimer, eine fast platte Bierdose, eine Zigarettenschachtel.

„Was sollen wir tun?"

„Nachsehen, ob er Papiere hat", schlug Anne vorsichtig vor.

„Ohne mich! Ich fass den nicht an!"

„War ja auch nur so eine Idee."

„Ich kenne deine Ideen."

Anne löste sich von ihrer Freundin und tat den letzten Schritt.

„Anne!"

Die Ermahnte stupste den Toten mit der Schuhspitze an und ging in die Hocke. Ihre Hand griff in den Stoff der Windjacke und versuchte, den Toten zu bewegen.

„Anne! Lass das! Was hast du vor?"

„Hab ich doch gesagt. Vielleicht hat er Papiere dabei."

„Das ist doch gar nicht unsere Aufgabe. Lass uns lieber die Polizei rufen."

„Ohne Handy? Die haben wir doch extra bei dir gelassen."

„Stimmt. Hatte ich ganz vergessen. Dabei fällt mir ein, gibt es da nicht irgend so eine Vorschrift, dass man Wasserleichen sichern muss?"

„Was soll das denn für eine Vorschrift sein?", fragte Anne, die nun etwas heftiger an der Jacke zerrte.

„Das habe ich neulich im Radio gehört. Wenn man eine Wasserleiche findet, soll man sie so sichern, dass sie bei der nächsten Flut nicht wieder ins Meer geschwemmt werden kann."

„So ein Quatsch! Willst du ihn hier etwa anbinden?"

Plötzlich gab die Jacke nach, der Arm rutschte zur Seite, der Kopf drehte sich leicht. Diesmal war der Schrei schneller als Tanjas Magen. Ihre Hände flogen ihr ins Gesicht. Trotzdem konnten sie nicht verhindern, dass ihr Blick die fahle Haut und das milchigtrübe Auge des Toten streifte. Nur mit Mühe konnte sie das Verlangen ihres Magens unterdrücken, sich von den mittags gegessenen Matjes wieder zu trennen. Sie ging einige Schritte nach rechts und drehte sich, so dass sie sein Gesicht nicht mehr sehen konnte.

„Wenn du damit nicht sofort aufhörst, gehe ich ohne dich!"

„Die Jackentaschen sind leer. Er hat nichts dabei."

„Wenn du an seine Hose gehst, bin ich weg!"

„Brauch ich gar nicht. So platt wie die Taschen sind, sind die auch leer. Das kann man sehen. Keine Brieftasche oder so." Anne stand langsam auf und stellte sich neben ihre Freundin, der einige Tränen über die Wangen kullerten.

„Was ist mit dieser Verordnung?", schniefte Tanja.

„Nichts. Oder willst du mit anfassen, ihn zum Deich zu schleppen? Alleine schaff ich das nämlich nicht."

„Nein, nein, den fass ich nicht an."

„Na also. Der schwimmt schon nicht weg. Wir gehen jetzt zurück und rufen die Polizei."

„Gut", nickte Tanja, warf doch noch einen schnellen Blick auf den Toten und kehrte ihm dann den Rücken zu. Dann gingen sie zurück zum gewohnten Pfad. Plastikflaschen und anderem Strandgut der Industriegesellschaft schenkten sie keinerlei Beachtung mehr.

Während Tanja ihren Tränen nun freien Lauf gewährte, dachte Anne an Jonny, den die Nordsee schon nach drei Wochen wieder ausgespien hatte. Der Palstek musste sich gelöst haben, denn von dem Seil fehlte jede Spur. Dabei hatte sie Jonny, von dem alle annahmen, er sei wieder einmal in Irland, gut vertäut. Nur die Halskette, die sich nun in ihrer Jackentasche befand, hatte sie vergessen. Danach hatte sie gesucht. Nicht nach Papieren, denn an die hatte sie gedacht.

„Weißt du was, ich fahr dich jetzt nach Hause und kümmere mich um alles, die Meldung bei der Polizei, Protokoll und so weiter, okay? Dann besorg ich bei Frank in der Mühle noch schnell ein paar Flaschen Rotwein und komm zu dir. Am besten legst du dich erst einmal in die Wanne. Das hilft immer."

Tanja nickte schluchzend. Ihre Nerven waren noch nie die besten gewesen. Anne hatte also genügend Zeit, sich ein letztes Mal von Jonny zu trennen. Im Watt kannte sie sich aus, der Priel war tief genug, nur der Palstek musste fester sein.

„In zwei Stunden ist Hochwasser", näselte Tanja. „Was ist, wenn der Tote doch …?"

„Keine Sorge. Ich hab dir doch gesagt, ich kümmere mich um alles."

Esc

Enter. Und wie seine Piraten enterten. Kaum hatte er die Taste mit dem Enterhakenpfeil berührt, rasten sie als elektromagnetische Wellen durch die Luft, landeten lautlos in einem unbewachten Rooter, flottierten durch einen fremden Rechner in der Nachbarschaft, hangelten sich über ein Kabel zur Wand und verschwanden im Netz, das einst für das Telefon erfunden worden war.

Er brauchte nur noch zu warten, bis sie das Schiff erreichten. Ein stolzes Schiff, ein unbesiegbares Schiff. Das zumindest glaubte dessen Mannschaft, denn sie verließ sich auf eine starke Panzerung, auf eine Firewall, die nicht zu überwinden war. Er aber hatte seine eigene Mannschaft zusammengestellt, allesamt kampferprobte Piraten, die sich erst gar nicht auf die Firewall einließen, sondern einen ganz anderen Weg wählten. Sie schwangen sich nicht mit Seilen von Deck zu Deck, sondern tauchten unvermittelt aus dem Wasser auf und krochen heimlich durch eine der Stückpforten an Bord. Unbemerkt schwärmten sie aus, schlichen an den Wachen vorbei, öffneten verbotene Schotten, drangen in die Kapitänskajüte, den Pulverraum und sogar die Bilge ein. Als sie das Krähennest am Masttopp erreichten und die Ferngläser der Offiziere requirierten, erschrak sich sein Monitor, zuckte ein paar Mal zusammen und begann, eine Reihe von Bildern zusammenzupixeln und zu sortieren. Nun war auch er an Bord, noch dazu gleich auf der Brücke.

Niemand hatte bemerkt, dass er das Schiff übernommen hatte. Er klickte das dritte Bild an, das sich aufblähte und die anderen an den Rand drängte. Es zeigte einen der vielen endlosen Korridore, durch die gelangweilt wirkende Uniformierte und Weißkittel schlenderten. Was für ein müder Verein. Gut, das er sich jetzt zum Kapitän ernannt hatte. Wochen hatte er dafür gebraucht, Nächte nicht geschlafen. Jetzt wurde die Prise fällig.

In schneller Folge klickte er sich durch die anderen Bilder der Überwachungskameras und verschaffte sich einen Überblick über alle Decks, von denen viele tief unter der Wasserlinie lagen. Das war bei Labors dieser Art die Regel. Denn das, was die Weißkittel hier in ihren Erlenmeyerkolben zusammenmixten, sollte nicht Krankheiten heilen. Grund genug, die Alchimisten ein bisschen auf Trab zu bringen. Ein trockenes Lächeln flog über seinen Mund, er verhakte die Finger und drückte die Hände nach außen, bis einige Gelenke knackten. Dann machte er sein Keyboard zum Maschinentelegrafen. Das Labor in fernen Gestaden, die er noch nie betreten hatte, wurde zum Geisterschiff.

Türen schlossen sich, andere öffneten sich. Fahrstühle setzten sich in Bewegung. Lichter tanzten über Labormaschinen und Konsolen. Sirenen sangen und erröteten. Innerhalb von Sekunden fuhr Leben in die Uniformierten und Weißkittel auf den unterirdischen Korridoren. Sie parierten perfekt, ohne auch nur im Geringsten zu ahnen, wessen Befehlen sie folgten.

Seine Finger steppten über das Keyboard. Das Lächeln erfasste längst sein ganzes Gesicht. Professionell dirigierte er die Figuren durch das Labyrinth, scheuchte sie von Level zu Level, konfrontierte sie mit immer neuen Situationen. An einer Kreuzung prallten zwei übereifrige Uniformierte zusammen. Auf einem anderen Deck versuchten zwei Weißkittel, eine Tür gewaltsam zu öffnen, die sie in einem der Laborräume gefangen hielt. Nur ein Bild und einen Klick entfernt folgten einige Weißkittel der gegenteiligen Intention und kämpften mit einer Tür, die nicht zu schließen war, aber unbedingt geschlossen werden musste. Denn in dem Laborraum, den sie zu bewachen hatten, drehte gerade eine Zentrifuge durch. Wütend spie sie aus ihren rotierenden Mäulern einen hässlichen, grauen Schaum auf die aseptischen weißen Wände.

Das Lächeln erweiterte sich zum Lachen. Immer neue Spielzüge kamen ihm in den Sinn, und immer besser verstand er es, sie auch umzusetzen. Seine Piraten bewährten sich. Ihre Ausbildung hatte sich gelohnt. Manchmal gab er nach und öffnete eine Tür, um die Erleichterung einiger Spielfiguren zu genießen, nur um hinter ihnen eine andere Tür zu schließen und die erneute Verzweiflung zu verfolgen. Mehr ging nicht. Der Kick übertraf alle Erwartungen. Allerdings durfte er bei diesem Spiel nicht die Zeit vergessen wie bei den anderen. Denn er hatte nicht nur andere Spielfiguren, er hatte auch andere Gegenspieler. Nur wenn er seine Piraten beizeiten wieder zurückbeorderte und Segel setzte, hatte er die Chance, unerkannt wieder seinen versteckten Ankerplatz zu erreichen. Aber er hatte alles perfekt vorbereitet.

Es wurde Zeit. Noch ein letztes Mal ließ er einige Türen zappeln, genoss das kreative Chaos und zwang sich dazu, den Befehl zum Rückzug zu geben.

Esc.

Doch statt auf der Taste landete der Zeigefinger seiner linken Hand auf einer kleinen quadratischen Vertiefung. Er nahm die Augen vom Monitor. Die Escapetaste, links oben auf dem Keyboard, war verschwunden.

Die Coladose. Er musste sie vorhin mit der Coladose aus dem Keyboard gekickt haben und glaubte sich sogar an ein Geräusch zu erinnern, dem er aber keine Beachtung geschenkt hatte. Dabei hatte er die lose Taste schon ein paar Mal wieder einsetzen müssen. Mit dem Finger könnte es auch gehen. Aber so sehr er in dem quadratischen Loch bohrte, seine Fingerspitze erreichte den Boden der Öffnung nicht, an dem sich der Schaltmechanismus befand. Ein Stift. Er erwischte den CD-Marker. Viel zu dick. Keine Chance.

Während er auf dem Schlachtfeld seines Schreibtisches fieberhaft nach einer dünneren Prothese suchte, entsicherte ein Uniformierter auf dem Monitor seine Waffe und feuerte mehrere Schüsse auf eine Tür ab, die gleich darauf widerwillig zur Seite glitt. Ein Weißkittel, der hinter der Tür versucht hatte, sie auf konventionelle Weise zu öffnen, sackte in sich zusammen. Seine Berufskleidung färbte sich rot. Auf einem der kleineren Bilder züngelten Flammen aus einem der Laborgeräte. Auf einem anderen Bild wälzten sich drei Männer auf dem Boden, als hätten sie zu viel Rum erwischt. Ein weiteres Bild glich zusehends einem Werk von Jackson Pollock.

Keiner der Stifte passte. Sie waren alle zu dick, die Öffnung für die kleine Kunststofftaste zu schmal und zu tief. Er brauchte die Taste. Andere Optionen fielen ihm nicht ein. Etwas in seinem Kopf schien zu meutern.

Ohne einen Blick auf den Monitor zu werfen, stemmte er sich aus seinem Stuhl und wuchtete seinen massigen Körper über den Schreibtisch, auf dem schon lange nichts mehr geschrieben wurde. Dort unten lag sie. Auf den Fliesen zwischen der Steckerleiste und dem Sockel des Tisches. Unerreichbar für ihn. Bullshit!

Die Piraten nutzten die kurzfristige Abwesenheit ihres Kapitäns und öffneten die Siegel und Schleusen eines Raumes, der nur mit besonderen Schutzanzügen betreten werden durfte. Sie taten dies nicht absichtlich, denn dazu fehlte ihnen das notwendige Bewusstsein. Sie taten dies, weil sie es konnten, und weil sie das Schiff geentert hatten, um Türen zu öffnen und zu schließen. Und weil ihr letzter Befehl ihnen aufgetragen hatte, damit fortzufahren, bis dieser Befehl widerrufen wurde. In das kleine Feuergefecht, das sich auf Deck 4 zufällig ergeben hatte, mischten sich die Piraten nicht ein. Die internen Differenzen einer fremden Mannschaft gingen sie nichts an.

Zwischen Rechner und Monitor wie ein gestrandeter Wal liegend, hatte er das Netzkabel gepackt und wie eine Logleine eingeholt, doch er zögerte.

Er war es gewohnt, seine Rechner immer sauber herunterzufahren. Hard- und Software hatten wenig Verständnis für einen plötzlichen Energieausfall. Er ließ das Kabel los und zog sich zurück.

Auf dem Geisterschiff breitete sich das Feuer weiter aus. Die Piraten hatten neben anderen Sicherheitseinrichtungen auch die Sprinkleranlage außer Betrieb gesetzt, die Entlüftung und die Filter arbeiteten ohnehin nicht mehr. Die meisten der kleinen Bilder am rechten Rand des Monitors hatten bald nur noch Nebel zu bieten. Die Piraten beeindruckte das nicht im Mindesten. Sie waren Pulverdampf gewohnt und öffneten die letzten Türen und Schleusen, natürlich auch jene, die ans Tageslicht führten.

Erst jetzt, nachdem er wieder mühsam in seinen Stuhl gerobbt und auf der Brücke erschienen war, sah er den absoluten Triumph seiner Mannschaft über die gegnerische. Nur auf einem der Bilder, die die wenigen noch intakten Kameras lieferten, war Gegenständliches zu erkennen. Ein Uniformierter kroch mit eigenartig zuckenden Bewegungen über den Boden.

Ein zweites Mal stemmte er sich aus seinem Stuhl, warf seinen linken Arm über den Tisch, drückte auf den großen runden Knopf an der Front seines Rechners, hielt ihn fest und kappte so die Verbindung zu seiner Mannschaft. Dann plumpste er zurück in sein Lager und starrte auf den toten Monitor.

Game over.

Zerschlagen

Die Fliesen waren weiß. Wie er es auf der Sitzung vorgeschlagen hatte. Alles war weiß. Der Boden, die Türen zu den Toiletten, die Urinale, die Duschkabinen, die Bänke und Spinde in den Umkleideräumen. Reemt Baumann ließ keinen Raum aus.

Auf dieses kleine Gebäude hatte der TV Hiningergroode Jahrzehnte warten müssen. Als Baumann mit sieben oder acht zum ersten Mal aufs gegnerische Tor stürmen durfte, hatten sie sich im Schilf des kleinen Kolks neben dem Spielfeld umziehen müssen. Mehr als einmal hatte er sich nach einem verregneten Spiel in seine nassen Sachen quälen müssen. Eine Dusche hatte es nicht gegeben, und ihr Klo war der Kolk gewesen. Zur großen Freude von Mücken und Bremsen. Irgendwann hatte dann der alte Hinrichs einen Bauwagen neben den Platz gestellt. Nun blieben wenigstens die Kleider trocken. Gepinkelt wurde aber nach wie vor in den Kolk. So unvermittelt der Wagen gekommen war, so plötzlich war er auch wieder verschwunden. Nach Hinrichs Pleite hatte ihn der neue Besitzer abholen lassen.

Dann hatte es den großen Krach im Verein gegeben. Müller hatte die Nase voll gehabt, hatte keine Lust mehr, eine Mannschaft ohne Umkleide zu trainieren und dem Gegner nur einen Platz im Schilf anbieten zu können. Doch der Verein hatte einfach kein Geld, der Ort war zu klein, die Halle in Hining dem Bürgermeister wichtiger. Eines Tages wurde immerhin eine Bretterbude von der Zimmerei Wegener aufgestellt. Als Übergangslösung. Dieser Übergang hatte sich bis zum letzten Jahr hingezogen, bis das Dach endgültig nicht mehr zu retten gewesen war. Dann endlich hatte sich Baumanns Traum erfüllt. Nicht mehr für ihn, denn seine Knochen waren längst alt, aber für andere, die jetzt auf das Tor stürmten. Der neue Bürgermeister hatte ein Einsehen gehabt.

Baumann ließ noch einmal seinen Blick durch das kaum ein halbes Jahr alte Gebäude wandern. Er dachte gar nicht daran, seine Tränen zu unterdrücken. In einem der drei Urinale steckte ein Turnschuh, das rechte unter dem Fenster war zerschlagen. Die Bruchstücke hatte jemand in eines der Waschbecken gepackt. Auf den Fliesen, von denen mehrere Sprünge zeigten, grinsten ihn hier und da schwarze Sprayfratzen an, umgeben von markigen Aufforderungen, Holländer und Türken platt zu machen. Die Türgriffe der Toiletten fehlten, eine Brille war noch da, auch die Kunststoffhaken in der Umkleide waren noch nicht alle abgerissen. Eine der Duschen funktionierte, ein Spiegel hatte überlebt. Es stank, als hätte nicht nur einer die Urinale verfehlt.

„Sie dir das mal an!", hatte ihn Karl gebeten. „Sieh dir das mal an, wenn du wieder mal im Lande bist, und dann sag mir, was wir tun sollen!"

Baumann ging durch die Tür, deren Schloss fehlte, raus auf den Platz und ließ auch hier seinen Blick schweifen. Der Kolk war noch da. Ein Überbleibsel der letzten Deicherhöhung. Rechts neben dem Sportplatz wurden gerade vier Häuser gebaut.

Der kleine Ort wuchs, wenn auch in bescheidenem Rahmen.

Vor einem beachtlichen Erdhügel stand ein mittelgroßer Kettenlader. Die Modellnummer sagte ihm nichts, es war schon zu lange her, dass er Maschinen dieser Art gefahren hatte. Die Fahrerkabine stand offen. Wahrscheinlich machten die Arbeiter gerade Mittagspause. Baumann brauchte ein paar Minuten, bevor er das moderne digitale Display halbwegs verstand. Der Dieselmotor klang leiser als die alten Maschinen. Baumann ließ die rechte Kette stehen und wendete, bis vor der Hydraulik für die Schaufel das kleine Gebäude mit dem eingeschlagenen Fenster auftauchte. Dann gab er Gas.

Der Sprung

Schon sechs- oder siebenmal hatte sich Kommissar Wagner die Schallplatte angehört, ohne auch nur den Funken einer Idee zu haben. Auch das Cover lieferte ihm keinen Hinweis. Eine ganz gewöhnliche Schallplatte eben, deren Farbe Karl Valentin einst als dunkelschwarz beschrieben hatte. Dreiunddreißigeindrittel Umdrehungen auf dem Plattenteller. Hier und da war ein leises Knistern zu hören, ein Geräusch, das er fast schon vergessen hatte, denn er war bereits Anfang der 80er Jahre auf die CD umgestiegen.

Außer diesen Nebengeräuschen hatte die Platte die Sinfonie eines ihm unbekannten griechischen Komponisten namens Acheloos zu bieten, deren drei Sätze Peisinoë, Aglaope und Thelxiëpeia hießen. So merkwürdig die Titel klangen, so modern und atonal hörte sich die Komposition an. Wagner tippte auf einen Schüler Arnold Schönbergs und konnte auch nach einem weiteren kompletten Abspielen der Platte keinen Gefallen an dem finden, was Saiten- und Blasinstrumente offerierten.

Die Vorderseite des Covers zeigte eine kleine, spärlich bewachsene Felseninsel, an deren Steilküste die Wellen eines unbekannten Meeres brandeten. Die Rückseite listete die mitwirkenden Musiker auf, pries die Eigenwilligkeit der Komposition und lobte die besondere Aufnahmetechnik. Das Aufnahmedatum indes fehlte ebenso wie ein Hinweis auf das Jahr der Pressung. Obwohl „Melpomene-Records", der Name der Plattenfirma, fett auf Vorder- und Rückseite gedruckt war, ließen sich weder eine Firmenadresse noch eine Produktionsnummer finden.

Das war alles, was er hatte. Diese Schallplatte, deren Alter sein Kollege Friedrich auf etwa vierzig Jahre geschätzt hatte. Doch was diese Platte mit dem Tod von drei Menschen zu tun hatte, und ob sie überhaupt etwas damit zu tun hatte, wusste er nicht. Fest stand nur, dass alle drei Opfer, sofern es Opfer waren, im Besitz dieser Platte gewesen waren. In allen drei Fällen, die allesamt mehrere Jahre auseinander lagen, hatte diese Platte auf dem Plattenteller gelegen, als die Toten entdeckt wurden. Todesursache: Unbekannt. Fremdeinwirkung: Nicht auszuschließen. So war es auch in diesem Fall, den er zu bearbeiten hatte.

Ein Bibliothekar und leidenschaftlicher Schallplattensammler, Anfang fünfzig, wohnhaft in der Königstraße, hatte die Platte vor gut vier Wochen bei Ebay ersteigert. Von einem der Erben des zweiten Opfers, wie sich ohne große Mühe ermitteln ließ. Dieser Erbe hatte die Platte jedoch nie gehört und hatte erst kürzlich damit begonnen, den Nachlass seines Onkels zu Geld zu machen. Den Weg von Opfer Nummer eins zu Opfer Nummer zwei hatte die Platte, aller Wahrscheinlichkeit nach, über einen Secondhand-Plattenladen in der Fußgängerzone gefunden. Wie Opfer Nummer eins in den Besitz der Platte gekommen war, hatten sie bislang nicht recherchieren können. Fest stand nur: Alle Opfer waren tot in ihren Wohnungen aufgefunden worden, alle waren sitzend gestorben, alle hatten den Eindruck erweckt, friedlich entschlafen zu sein. Doch alle waren kerngesund und zu jung, um friedlich zu entschlafen. Die Gerichtsmediziner tippten auf ein perfides und schwer nachweisbares Kontaktgift und hatten alle Beteiligten angewiesen, Platte und Cover sicherheitshalber nur mit Handschuhen anzufassen.

Am späten Abend, Wagner hatte den Plattenspieler aus dem Kommissariat mit nach Hause genommen, legte er die Platte noch einmal auf. Vielleicht half ihm die Ruhe der eigenen vier Wände, um das Rätsel doch noch zu lösen. Er hatte sich ein Glas Rotwein eingeschenkt und folgte dem ersten Satz, dem er noch immer nichts abgewinnen konnte. In der folgenden kurzen Pause vernahm er ein mittellautes Knacken, als habe die Nadel einen kleinen Sprung von einer Rille in die nächste gemacht. Dabei wusste er natürlich, dass jede Platte auf jeder Seite nur eine Rille besaß. Ein kleiner Kratzer. Oder Dreck auf der Platte. Weiter nichts.

Wagner lehnte sich zurück, um sich auf den zweiten Satz zu konzentrieren. Wie nun schon gewohnt, begannen die Flöten mit einem Singvogelgesang, auf den die Saiteninstrumente in Dialogform antworteten. Vielleicht eine Art Code? Wagner war inzwischen für jede nur denkbare Lösung offen.

Als er die Augen schloss, um besser die Einsätze mitzählen zu können, bemerkte er eine Frauenstimme, die ihm bislang offensichtlich entgangen war. Kaum hörbar hatte sie sich in den Dialog eingebracht und beherrschte ihn schon nach wenigen Takten. Wie war das möglich? Der hohe Geräuschpegel im Kommissariat musste sie übertönt haben.

Was für eine Stimme! Nie zuvor hatte Wagner eine solche Stimme gehört, die noch dazu eine sich ständig wiederholende Melodie sang, die den zweiten Satz in eine musikalische Utopie verwandelte. Erst diese Stimme machte aus dem Werk ein Ganzes und degradierte das, was er am Nachmittag gehört hatte, zum sinnlosen Fragment. Aus dem Nichts türmten sich Bilder in seinem Kopf auf, verdrängten jeden anderen Gedanken und vor allem jeden Frust. Über seine Kollegen, seine steckengebliebene Karriere, sein nicht vorhandenes Privatleben, seine Schulden. Der unvergleichlichen Stimme gelang es mühelos, ihn mitzunehmen zu den Bildern, die er nun sah. Bilder einer Felseninsel, an deren Steilküste die Wellen starben. Schaumgekrönt. Weit im Süden. Wie ein Vogel flog er auf sie zu, betrachtete sie aus der Luft, umkreiste sie, folgte willig der Stimme, die ihn plötzlich Lust verspüren ließ, Lust auf die Frau, die diesen unerhört ekstatischen Sopran besaß. Er umkreiste die Insel ein zweites Mal und entdeckte sie, auf einem Felsen stehend, dort, wo die Wellen starben, nackt, mit makelloser Haut und einem Gesicht gleich der Melodie, die sie noch immer sang. Wie lange schon, wusste er längst nicht mehr. Ihr Blick traf ihn wie ein Befehl, dem er nur allzu gerne folgte. Er legte die Flügel nach hinten und ging in den Sturzflug über.

Die Nadel verließ die Rillen mit einem unüberhörbaren Knacken, der Tonarm hob sich automatisch, der Plattenteller wurde langsamer und blieb schließlich stehen. Der Verstärker wurde erst am nächsten Tag von Oberinspektor Friedrich ausgeschaltet.

Stutenkerl

Das Gesicht war zerschmettert. Der rechte Arm stand in einem unnatürlichen Winkel vom Körper ab, der Bauch schien noch weitgehend in Ordnung zu sein. Aber die Tonpfeife war zerbrochen. Zwei Knöpfe lagen auf dem Pflaster. Ein kleiner Krater aus gelblichen Bröseln markierte den Ort des Aufschlags. Frau Wermuth aus dem dritten Stock warf dem Leblosen nur einen kurzen Blick zu und verschwand im Hauseingang. Nicht einmal die abgetrennten Beine zeigten Wirkung. Mitgefühl war ihr schon immer fremd gewesen.

Der Stutenkerl war wohl nicht mehr zu retten. Gesine sammelte trotzdem die Bruchstücke ein und steckte sie in die Plastiktüte zu den Einkäufen. Auch die beiden Knöpfe aus längst steinharten Rosinen vergaß sie nicht. Langsam richtete sie sich wieder auf und sah nach oben zu ihrem Balkon. Von dort musste John ihren Stutenkerl in den Hof geworfen haben. Als Zeichen, dass er in ihrer Wohnung gewesen war. Wieder einmal. Nach seinem letzten Besuch hatte sie fast an gleicher Stelle die kleine Vase gefunden, die ihr Tante Gudrun vom Bodensee mitgebracht hatte. Auf die konnte sie verzichten. Nicht aber auf den Stutenkerl, den ihr Vater gebacken hatte. Als es die Bäckerei noch gab und er von dem Tumor noch nichts wusste. Es war sein letzter Stutenkerl gewesen. Sie hatte ihn getrocknet und aufgehoben. Als Erinnerung an ihren Vater. Tränen liefen über ihr verhärmtes Gesicht, als wäre ihr Vater mit dem Stutenkerl ein zweites Mal gestorben.

Gesine schleppte die Tasche mit gesenktem Kopf die vier Stockwerke hinauf. Sie wusste genau, dass John nicht mehr in ihrer Wohnung war. So hatte er das nun schon einige Male gemacht. Das Gericht hatte ihm zwar verboten, sie zu besuchen oder auch nur sich ihr zu nähern, aber daran hielt er sich nicht. Nur zeigte er sich nie, sondern spielte den Geheimagenten.

Das Türschloss sah aus wie immer, die Tür war verschlossen. Wie er es geöffnet hatte, war ihr ein Rätsel. Noch dazu hatte sie das Schloss erst vor gut zwei Wochen austauschen lassen. Mit Nachschlüsseln und Einbruchsbesteck kannte sie sich nicht aus, auch wusste sie nicht, wie man das mit der Scheckkarte machte. Gesehen hatte sie das schon in einem Tatort, aber wirklich verstanden hatte sie es nicht. Zwischen Türblatt und Türrahmen war doch gar kein Platz für eine Scheckkarte. Jedenfalls nicht bei ihrer Tür. War ja auch egal, John wusste jedenfalls, wie er in ihre Wohnung kam.

Alles war an seinem Platz. Das war sein Trick. Würde sie die Polizei rufen, könnte sie nichts beweisen. Denn mit Sicherheit fehlte nichts. Außer vielleicht ein Foto aus einem der Alben wie beim letzten Mal. Aber das würde als Beweis kaum ausreichen. Sie selbst hätte das Foto herausnehmen können. Auch der Stutenkerl nicht, der ihr nur demonstrieren sollte, dass er noch immer da war und jederzeit zuschlagen konnte. Sie blutig schlagen konnte. Wie er es sooft getan hatte, als sie noch verheiratet waren. Seine immer noch vorhandene

Macht über sie wollte er zeigen, mehr nicht. Das war nicht schwer zu verstehen. Aber das war auch schon genug. Denn durch seine Besuche hatte er dafür gesorgt, dass die Angst, die sie durch die Scheidung und das Urteil ein für alle Mal hatte abschütteln wollen, sich tief in ihrem Kopf eingenistet hatte. Sie schlief mit ihr ein und wachte mit ihr wieder auf. Sie nagte an jedem Gedanken. John war immer irgendwie da, stand hinter ihr, schaute ihr über die Schulter, war ihr notorischer Schatten.

Ihr Blick wanderte erst durch den winzigen Flur, dann durch das kleine Wohnzimmer. Nichts schien verändert. Dennoch war sie sich sicher, dass er Schranktüren geöffnet und Schubläden herausgezogen hatte. Die Hinweise waren minimal, leicht zu übersehen, aber sie waren da. Eine zusammengelegte Tischdecke, die sie immer mit der flachen Hand glattstrich, hatte eine kleine Falte. Ihre DVDs standen nicht mehr bündig im Schrank, wie sie es gerne hatte.

Nach den ersten beiden Besuchen hatte sie den Verdacht gehabt, John würde etwas suchen, hatte den Gedanken dann aber wieder verworfen. Sie besaß nichts, jedenfalls nichts, was von Wert und zu Geld zu machen war. Glaubte sie zumindest. Inzwischen aber keimten Zweifel in ihr auf. Konnte John nicht doch etwas suchen? Etwas, dass sie bei der Aufteilung und dem Umzug übersehen hatte? Aber was konnte das sein? Sie hatte nicht den Hauch einer Ahnung. Ihr Blick wanderte weiter.

Die Fotoalben. Obwohl auch sie unangetastet aussahen, zog sie den ersten der braunen Bände aus dem Regal und begann zu blättern. Auf der letzten Seite wurde sie fündig. Das Foto ihres Vaters fehlte, das sie kurz vor seinem Tod extra noch gemacht hatten. Gesine klappte das Album zu und ließ es auf den Wohnzimmertisch gleiten. Sie sah zum Telefon hinüber, ließ sich jedoch langsam auf die Couch sinken. Die Polizei würde ihr nicht glauben, würde sie für paranoid halten.

Nach einem kurzen inneren Ausflug in die untergegangene Welt der Backstube, in der sich heute ein Büro befand, angelte sie vorsichtig die Bruchstücke des Stutenkerls aus der Tasche und puzzelte sie auf dem Tisch zusammen. Vielleicht war er ja doch noch zu retten. Sie drehte sich um und zog eine Tube Klebstoff aus einer der Schubladen. Mit entspannterer Miene betrachtete sie wenig später das Ergebnis ihrer Bastelarbeit. Es war tatsächlich besser, als sie unten im Hof gedacht hatte. Mit den deutlich sichtbaren Narben würde sie leben müssen. Was zählte, war, dass sie ihn zurückgeholt hatte, dass er wieder lebte. Aber wo sollte sie ihn verstecken, wo vor Johns Zugriff in Sicherheit bringen? Wieder wanderte ihr Blick durch das Wohnzimmer, in dem nur eine Couch, ein Sessel, eine billige Schrankwand, ein Sideboard samt Fernseher und einige Blumen standen. Vielleicht in der Küche? Auch sie schied als sicheres Versteck aus. Im Schlafzimmer boten sich nur der Kleiderschrank und der Nachttisch an. Oder das gähnende Loch unter ihrem Bett. Blieb eigentlich nur ihr Fach im Abstellraum im Keller. Dort aber machte der Hausmeister schon den ganzen Winter Jagd auf Mäuse. Und denen war es bestimmt egal, wie alt der Stutenkerl war. Der Spülkasten? War ein Versteck für Kriminelle und Agenten, war ein Versteck, in dem Commissario Brunetti nach Drogen suchte. Das hatte sie neulich erst im Fernsehen gesehen. Sollte sie den Stutenkerl in eine Plastiktüte verpacken und im Wasserkasten versenken? Sie schüttelte den Kopf. Außerdem traute sie John alles zu, sogar, dass er Commissario spielte.

Als ihr Blick nun schon zum wiederholten Mal das Wohnzimmer abtastete, verdichtete sich plötzlich ein flüchtiger Gedanke zu einer handfesten Idee. Sie beendete die langsame Drehung ihres Körpers und betrachtete die Narben. Endlich hatte sie einen Platz für den Stutenkerl gefunden. Ein seltenes Lächeln huschte über ihr Gesicht.

Als Gesine am nächsten Samstag aus dem Bus stieg, war es längst Mittag. Lange hatte sie an der Fleischtheke warten müssen, um ein Pfund frisches Hackfleisch zu bekommen. Sie hasste das abgepackte Zeug, von dem man nicht wusste, wie oft es schon abgepackt worden war. Bouletten wollte sie machen. Mit Lauchgemüse und Kartoffeln. Die Menge sollte auch noch für den Sonntag reichen. Doch vor drei würde sie damit nicht fertig sein.

Samstag. John bevorzugte den Samstag. Er brauchte nicht zu arbeiten und wusste, dass sie ihre Einkäufe meistens samstags erledigte und mit dem Bus zum DollartCenter fuhr. Ob er den Stutenkerl gefunden hatte? Sicher hatte er große Augen gemacht, ihn halbwegs genesen wiederzusehen. Vielleicht hatte er ihn auch übersehen. Gesine war gespannt. Die Taschen waren schwer. Sie brauchte eine Viertelstunde, bevor sie den Wohnblock erreicht hatte. Obwohl es noch taghell war, strahlten die elektrischen Kerzen des Weihnachtsbaums, den der Hausmeister aufgestellt hatte.

So viele Menschen hatte sie lange nicht mehr im Hof gesehen. Frau Hinrichs, ihre Nachbarin, war auch dabei, ebenso der Hausmeister, der neue Student und Heini Wolters aus dem Parterre. Die anderen kannte sie nicht. Alle machten große Kuhaugen. Alle sahen sie an, als sei sie nackt oder hätte im Lotto gewonnen. Dann traten sie, wie von einem geheimen Befehl instruiert, gleichzeitig einen Schritt zurück. Gesine dagegen näherte sich mutig dem Ort des Aufschlags. John hatte den Stutenkerl tatsächlich gefunden. Diesmal war er in tausend Stücke zerbrochen. Diesmal würde sie ihn nicht einsammeln und zusammenkleben können. Das letzte Backwerk ihres Vaters war für immer verloren. Er war der Preis, den sie hatte zahlen müssen. Vor ihren gaffenden Nachbarn schwenkte sie den Kopf nach rechts neben die Erinnerungstrümmer.

Das Gesicht war zerschmettert und kaum noch zu erkennen. Der rechte Arm stand in einem unnatürlichen Winkel vom Körper ab, der in einer Blutlache schwamm. Beide Beine sahen gebrochen aus. Die linke Hand lag ausgestreckt auf dem eiskalten Pflaster, als wolle sie den Frost hautnah spüren. Ein Mann mit Handschuhen und einem Maßband kniete neben dem Toten.

„Frau Brahmann?"

Gesine hob den Kopf. Über ihr erschien ein Riese in Uniform mit ernster Miene.

„Ja." Sie wollte nur zugeben, was nicht zu leugnen war.

„Es ist ihr Mann. Ich meine natürlich, Ihr geschiedener Mann. Er hatte seine Papiere dabei. Erkennen Sie ihn wieder?"

„Ja."

„Von Ihren Nachbarn weiß ich, dass ein Kontaktverbot bestand. Ist das richtig?"

„Ja. Er darf mich nicht besuchen. Das hat mir der Richter damals erklärt. Er darf nicht einmal in meine Nähe kommen."

„Der ist bei ihr eingebrochen", warf der Hausmeister brummend ein. „Der hat gewartet, bis sie zum Einkaufen ist, und ist dann bei ihr in die Wohnung."

„Das vermuten wir auch", stimmte ihm der Riese zu. „Oben in der Wohnung haben wir ein Besteck gefunden. War das Geländer Ihres Balkons schon länger defekt?"

„Ja. Ich habe es auch schon Herrn Meier gemeldet."

„Das stimmt", gab der Hausmeister widerwillig zu, „aber ich hatte noch keine Zeit. Außerdem hat mir Frau Brahmann versichert, im Winter den Balkon nie zu betreten. Und im März werden ja sowieso alle Balkone renoviert. Da habe ich ..."

„Hm", murrte der uniformierte Riese und sah kurz zu dem kleinen Balkon hinauf, dem einzigen, dem das Frontgeländer fehlte. Ein Fotograf bemühte sich, es John nicht gleichzutun. Während er seine Aufnahmen machte, hielt ihn ein Mann von hinten fest.

„Sie können noch nicht in ihre Wohnung", sagte der Polizist. „Aber es wird nicht mehr lange dauern. Können Sie sich für die nächsten Stunden bei einem Nachbarn aufhalten? Brauchen Sie Beistand?"

„Sie kann jederzeit zu mir kommen", bot Frau Hinrichs an, die für ihre verzehrende Neugier im ganzen Block bekannt war.

„Was ... was passiert denn nun?", fragte Gesine ängstlich.

„Nicht viel", antwortete der grüne Riese. „Der Fall scheint ja eindeutig zu sein. Ich glaube, wir können eine Fremdeinwirkung ausschließen. Frau Brahmann, trotz allem, mein Beileid, und halten Sie sich bitte bei Frau Hinrichs zur Verfügung. Ich werde mich darum bemühen, dass sie bald wieder in Ihre Wohnung können. Sie müssen natürlich noch verschiedene Angaben machen. Ich komme später noch mal zu Ihnen."

Gesine nickte und sah auf das Pflaster. Vor dem Geländer, das fast die Fahrräder neben dem Eingang erwischt hätte, lag einer der rostigen Nägel, die sie statt der Bolzen in die Halterungen gesteckt hatte. Er sah harmlos und unbeteiligt aus, als sei er von Heini Wolters´ kleinem, grünem Fahrradanhänger gefallen, mit dem er in ganz Emden Schrott einsammelte. Auf dem Anhänger hatte sie die Nägel auch gefunden. Warum Heini das ganze Zeug aufhob, wusste sie nicht. Den Stutenkerl hatte sie einfach in einen der leeren Blumenkästen gestellt und die entfernten Bolzen dazugelegt. Die Polizei würde sie schon finden. Falls sie überhaupt danach suchen sollte. Die Fliesen vom Balkon hatte sie spät in der Nacht mit Wasser übergossen. Die waren zwar oft genug von ganz alleine vereist, aber sie hatte auf Nummer sicher gehen wollen.

„Kommen Sie", sagte Frau Hinrichs.

Gesine nickte allen zu, die sich um sie herum versammelt hatten, und folgte ihrer Nachbarin. Auf einen letzten Blick auf John und den Stutenkerl verzichtete sie. Sie hob den Kopf und sah nach vorn. Kein Schatten fiel dabei auf ihr Gesicht.

Fuchsin

Die Leiche lag auf dem Bauch, das Gesicht war von wenigen langen, graublonden Haaren verdeckt, die sich am Hinterkopf gegen das Alter hatten wehren können. Oberhalb, auf dem weitgehend kahlen Schädel, stach eine fast dreieckige Wunde ins Auge, die eindeutig von einem gewaltsamen Tod kündete.

„Die Tatwaffe", erklärte ein kleiner Mann in einem weißen Overall und hielt Hauptkommissar Hoogemann eine Konservendose vors Gesicht. Artischockenherzen.

„Wir haben sie dort auf dem Boden neben der Tür gefunden. Die Blutspuren auf dem Deckel müssen wir natürlich noch überprüfen, aber das ist bloße Routine."

Woher die Dose stammte, brauchte Hoogemann nicht zu fragen, denn er war von Dosen aller Art umgeben. Der Raum war nur ein paar Quadratmeter groß und fensterlos. Ein Vorratsraum eben, wie ihn viele Restaurants und Gaststätten besaßen. Der Kühlraum lag gleich nebenan, wo Hoogemann eigentlich das Gros der Vorräte vermutet hatte. Dass der Wirt seinen Gästen derart viel Dosenfutter zumutete, überraschte ihn. Aber da er nie im *Alten Fresenhof* vor Anker ging, war es ihm egal. Sein Stammlokal hieß *Rungholt* und lag etwas außerhalb. Dafür gab es dort die beste Scholle Büsumer Art, die er je gegessen hatte. Und die er dort auch fast immer bestellte. Obwohl er vorher die Karte ausgiebig studierte. Aber seine Augen blieben regelmäßig an der in Butter gebratenen und wirklich kutterfrischen Scholle hängen. Außerdem schmeckte man, dass Frieda, die Frau des Wirtes, die Krabben selbst pulte. Zumindest für Stammgäste wie ihn. Auf seiner Scholle landeten nicht die mehrfach gewaschenen, ausgelaugten und mit Konservierungsstoffen geschmacksneutralisierten, blassen Würmchen, sondern echte, nordseearomatisierte Krabben. Nur sie konnten jenen Geschmack erzeugen, der eine Scholle Büsumer Art ausmachte. Das Wasser lief ihm im Mund zusammen. Der Tisch war bestellt, seine Magensäfte einsatzbereit. Der Samstag hätte so schön werden können.

Jetzt aber stand er hier im Dosenlager des *Alten Fresenhofs* vor einem frischen Toten, der ihm den Weg ins *Rungholt* versperrte. Die Täter schreckten vor nichts mehr zurück und schlugen nun schon an Samstagvormittagen zu. Mit Artischockendosen.

„Wer ist der Tote?", brummte Hoogemann, ohne seinen Untergebenen mit Namen anzusprechen.

„Gerd Petersen, 62 Jahre, von Beruf Realschullehrer, Leiter des Shantychores ´Kap Hoorn´, wohnhaft hier in Büsum."

Hoogemann nickte. Jeder seiner Kollegen wusste, dass diese Geste einem Dank entsprach, lobende Wort für eine schnelle Antwort inklusive.

„Irgendwelche Hinweise?"

„Nein", erstattete ein junger Mann mit blasser Haut Bericht. „Ein Kampf hat auch nicht stattgefunden. "

„Das sehe ich selbst", murrte Hoogemann. Die Dosenwände waren gut sortiert, die Kartons vorbildlich gestapelt, der Boden gefegt. Bis auf den

Toten war hier die Welt in Ordnung. Nicht unbedingt kulinarisch, aber das spielte jetzt keine Rolle.

„Sind Sie fertig?"

Zwei Männer in Weiß bejahten die Frage umgehend und verschwanden. Sofort begann nun Hoogemann, den Toten und den Raum zu inspizieren, bevor die Gerichtsmedizin den Körper für sich beanspruchte. Er tastete die Jacke ab, griff in die Taschen, beäugte die Hände, näherte sich dem Gesicht, hob mit einem Kuli die Haare zur Seite. Der Mann sah älter aus als 62, die Gesichtszüge waren hart, verhärmt, die Augen noch im Tode streng und dominant. Wenn das kein Chorleiter gewesen war, wer dann?

Ein Geruch stieg ihm in die Nase. Ein zarter, kaum wahrnehmbarer, ein vertrauter Geruch. Er kniete sich tiefer auf den Boden und führte seine Nase so weit wie möglich an den Mund des Toten. Alkohol. Korn oder Köm.

Hoogemann stand auf und nahm sich den Raum noch einmal vor, vermaß die Dosentürme, folgte den Regalwänden, griff hier und da hinter Erbsen und Möhren, hinter Bohnen und Tomaten. Der Feuerlöscher. Eines dieser alten Riesendinger und fehl am Platz, aber wahrscheinlich hatte der Wirt keinen anderen gefunden. Das Prüfsiegel war vor Jahren abgelaufen. Ein Relikt, ein Museumsstück. Hoogemanns behandschuhte rechte Hand wurde schnell fündig und zog einen Flachmann hinter dem roten Ungetüm hervor. Doppelkorn, mittlere Supermarktqualität, halbleer. Hoogemann betrachtete die Flasche.

Deshalb hatte der Chorleiter diesen Raum aufgesucht. Um in einer Pause schnell und unbemerkt aufzutanken. Diese Gelegenheit hatte der Mörder für seine Tat genutzt. Also musste er die Gewohnheit des Chorleiters und die geheime Tankstelle gekannt haben. Und wenn es dem Opfer so wichtig gewesen war, sein kleines Ritual vor neugierigen Blicken zu verbergen, dann hatte er auch auf mögliche Verfolger geachtet. Vor einem schnellen Blick über die Schulter hatte er den kleinen Vorratsraum bestimmt nicht betreten. Erst dann war der Täter auf der Szene erschienen, hatte leise die Tür geöffnet, den Chorleiter beim Verstecken des Flachmanns von hinten überrascht, die erstbeste Dose gegriffen und mit großer Kraft zugeschlagen. Zehn, fünfzehn Sekunden. Länger hatte er nicht gebraucht.

Hoogemann trat auf den langgezogenen Flur, der zur Küche, zum Hinterausgang und nach einer Biegung bis zum Saal führte. Dort hatte der Shantychor an diesem Vormittag für das große Shantyfestival geprobt. Zusammen mit zwei anderen Chören, *La Paloma* und *Windjammer* mit Namen. Zusammen etwa sechzig uniformierte Sänger in blauen Fischerhemden, roten Vierecktüchern und Prinz-Heinrich-Mützen. Der Wirt, drei Köche und drei Bedienungen waren auch noch da. Die Hintertür war verschlossen gewesen, weitere Übernachtungsgäste außer Chormitgliedern nicht im Haus. Geschlossene Gesellschaft. Chorproben. Restaurantbetrieb erst wieder am Abend.

Mit einer kleinen Kopfbewegung zitierte er einen seiner zwei Kollegen zu sich und reichte ihm mit spitzen Fingern den Flachmann.

„Der muss auf Fingerabdrücke untersucht werden. Wie sieht es bei der Dose aus?"

„Schlecht. Nicht ein Abdruck. Wahrscheinlich hat er sie mit einem Taschentuch oder einem der Spüllappen aus dem Regal abgewischt."

„Keine Handschuhe. Hab ich mir schon gedacht. Wäre viel zu zeitraubend gewesen. Oder zu auffällig."

Wieder stieg ihm ein Duft in die Nase. Fisch und Speck. Die Küche war nicht weit. Scholle Finkenwerder Art war nicht sein Ding. Wie konnte man nur das zarte Aroma der Scholle mit altem geräuchertem Schwein traktieren? Welch brutale Form kulinarischer Vergewaltigung! Noch schlimmer war die Scholle Holsteiner Art, bei der der Plattfisch unter Krabben, Schinkenspeck und Champignons regelrecht bestattet wurde. Ganz zu schweigen von provenzalischen, bretonischen oder mediterranen Rezepten, die den ebenso einmaligen wie flüchtigen Geschmack des Filets mit Knoblauch, Oliven, Oregano und anderen Zutaten nahezu komplett zerstörten. Für Zungen und Gaumen, die Zubereitungsarten wie diese auch noch mit Michelin Sternen für süddeutsche und Berliner Fernsehköche belohnten, fehlte ihm jegliches Verständnis. Nein, die Scholle musste exakt so serviert werden, wie im *Rungholt*. Wo sein Freund Kai am Herd stand. Und heute vergeblich auf ihn warten würde.

Hoogemann marschierte zunächst in die Küche, wo sich das Personal versammelt hatte. Die Gesichter waren ernst, in die er ohne Vorwarnung eindrang, die Erschütterung nicht gespielt, die Tränen keine falschen. Schweigend sah er den Wirt an und hob kurz die Augenbrauen, als wolle er gleich eine Frage stellen.

„Gerd gehörte zum Haus. Er war ein echtes Original. Kein einfacher Mensch, zugegeben, aber einer, der etwas für Büsum getan hat. Ich verstehe nicht, wie jemand das tun konnte."

Die anderen blieben stumm und blickten den Kommissar fragend an. Als der weiter schwieg, löste sich die kleine Gruppe auf, einer nach dem anderen zog sich an seinen Arbeitsplatz zurück. Was einer der Köche in einer großen Eisenpfanne mit einem Pfannenwender bearbeitete, wollte Hoogemann gar nicht wissen. Fisch und Speck. Barbarisch.

„Von uns war es niemand, dafür lege ich meine Hand ins Feuer!", beteuerte schließlich der Wirt, der als einziger geblieben war.

„Das weiß ich", sagte der Kommissar, drehte sich um und marschierte in den Saal. Auf der Bühne saßen und standen die Mitglieder der drei Chöre, leicht zu unterscheiden an ihren Uniformen, die mal mehr zur Marinetradition tendierten, mal mehr zur romantisch verklärten Fischerei. Zwei Männer in Zivil waren damit beschäftigt, die Namen und Adressen der etwa sechzig Sänger und Musiker zu notieren. Hoogemann baute sich vor der Bühne auf und nahm jedes Gesicht einzeln ins Visier. Nur wenige wichen seinem Blick aus.

Hier saß oder stand der Mörder, dessen war er sich sicher. Aber warum hatte er ausgerechnet zugeschlagen, während er von potenziellen Zeugen umgeben war? Hoogemann wandte sich von der Bühne ab, verschränkte die Arme vor seinem sportlich flachen Bauch und stellte sich den Tathergang vor.

Petersen ruft eine kurze Pause aus, um seinen Pegel wieder in Ordnung zu bringen. Gleichzeitig lösen sich die Chöre auf. Sechzig Uniformierte drängen auseinander, um Handys zu zücken, aufs Klo zu gehen, Getränke am Tresen zu ordern oder neue Grüppchen zu bilden, in denen Nachrichten ausgetauscht werden. Ein buntes, nein, ein eher blaues Durcheinander.

Der Mörder hatte diesen Ort und diese Zeit bewusst gewählt, gerade weil er von so vielen potenziellen Zeugen umgeben war! Er brauchte sie für sein Alibi. Bestimmt hatte er sogar verschiedene Chormitglieder in der kurzen und dann doch nicht enden wollenden Pause bewusst angesprochen, damit sie sich später an ihn erinnerten. Dabei würde ohnehin jeder jedem ein Alibi geben. Bei sechzig Uniformierten, die durch die wenigen Räume pilgerten, hatte doch jeder jederzeit jemanden vor Augen. Sobald er einen Verdächtigen ausgemacht hätte, würden auf seine Frage hin garantiert mehrere Finger in die Höhe schnellen, deren Besitzer versicherten, ihren Sangesbruder zur Tatzeit vor dem Tresen oder auf dem Klo gesehen oder im Saal gesprochen zu haben. Der Täter schwamm regelrecht in Alibizeugen, schwamm aber zugleich auch in einer Flut von Tatverdächtigen, die wie er in den Flur hätten gehen können. Da es dort kein attraktives Ziel gab, war der kaum frequentiert. Ein kalkulierbares Risiko. Fünfzehn, zwanzig Sekunden. Dann war der Täter wieder in den Schwarm eingetaucht, der seine Separation nicht bemerkt hatte. Die Aufmerksamkeit war einfach nicht gegeben, da jeder aus der Konzentration der Proben heraus sein Augenmerk in der Pause auf etwas anderes gerichtet hatte.

Hoogemann drehte sich wieder um und wanderte mit den Augen über die Chorknaben. Auch wenn hinten im Flur das Risiko gering war, so war es doch vorhanden. Warum also hatte der Täter nicht einen anderen Ort und eine andere Zeit gewählt? Denn der Tathergang ließ auf eine wohlüberlegte Planung schließen. Ein Gelegenheitsmord war dies nicht. Nein, der Täter hatte abgewartet und vorsätzlich und gezielt gehandelt. Warum also hier? Hoogemann fuhr sich mit den Fingern durch seinen stattlichen grauen Bart, dessen Länge, wie er zufällig durch einen Informanten erfahren hatte, von Dr. Hinges, der Staatanwältin, missbilligt wurde. Dabei war sein Bart immer gepflegt, gekämmt, die Spitzen immer geschnitten, die Form perfekt.

Weil der Mord an einem anderen Ort den Verdacht sofort auf den Täter gelenkt hätte! Sein leicht auszumachendes Motiv war der Grund gewesen, sich mit einer großen Zahl potenzieller Täter und Alibizeugen zu umgeben. Wie der Schwarm den einzelnen Hering schützte. Hoogemann nahm sich einige der Heringe vor, bearbeitete sie mit seinem Blick, der der Staatsanwältin ebenfalls nicht gefiel. Aber der Schwarm wurde seiner Funktion gerecht. So wie der Kommissar das Mordopfer einschätzte, würde er nicht nur beim Täter ein Motiv finden.

Sechzig Blauhemden. Das bedeutete eine lange Ermittlungsarbeit, endlose Verhöre, aufwendige Tatortskizzen mit immer wieder korrigierten Bewegungsvektoren und Aufenthaltsmarkierungen. Eine Arbeit, die sie nicht aufschieben konnten, mit der sie noch heute beginnen mussten, solange die Erinnerungen noch frisch waren. Die Skizzen mussten sofort gezeichnet werden.

Er brauchte mehr Leute, viel mehr Leute, er musste sofort im Präsidium anrufen. Seine Scholle konnte er endgültig vergessen, seine Laune ging auf Talfahrt. Als auch noch das schmale, monochrome Display seines Uralthandys wieder einmal gähnende Leere in den Akkus anzeigte und jeden Wahlvorgang abwiegelte, wurde die Talfahrt zur Schussfahrt. Nur mühsam konnte er seinen inneren Problembär bändigen und sah sich um. Die Kollegen inmitten des Schwarms wollte er auf keinen Fall stören, die taten brav, was jetzt getan werden musste.

Hinter dem Tresen war bestimmt ein Telefon. Mit kräftigen Schritten, die seinen Unmut durch den Saal hallen ließen, nahm er Kurs auf das schwarze Ungetüm, das schon bessere Zeiten gesehen hatte. Als er gleich auf zwei Apparate stieß, die mit Sicherheit noch älter waren als sein Handy, verlangsamte sich die innere Fahrt wieder. Er hatte den Hörer schon in der Hand, als sein Blick einen Gegenstand erfasste, der in der Nähe vieler Kassen zu finden war. Ein Gegenstand, der ihn, noch während er den Hörer zurück auf die Gabel legte, unvermittelt zu einer Idee führte. Die Chance war nicht sehr groß, aber mit einem Fehlschlag war nichts verschenkt. Im Gegenteil, mit etwas Glück würde er doch noch rechtzeitig bei Kai eintreffen.

Ohne seine Miene zu verziehen, ließ er den länglichen Gegenstand in der Innentasche seines Jacketts verschwinden und stahl sich durch die Küchentür aus dem Saal. Minuten später betrat er von hinten die kleine Bühne und schreckte mit seiner ebenso markanten wie lauten Stimme den Schwarm auf.

„Begeben Sie sich bitte nach unten in den Saal und stellen sich in einer Reihe auf."

Zunächst breitete sich ein Klangteppich aus Gesprächsfetzen auf der Bühne aus, dann setzte sich der Schwarm in Bewegung und verließ über eine kleine Treppe wie befohlen das erhöhte Podium. Nur die zwei Ermittler folgten ihnen nicht, sondern fanden sich mit irritierten Gesichtern bei ihrem Chef ein, dessen eigenwillige Methoden sie nicht immer schätzten. Da Kommunikation nicht zu seinen Stärken zählte, erfuhren sie oft erst im Nachhinein, was er sich ausgedacht hatte. Diesmal jedoch hatten sie Glück. Hoogemann legte seine Karten auf den Tisch.

„Achten Sie auf die kleinste Regung, meine Herren. Janssen und Willms sollen sich an den Türen postieren."

Während die beiden Kollegen davoneilten, stellte sich Hoogemann vor den zur Reihe mutierten Schwarm blauer Jungs. Mit wenigen Worten sorgte er für kleine Korrekturen und absolute Ruhe. Nach einer mit gesenktem Haupt bewusst zelebrierten Kunstpause konfrontierte er das Schock mit seiner inzwischen ersonnenen Erklärung.

„Wir haben festgestellt, dass Gerd Petersen mit einer Konservendose erschlagen wurde. Der Täter hat keine Handschuhe getragen, jedoch seine Fingerabdrücke vom Etikett abgewischt. Aber er hat das Etikett angefasst, und nur darauf kommt es an. Öffnen Sie bitte Ihre Hände und strecken mir Ihre Handflächen entgegen."

Blicke wurden getauscht, Gemurmel breitete sich aus.

„Ruhe, meine Herren! Strecken Sie jetzt die Hände aus! Das Etikett wurde, wie allgemein üblich, mit einer Anilinfarbe bedruckt, die Fuchsin enthält. Ein völlig harmloser Stoff, der jedoch die Eigenschaft besitzt, in geringen Spuren an der menschlichen Haut haften zu bleiben. Erst nach drei oder vier Handwäschen sind die letzten Reste verschwunden. Mit bloßem Auge sehen kann man diese Spuren nicht. Es sei denn, man hat eine UV-Lampe, wie sie auch benutzt wird, um falsche Geldscheine zu erkennen."

In diesem Augenblick griff Hoogemann in die Innentasche und zog das längliche Gerät wie eine stattliche Havanna heraus.

„Ich werde jetzt langsam an Ihnen vorbei gehen und mit dieser UV-Lampe Ihre Hände auf mögliche Rückstände von Fuchsin kontrollieren."

Das reichte als Erklärung. In den Augenwinkeln sah er, dass seine Männer ihre Posten bezogen hatten. Hoogemann machte mehrere schnelle Ausfallschritte, schaltete die batteriebetriebene Lampe an und richtete das violette Licht auf die ersten beiden Handflächen. Umgehend hob er den Kopf und befragte das dazugehörige Gesicht, das keine

Reaktion zeigte. Sofort nahm er sich die nächsten Hände vor. Schwielen, Hornhaut, feine Risse in der Haut und kurze Fingernägel ließen auf körperliche Arbeit schließen. Das Gesicht wirkte gelangweilt. Dem Mann war egal, was man in seinen Händen las. Es folgten die zarten Finger eines Kopfarbeiters, dann die gelben Fingerkuppen eines Zigarettendrehers und Kettenrauchers, dann wieder die eines Arbeiters, vielleicht sogar die eines wirklichen Fischers, denn das bärtige Gesicht des kräftigen Mannes erfüllte das entsprechende Klischee perfekt.

Hoogemann beschleunigte seine Inspektion, gab richtig Gas und reduzierte den UV-Blick auf wenige Sekunden. Wieder zwei arbeitende Hände und dazu passende, leicht genervt wirkende Gesichter. Die nächsten Hände fehlten. Noch bevor er den Schwenk mit der schmalen Lampe vollendet hatte, waren sie von seinem Besitzer urplötzlich aus dem Kontrollbereich gezogen worden. Der Mann stürmte auf die nur wenige Meter entfernte Haupteingangstür zu, kam aber nicht weit, denn Janssen stellte sich ihm in den Weg, packte ihn trainingsgemäß am Arm und drückte ihn bäuchlings gegen die Wand.

„Die anderen können gehen", sagte Hoogemann trocken. „Wir haben den Täter."

Sofort mutierte die Reihe wieder zum Schwarm, dessen Mitglieder Köpfe schüttelten und sich gegenseitig Bestürzung oder Zweifel bekundeten.

Der Walter?

Hättet ihr das gedacht?

Der Walter!

Unglaublich!

Hoogemann ließ den Schwarm ziehen und baute sich vor den bereits mit Handschellen Gefesselten auf, dessen Gesicht er zwar nicht kannte, dessen Gesichtsausdruck ihm aber vertraut war. Unaufgefordert öffnete der Mann seine unfreien Hände, denen der Kommissar jedoch das ultraviolette Licht verweigerte. Stattdessen durchbohrte er ihn mit seinem Blick.

„Warum haben Sie Gerd Petersen ermordet? Machen Sie schon, ich habe noch andere Termine!"

Blick und Tonart verfehlten ihre Wirkung nicht, der Mann gab vollends auf und servierte ein klassisches Motiv, eine Mischung aus Neid, Hass und über viele Jahre erduldete Erniedrigung und Bevormundung. Hoogemann nickte, sah auf die Uhr und wandte sich seinen Kollegen zu.

„Höchste Zeit. Erledigen Sie den Rest im Präsidium. Wir sehen uns dann am Nachmittag. Ich habe noch eine dringende Sitzung."

Auch für den Überführten hatte er noch ein paar Worte parat.

„Lassen Sie endlich diese alberne Geste mit Ihren Händen. Fuchsin? So ein Blödsinn!"

Ungleicher Kampf

Rainer Weber.
Sportlich, groß, schlank, auch noch mit über Vierzig, volles Haar, Dreitagebart, erfolgreich. Die Zahl seiner Ferienwohnungen und Souvenirläden war ebenso wenig bekannt wie die seiner Freundinnen und sonstigen Abenteuer.
Rainer Weber.
Stand jede Woche in der Zeitung, weil er für irgendeine gute Sache Geld gespendet hatte, weil er sich für neue Qualitätsstandards im Tourismus eingesetzt hatte, weil er erfolgreich an einer Regatta teilgenommen hatte.
Rainer Weber.
Lachte jedem ins Gesicht, den er traf, hatte einen kräftigen Händedruck, duzte den Ortsvorsteher und den Bürgermeister, bewohnte einen traumhaft renovierten und ausgebauten Gulfhof mit Pool und Sauna, in dem regelmäßig wilde Partys gefeiert wurden.
Schon als Kind hatte ihn Hinrich Meyer gehasst. Beim Sport hatte ihn Rainer nie in seine Mannschaft gewählt. Es sei denn, er war der Letzte auf der Bank. Dann hatte er nicht einmal seinen Namen gerufen, sondern nur mit den Augen gerollt und die Positionen verteilt. Hatte Rainer seine Hausaufgaben vergessen, was oft genug vorkam, hatte er sich einfach bei ihm bedient, hatte seine Schultasche aufgerissen, das passende Heft herausgezogen und die Aufgabe abgeschrieben. Stellte sie sich jedoch als fehlerhaft heraus, hatte ihn Rai-

ner mit harmlosen, aber spürbaren Schlägen in der Pause über den Schulhof gejagt, bis alle lachten, bis sogar der Aufsicht führende Lehrer lachte. Denn auch Rainer lachte und ließ seine Strafexpedition immer wie einen Spaß aussehen.

Später, als sie zusammen zur Fahrschule gingen, hatte Rainer mit anderen Klassenkameraden gewettet, dass er durchfallen würde. Er hatte ihn sooft als lebenslangen Fußgänger und Radfahrer tituliert und mit spöttischen Bemerkungen verunsichert, bis er dann tatsächlich durchgefallen war. Nach der fünften Prüfung hatte er schließlich aufgegeben. Bis in seine Träume hatte Rainer ihn verfolgt. Sein Leben lang hatte Rainer ihn verfolgt. Und fast ebenso lang hatte er mit dem Gedanken gespielt, ihn eines Tages umzubringen, zu ermorden, aus dem Weg zu räumen, zu beseitigen. Aber es war immer nur beim Gedankenspiel geblieben. Nie hatte er ernsthaft an die Durchführung der im Laufe der Zeit ersonnenen und durchgespielten Pläne gedacht.

Bis zum gestrigen Abend. Als er zufällig im *Witthus* Irene in seinen Armen mehr oder weniger hatte liegen sehen. Ausgerechnet Irene. An die er sich seit Monaten so behutsam und wohlüberlegt herangepirscht hatte. Irene, die erst vor einem Jahr nach Greetsiel gezogen war, in die er sich noch während des ersten Zusammentreffens verliebt hatte, die endlich eine Frau war, die für ihn als Heiratskandidatin in Frage kam. Lange, fast schwarze Haare, rehbraune Augen und trotz ihrer bestimmt schon fünfunddreißig Jahre noch immer ein Mädchen, ein unbekümmertes, liebenswertes, fröhliches Mädchen, das an der Schule eine pensionierte Lehrerin ersetzt hatte. Genau die Richtige für ihn.

Zum Orgelkonzert nach Norden hatte er sie mitgenommen, zu einer Ausstellung in die Emder Kunsthalle und zu einem Vortrag nach Aurich. Jedes Mal hatte er sie eingeladen, hatte ihr in den Mantel geholfen und natürlich auch das Taxi bezahlt. Phase eins war damit abgeschlossen gewesen. Für die kommende Woche hatte er den Beginn der Phase zwei angesetzt. Er hatte sie zu sich nach Hause einladen und dort bekochen wollen. Liebe ging bekanntlich durch den Magen. Und wer hatte da bessere Chancen als ein gelernter Koch?

Offenbar Rainer Weber, der von keinem Rock seine gierigen Finger lassen konnte. Von der Küche aus hatte er sie beobachtet, als er einen Kollegen im *Witthus* einen kurzen Besuch abgestattet hatte. Mit Blicken hatte Rainer sie aufgefressen, hatte seine Show vor ihr abgezogen, hatte seine üblichen Begleiter weggeschickt, um mit seinem Opfer allein zu sein. Champagner hatte er bestellt. Lachend hatten sie angestoßen.

Doch dieses Lachen sollte zumindest Rainer vergehen. Für immer. Wie aber sollte er sein schon so lange gehegtes Vorhaben realisieren? Auf keinen Fall durfte es wie ein Mord aussehen. Es musste ein Unfall sein, ein tragischer Unfall, der keine Ermittlungen nach sich ziehen würde. Das Auto schied dabei für ihn als Tatwaffe allerdings von vornherein aus. Sein Fahrrad wiederum war aus anderen Gründen ungeeignet. Bis zum Mittag tüftelte Hinrich Meyer an Ideen und Plänen, zeichnete Diagramme auf einen Block, las erste und letzte Seiten mehrerer Kriminalromane. Sinnlos, er fand einfach keine Lösung. Schließlich schaltete er das Radio ein und ließ zwei Paar Wiener Würstchen in den Topf gleiten. Als er den Senf aus dem Kühlschrank holte, warf der Moderator achtlos ein Wort in seine Küche, das er als Wink des Schicksals interpretierte. Natürlich! Dass er daran nicht schon eher gedacht hatte!

An den nächsten Tagen ließ er sein Opfer nicht mehr aus den Augen. Da er Rainers Gewohnheiten ohnehin ganz gut kannte, brauchte er nur einige Details zu ermitteln. Schon am Dienstag konnte er seinen Plan in die Tat umsetzen, die damit begann, dass er gleich am frühen Morgen in der Fleischabteilung des Supermarktes unauffällig 200 Gramm Mett erwarb. Denn Rainer liebte Mettbrötchen und schlug vor allem dienstags zu, da er sein Büro an diesem Tag etwas eher schloss. Zuhause fügte Hinrich das Mett nicht, wie zwingend erforderlich, wieder in die Kühlkette ein, sondern entfernte vorsichtig die Verpackung und legte es bei Zimmertemperatur in eine Schüssel. Um die beabsichtigte Wirkung zu steigern, hatte er bereits am Sonntag ein billiges Tiefkühlhähnchen aufgetaut und die unscheinbare Auftauflüssigkeit sorgfältig aufgefangen. Ohne einen Tropfen zu vergeuden, goss er sie nun über das frische Mett und ließ es in Ruhe reifen. Erst am Nachmittag trennte er beide Zutaten mit Hilfe eines Siebes und platzierte das behandelte Mett nun auf einer dicken Lage Küchenkrepp, das ihm überflüssige Feuchtigkeit entzog. Anschließend stellte er das immer noch ansehnliche Hackfleisch dann doch noch in den Kühlschrank. Der Farbe, der Temperatur und des Geruchs wegen.

Geduldig wartete er am Spätnachmittag vor der Fleischabteilung, das wieder sorgsam verpackte Mett in der Jackentasche. Um 17.42 Uhr erschien Rainer. In seinem Einkaufswagen waren nur ein paar Kleinigkeiten. Hinrich war hinter dem Regal mit den Gemüsekonserven in Deckung gegangen und wartete auf seinen Einsatz. Wie erhofft, gab Rainer 200 Gramm Mett in Auftrag, das ein Fleischwolf frisch für ihn vorkaute. Mit viel Zwiebeln, Pfeffer, Salz und Paprika, erzählte Rainer der Verkäuferin, würde er das Mett auf zwei Brötchenhälften verteilen. Flirtend übergab er das kleine Päckchen, eingeschlagen in eine Kunststofftüte, versehen mit einem Etikett, seinem Wagen. Hinrich folgte ihm in sicherem Abstand.

Vor der Käsetheke bot sich die passende Gelegenheit. Hinrich ließ seinen Wagen stehen und wandte sich interessiert den Jogurts zu, die nicht weit entfernt standen. Die Hand hatte er bereits in der Tasche, seine Finger spielten mit der Folie, sein Blick tastete professionell die Kunden und die Verkäufer ab. Niemand achtete auf ihn. Wie gewöhnlich. Rainer war an der Reihe und wies auf einen teuren französischen Ziegenkäse. Hinrich tat, als wolle er sich der kleinen Schlange anschließen und vorher einen Blick auf das Angebot werfen. Während er sich nach vorne beugte, ließ er das präparierte Mett aus der Tasche in den Wagen fallen, gefolgt von seiner Hand, die blitzschnell das frische Mett angelte und in seine Tasche steckte. Dann ging er wieder in seine Ausgangsposition zurück.

Niemand schien etwas gemerkt zu haben. Alle Blicke waren auf die Theke gerichtet. Während Rainer sich noch 100 Gramm Bergkäse abwiegen ließ, eilte Hinrich bereits zur Kasse. Unterwegs legte er das Mett in seinen Wagen. Schließlich war er kein Ladendieb.

Auf dem Fahrrad, an dem seine Einkaufstüte hing, lachte er, lachte laut, lachte sogar seine Nachbarin an, die die Welt nicht mehr verstand. Irene gehörte wieder ihm, der Fluch namens Rainer war von ihm genommen. Er hatte triumphiert und beschloss, dieses Ereignis mit ein paar Flaschen Bier zu feiern. Er wunderte sich, in keiner Weise angespannt zu sein, wie er es erwartet hatte. Aber warum auch? Schließlich hatte er kein Messer gezückt und keinen Schuss abgegeben. Am Abend, vor dem Fernseher, verschwand das Mett fast aus seinem Kopf, als habe er Rainer bereits vergessen. Für den dilettantischen Mörder in einem späten Krimi hatte er nur ein Kopfschütteln und ein müdes Lächeln übrig. Amateur.

Umso erstaunter war er, als ihm Rainer am nächsten Tag auf der Mühlenstraße kerngesund und mit bester Laune ausgestattet entgegenkam. Das Mädchen an seiner Seite kannte er nicht.

„Moin, Hini, alles senkrecht?"

„Aber immer!", antwortete er mit gespieltem Selbstbewusstsein und großer Mühe, sich die Überraschung nicht anmerken zu lassen. Nach etwa hundert Metern machte er kehrt und heftete sich mit inzwischen erworbener Professionalität an seine Fersen. Zusammen mit der unbekannten Frau inspizierte Rainer einige Ferienwohnungen im Seezungenweg, lud sie zum Essen ins *Hohe Haus* ein und setzte sich dann in seinen Porsche. Erst am Abend kehrte er zurück, noch immer kerngesund und bester Laune. Unmöglich. Rainer musste einen Magen wie ein Pferd haben. Frustriert kehrte Hinrich nach Hause zurück und übergab sich seinem alten Fernsehsessel.

Als er am Freitag wie jeden Morgen das Radio einschaltete, hatte der Nachrichtensprecher des NDRs eine traurige Meldung zu verkünden. Im Emder Krankenhaus war ein Rentner aus Greetsiel an den Folgen einer Salmonelleninfektion gestorben. Die Ursache der Infektion liege noch im Dunkeln. Jedoch hätte die zuständige Gesundheitsbehörde umgehend reagiert und in allen Greetsieler Betrieben, die Fisch, Fleisch oder Eier anboten oder verarbeiteten, Proben genommen. Die angeordneten Untersuchungen seien jedoch ohne Ausnahme ergebnislos verlaufen. Auch seien keine weiteren Fälle bekannt geworden. Die Behörde gehe daher vorläufig von einem Eigenverschulden des Rentners aus, der offenbar ein empfindliches Lebensmittel falsch gelagert hatte.

Hinrich schloss seinen leicht geöffneten Mund und setzte die noch unberührte Teetasse wieder auf der Untertasse ab. In Gedanken vollzog er den Austausch der Meltpackungen wieder und wieder nach. Schließlich keimte ein vager Verdacht auf. Rechts neben Rainer hatte ein alter Mann gestanden. Ein alter Mann mit einer Prinz-Heinrich-Mütze auf dem Kopf. Der Rentner. Er musste den falschen Einkaufswagen erwischt haben.

Seine Faust landete auf dem Tisch und brachte nicht nur die Teetasse zum Tanzen. Den Rentner hatte nicht er, den hatte Rainer auf dem Gewissen, denn er hatte seinen Einkaufswagen links von sich abgestellt. Ihn jedenfalls traf keine Schuld.

Was er jetzt brauchte, war ein neuer Plan. Von seinem Vorhaben zurücktreten konnte und wollte er auf keinen Fall. Im Gegenteil, den Tod des Rentners empfand er geradezu als Verpflichtung, Rainer aus dem Weg zu räumen. Ab jetzt ging es nicht mehr nur um ihn allein. Er sprang vom Tisch auf und zog die Diagramme und Notizen aus der Papiertonne. Immer wieder ging er sie durch, bis er auf eine fast vergessene Erinnerung stieß. So sportlich und durchtrainiert Rainer war, er konnte nicht schwimmen. Denn er war als kleines Kind ins Hafenbecken gefallen und erst in letzter Sekunde gerettet worden. Seitdem hatte Rainer panische Angst vor dem Wasser. Er war nicht einmal dazu zu bewegen, ein Nichtschwimmerbecken wie in der Greetsieler *Oase* zu betreten. Andererseits liebte er es, im Hafen zu flanieren und nach frischer Beute Ausschau zu halten. Hinrichs fast schon erstarrte Miene bekam wieder weiche Züge und entspannte sich schließlich zu einem befreienden Lächeln.

Über eine Woche hatte er Rainer nicht aus den Augen gelassen. Zum Glück hatte er genügend Zeit, denn seinen neuen Job musste er erst am nächsten Ersten antreten. Eine Woche, in der Rainer den Hafen gemieden hatte, als hätte er die tödliche Gefahr gerochen. Aber dann, an einem kühlen Sonntag, hatte Rainer erst zwei Pils im *Hohen Haus* getrunken und war dann in den Hafen spaziert, in dem sich die Touristen drängelten, um einen einlaufenden Kutter zu fotografieren. Rainer gesellte sich zu der Menschentraube und hatte schnell eine Blondine mit blauer Pudelmütze und langen Zöpfen ausgemacht. Als die Auserwählte, der die besondere Aufmerksamkeit nicht entgangen war, sich einem der Poller näherte, folgte ihr Rainer. Hinrich wiederum folgte ihm, tat unbeteiligt, beobachtete die Möwen, bückte sich, um seine Schnürsenkel neu zu binden. Niemand achtete auf ihn, als der Kutter sein Anlegemanöver einleitete. Hinrich hatte sich einen genauen Bewegungsablauf überlegt, der ihm einerseits einen kräftigen Tritt mit dem rechten Fuß erlaubte, andererseits eine schnelle Drehung, die ihn blitzschnell aus dem unmittelbaren Gefahrenbereich brachte, also aus jenem Bereich, in dem man, sollte man nicht an einen Unfall glauben, Verdächtige identifizieren würde.

Die Blondine beugte sich vor. Rainer beugte sich vor. Sportlich. Lächelnd. Abenteuerversessen. Eine Vorlage, wie aus dem Bilderbuch. Hinrich sprang auf und führte seine Choreografie aus, trat zu und drehte sich. Und schrie auf. Denn er hatte sein Ziel um Haaresbreite verfehlt, da Rainer mit der Blondine im entscheidenden Moment auf Tuchfühlung gegangen war. Nach kurzem Flug landete Hinrich hinterrücks im Hafenbecken. Das Wasser war eisig und schmeckte nach Salz und Schlick. Als er, heftig mit den Armen rudernd, wieder auftauchte, hörte er unverhohlenes Gelächter und Gekicher über sich. Klatschend tauchte ein Rettungsring neben ihm ins Wasser ein. Aber im Gegensatz zu Rainer konnte er ganz gut schwimmen.

Eine halbe Stunde später lag er in der heißen Badewanne und kämpfte mit den Lachern, die seinen tragischen Unfall begleitet hatten. Natürlich hatte es auch den ein oder anderen besorgten Aufschrei gegeben, doch das wog den Spott nicht auf.

Aller guten Dinge sind drei, sagte sich Hinrich am nächsten Tag, und heftete sich wieder an die Fersen seiner Zielperson. Aus Fehlschlägen konnte er nur lernen. Er musste noch raffinierter, noch präziser vorgehen, noch unauffälliger agieren.

Wieder verstrich eine Woche, bevor ihm unerwartet der Zufall zu Hilfe kam. Mit einem Karton unterm Arm entstieg Rainer am Montag im Klaus-Störtebeker-Weg seinem schwarzen Porsche und steuerte auf das Haus von Reemt Habben zu. Also ging es um eine kleine Reparatur, denn der pensionierte Elektriker war im Dorf dafür bekannt, elektrische Geräte aller Art schnell und noch dazu für wenige Euro wieder instand setzen zu können. Rainer wiederum hatte zwar Geld wie Heu, war jedoch, wie viele Reiche, bei unbedeutenden Alltagsinvestitionen ausgesprochen sparsam. Auf der einen Seite fuhr er Porsche, auf der anderen Seite brachte er, wie Hinrich durch seinen Feldstecher beobachten konnte, seinen defekten Toaster zu Reemt. Typisch. Wahrscheinlich feilschte er auch noch um den Preis für die Reparatur. Nach wenigen Minuten fuhr seine Zielperson mit demonstrativem Röhren davon. Hinrich aber blieb. Aus einem Holunderbusch heraus verfolgte er jede Handbewegung des Elektrikers, der den Toaster fast komplett zerlegte, mit einem dicken Pinsel reinigte und dann wieder zusammensetzte. Fertig.

Stunden musste Hinrich in seinem Versteck ausharren, bevor Habben endlich einmal sein Haus verließ. In seine Werkstatt zu gelangen, war kein Problem, denn der kleine Anbau aus grün gepöntem Rauspund war nicht verschlossen, die Tür zum Garten nur durch einen einfachen Haken gesichert. Auf einer Art Werkbank stand der Toaster. Ein besseres Modell aus Edelstahl, das er sich gut in Rainers Designerküche vorstellen konnte. Mit einem passenden Schraubenzieher entfernte Hinrich den Boden und revidierte die kleine Reparatur nach seinen Vorstellungen. Dann fixierte er den Boden wieder und hinterließ die Werkstatt so, wie er sie vorgefunden hatte. Wie nach dem Umtausch der Mettpäckchen huschte ein triumphierendes Lächeln über sein Gesicht, als er sein Fahrrad bestieg. Auf dem Heimweg kamen ihm Wortspiele in den Sinn, die seine Laune noch weiter hoben. Na, Rainer, du bist wohl nicht ganz bei Toast? Na, Rainer, ein Quantum Toast gefällig? Er stellte sich Rainers erstarrtes, elektrisiertes Gesicht vor, für das der Toaster vollautomatisch sorgen würde, sobald man den Hebel herunterdrückte.

Fast hatte Hinrich seine Wohnung erreicht, als ihn ein Feuerwehrwagen mit Blaulicht und schrillem Martinshorn an den Straßenrand drängte. Er stieg vom Rad und schaute sich um. Über dem Dorf, östlich der Mühlen, stieg eine graue Rauchsäule in den Himmel. Seine Nachbarin, deren Mann in dem Einsatzfahrzeug saß, gab ihm widerwillig eine kurze Erklärung.

„Störtebeker-Weg. Reemt Habben."

Wieder ließ sich Hinrich in seinen speckigen Fernsehsessel fallen. Das Bier trank er diesmal nicht, um sich zu feiern, sondern um die Wirklichkeit zu verlassen. Nach dem fünften Bier und einigen Schnäpsen beschloss er, sein Vorhaben aufzugeben und stattdessen in ein anderes Dorf oder gleich nach Norden oder Aurich zu ziehen. Sollte Rainer doch mit Irene glücklich werden. Er würde schon eine neue Flamme finden, und wenn es Jahre dauern sollte. Solange ihm Rainer nicht wieder in den Weg kam, war ihm das egal. Das Kapitel war für ihn mit diesem Tag erledigt. Schluss! Aus! Basta!

Der Kater am nächsten Morgen war hartnäckig und auch mit einer kalten Dusche und einem starken Kaffee nicht zu vertreiben. Mit einem Kopf, der die Größe eines Medizinballes zu haben schien, schleppte er sich zu Fuß ins Dorf, um sich Aspirin zu besorgen. Noch hatte er die Apotheke nicht erreicht, als er auf eine vertraute Rückenpartie stieß. Mühsam hob er den Kopf. Vor ihm stand Rainer, die rechte Hand erhoben, um einem brünetten Mädchen auf der anderen Straßenseite zuzuwinken. Natürlich. Was sollte er auch sonst tun?

Hinrich war im Begriff, den Kopf wieder zu senken und seinen Weg zur Apotheke fortzusetzen, als ein grauer Kleinwagen mit hoher Geschwindigkeit um die Kurve gefahren kam. In diesem Augenblick, denn Rainer hatte nur Augen für die Brünette, löste sich sein ewiger Widersacher von ihm und überquerte die Straße. Reflexartig, ohne zu überlegen, streckte Hinrich seine Arme aus, um die Katastrophe zu verhindern, erreichte aber den Fliehenden nicht mehr. Der Aufschrei des Mädchens und der dumpfe Schlag überlagerten sich. Rainer landete etwa drei Meter vor dem viel zu spät bremsenden Wagen auf der Fahrbahn, wo er regungslos liegen blieb. Aus seiner Nase und seinen Ohren sickerte Blut, das nicht lange brauchte, um seinen Kopf in eine Lache zu betten. Das Mädchen schickte einen weiteren Schrei durch das Dorf. Passanten strömten von allen Seiten zum Unfallort. Handys wurden gezückt, Mutige kümmerten sich vorsichtig um das Opfer.

Hinrich aber blieb wie betäubt stehen und rührte sich nicht von der Stelle. Alles schien sich plötzlich in großer Entfernung von ihm abzuspielen, schien nichts mit ihm zu tun zu haben. Weder registrierte er den Arzt, der Rainer untersuchte und sich dann kopfschüttelnd und mit versteinerter Miene erhob, noch die beiden Polizisten, die Fotos machten und das weinende Mädchen befragten. Auch entging ihm, wie das Mädchen, Tränen und Schock zum Trotz, mit dem Finger mehrmals auf ihn zeigte.

Die beiden Polizisten drangen erst in sein Bewusstsein, als sie sich vor ihm aufbauten und nach seinem Namen fragten, den er wie unter Drogen aufsagte. Noch länger brauchte er, um die Sätze zu verstehen, die ihm der größere der beiden Polizisten mitten ins Gesicht schleuderte.

„Herr Hinrichs? Ich nehme Sie hiermit vorläufig fest. Sie stehen unter dem dringenden Verdacht, Rainer Weber ermordet zu haben."

Nach Aktenlage

Greven ließ seinen Blick durch den Zeremonienraum wandern. Die Deckenbalken, die graublaue Wandvertäfelung, der Kronleuchter, das Gemälde an der Wand, die Stühle für das Paar und die Trauzeugen, der alles entscheidende Tisch samt Blumendekoration. Ein Raum, der bürgerliche Geborgenheit und Zuversicht ausstrahlen sollte. Ein amtlicher Raum, in dem Gefühltes, Erhofftes und Gewolltes in Säkulares und Vertragliches umgesetzt wurde.

Greven hatte nie geheiratet. Auch hatte er ein Trauzimmer bisher nur einmal betreten, nämlich als Trauzeuge für einen Kollegen vom Raubdezernat, der auf seine Mitwirkung bei dem Ritual bestanden hatte. Die Ehe hatte immerhin mehrere Jahre gehalten. Es war ein nüchterner Raum gewesen, ein Zimmer in einem modernen Rathaus mit einem kalten, austauschbaren Interieur, eine Art Abfertigungshalle für Lebensabschnitte. Nicht zu vergleichen mit dem Trauzimmer in der Manningaburg, das nicht Rationalität, sondern Tradition ausstrahlte.

Im Burgsaal, der gerne als „historischer Burgsaal" bezeichnet wurde, ganz so, als gäbe es noch einen zweiten Burgsaal ohne Geschichte, hätte nach der Zeremonie ein Empfang stattfinden sollen. Die Tische waren eingedeckt, das kalte Büfett bereits aufgebaut, die Sektgläser einsatzbereit. Hinter einem Tresen warteten ratlos fünf uniformierte Mundschenke mit gut gekühlten Flaschen. Lediglich die Gäste fehlten.

Nur ein paar Meter entfernt unterhielt sich der Hausmeister mit zwei Verwaltungsangestellten, wobei sich kritische Blicke und Fingerzeige immer wieder auf Greven richteten. Der Hausmeister hatte sich bereits bei ihm über die Entscheidung beschwert, das gesamte Personal und die Hochzeitsgesellschaft in der Burg festzusetzen.

Das Brautpaar saß in der Nähe der Tür, umgeben von den Eltern der Braut, die heulte wie ein Schlosshund, und einem befreundeten Pärchen des Bräutigams, der vergeblich versuchte, seine zukünftige Frau zu trösten. Doch der sprichwörtliche, immer wieder beschworene und mystisch verklärte, schönste Tag des Lebens war nicht mehr zu retten. Eine Frauenleiche war im letzten Augenblick im Burggraben aufgetaucht und hatte so die Zeremonie platzen lassen, bevor sie überhaupt begonnen hatte.

Greven betrachtete die Braut, die ein außergewöhnliches Hochzeitskleid trug, das er als sehr teuer einstufte. Der cremefarbene Stoff fiel faltenfrei, der Schnitt war asymmetrisch und tailliert. Kein Kleid von der Stange, dazu passte es der schlanken, dunkelhaarigen Frau zu perfekt. Eine schöne Braut mit einem zarten Gesicht, auch wenn ihr Make-up längst verlaufen war.

Der Bräutigam hatte sich für einen Smoking entschieden, den unverwüstlichen Klassiker, selbstverständlich mit Fliege, aber ohne Einstecktuch. Auch ihm passte das Outfit wie auf den Leib geschneidert. Der Smoking ergänzte die schon leicht ergrauten Haare, den Dreitagebart und die dunklen Augen zu einem charismatischen Mann, der Selbstbewusstsein und Selbstsicherheit ausstrahlte. Er war älter als die Braut, vielleicht Ende dreißig, während Greven die Weinende auf Ende zwanzig schätzte.

Wie das Paar erweckten auch die Eltern der Braut sowie die Freunde den Eindruck, aus gehobenen bürgerlichen Kreisen zu stammen. Ihre Jacketts und Kleider waren keine selten eingesetzten Kostüme, in denen sie sich unbeholfen und unsicher bewegten. Im Gegensatz zu Greven waren sie es offensichtlich gewohnt, in schwarzen und weißen Edelstoffen eine gute Figur abzugeben.

Eine weniger gute Figur machte die Leiche, die auf dem Grün des Uferstreifens zwischen Burg und Burggraben lag, umringt von Männern in weißen Overalls. Dr. Behrends hatte ihm unter den üblichen Vorbehalten erklärt, die Frau, Alter zwischen fünfunddreißig und vierzig, habe vermutlich einen Schlag auf den Kopf erhalten und sei dann ins Wasser befördert worden. Die genaue Todesursache könne natürlich erst die Obduktion ergeben. Aber die Wunde auf dem Kopf rühre nicht von einem Unfall her, etwa einem Sturz, sondern von einem stumpfen Gegenstand.

Rund um die Burg waren Grevens Mitarbeiter im Einsatz und befragten weiterhin Passanten und Anwohner. Bislang ohne Ergebnis. Da ihm Dr. Behrends 10 Uhr als ungefähren Todeszeitpunkt genannt hatte, kam für Greven als Tatort fast nur die Burg in Frage. Auf dem Parkplatz vor der Burg, der Burgstraße, dem Drostenplatz, der Cirksenastraße war einfach zu viel Betrieb gewesen an diesem sonnigen Samstag im Mai. Trotz der Bäume war das Gelände um die nicht sehr große Burganlage gut einsehbar. Den bislang Befragten war kein verdächtiges Fahrzeug und kein Flüchtender aufgefallen, kein Körper war vom Parkplatz zum Burggraben geschleift, kein Schrei zu hören gewesen.

Greven hielt auf den Standesbeamten zu, der ebenfalls im Burgsaal wartete: „Ich weiß, Sie haben meinem Kollegen schon alles erzählt, aber ich würde es gerne noch einmal hören. Wann haben Sie das Trauzimmer betreten?"

„Um kurz nach neun", antwortete Helmut Claasen, der grauhaarige und hoch gewachsene Zeremonienmeister. Ein Mann in Grevens Alter, dem die Erfahrung im Schließen von Ehen anzumerken war. Ein Mann, der Korrektheit und Amtlichkeit verkörperte, und der jederzeit in einem englischen Film als loyaler und bescheidener Butler hätte auftreten können. Die Gemeinde hatte die Rolle perfekt besetzt.

„Warum so früh?"

„Das Brautpaar erwartet ein sauberes Trauzimmer, frische Blumen und vollständige Papiere. Und bei mir gibt es keine Pannen. Lieber schaue ich persönlich unter jeden Stuhl und sehe alles noch einmal durch. Sogar den Füller prüfe ich eigenhändig. Wie gesagt, bei mir gibt es keine Pannen."

„Bis auf den heutigen Tag."

„Aber das ist nicht meine Schuld", verteidigte sich der Standesbeamte.

„Wie haben Sie die Leiche entdeckt?"

„Die Luft im Zimmer kam mir ein bisschen muffig vor und ich wollte noch schnell eines der Fenster öffnen. Da habe ich sie gesehen. Mit ausgebreiteten Armen trieb sie im Burggraben, den Kopf nach unten. Völlig bewegungslos. Ein entsetzlicher Anblick."

„Was haben Sie dann gemacht?"

„Ich bin zuerst nach unten gelaufen, zum Graben, konnte sie aber nicht erreichen. Wie sie da so trieb, war für mich klar, dass sie nicht mehr am Leben war. Wer so im Wasser liegt, mit Entengrütze auf dem Kopf, der ist tot. Ich habe dann eine Harke geholt und sie damit ans Ufer gezogen. Die zwei Männer, die Ihre Leute ja auch schon befragt haben, die haben mir dann geholfen, sie an Land zu ziehen. Einer hat es noch mit Mund-zu-Mund-Beatmung versucht, aber es war schon zu spät. Das habe ich gleich gesehen. Die war längst tot."

„Und Sie ist Ihnen völlig unbekannt?"

„Ja. Die habe ich noch nie gesehen. Aus Pewsum ist die nicht. Eine Touristin, sag ich Ihnen. Sie brauchen sich bloß ihr Kleid anzusehen. Die wollte die Burg besichtigen, hat nicht aufgepasst und ist in den Graben gefallen. Das war kein Mord. Warum sollte denn jemand eine harmlose Touristin ermorden? Am helllichten Tag mitten in Pewsum?"

„Das werden wir schon herausfinden", brummte Greven. „Wer ist hier eigentlich morgens der Erste? Ich meine, wer schließt auf?"

„Onni, unser Hausmeister. Also Onno Warden, der Mann da hinten in dem grauen Lagermantel. Den hat er immer an. Auch, wenn eine Trauung ist. Wie oft habe ich ihn schon gebeten, wenigstens eine schwarze Jacke zu tragen. Er lässt morgens die Reinigungskräfte und die Leute vom Partyservice rein. Manchmal kommt auch ein Comedian oder ein Fotograf oder Kameramann, der sein Zeug aufbaut."

„Es sind also an so einem Tag eine Menge Leute in der Burg", dachte Greven laut und erhielt ein zurückhaltendes Nicken als Antwort. „Und die wenigsten kennen sich."

Wieder nickte der Standesbeamte.

„Eine Touristin, wie Sie sagen, die sich in die Burg verirrt, fällt also gar nicht auf."

„Nein", sagte Claasen. „Sie könnte die Assistentin des Fotografen sein oder zur Familie gehören. Manchmal bereiten Verwandte oder Freunde einen Sketch vor. Aber die sind selten gut, sage ich Ihnen."

„Und da jeder mit sich und seinen Aufgaben beschäftigt ist", setzte Greven den Gedanken fort, „sind die Aussagen unserer Zeugen nur von bedingtem Wert. Ich danke Ihnen, das reicht mir vorläufig."

Greven wanderte durch den Saal und spielte mit Tatbausteinen, die er immer wieder neu zusammensetzte und immer wieder umwarf. Wie einen Turm aus Bauklötzen. Mehrere Steine hatte er bereits aussortiert.

Während auf dem Parkplatz weitere Gäste und die ersten Journalisten eintrafen, führte Greven zwei Telefonate, um neue Steine zu erhalten. Die Handtasche der Toten war auf dem Uferstreifen unterhalb eines Fensters gefunden worden. Papiere oder Kreditkarten, die eine schnelle Identifizierung ermöglicht hätten, fehlten jedoch. Dafür war sein Kollege Peter Häring im Souterrain der Tasche auf einen zerknüllten Kassenbon gestoßen, der das Datum vom 19. April trug. Die Frau hatte sich offenbar einen Lippenstift gekauft, ein dunkles Rot von Chanel. In Des Moines.

„Moin ist doch keine Stadt!", maulte Greven. „Nicht einmal in Ostfriesland."

„Doch. Des Moines ist die Hauptstadt von Iowa", entgegnete Häring.

„Eine Amerikanerin?"

„Das wäre durchaus möglich", antwortete sein Kollege, der in Stil- und Modefragen über beachtliche Grundkenntnisse verfügte. „Das bunte Kleid, die High Heels, die grüne Tasche. Ja, sie könnte Amerikanerin sein. Vielleicht eine Iowa-Ostfriesin? Auf der Suche nach ostfriesischen Verwandten? Das kommt in den letzten Jahren immer öfter vor. Back to the roots."

„Dann haben wir ein echtes Problem. Wenn wir die Papiere nicht finden, wird es sehr schwer, sie zu identifizieren. Die USA haben keine Meldepflicht. Selbst wenn wir ihren Namen wüssten, wäre das keine Garantie. Nicht einmal ihre DNA würde uns weiterbringen. Noch dazu sind seit dem 19. April so viele Amerikaner nach Europa eingereist, dass auch die Überprüfung der Passagierlisten einer Sisyphosaufgabe gleicht. Bleibt nur ihre Unterkunft, aber wenn wir da nur einen Koffer voller Klamotten finden, sehe ich schwarz."

„Wir brauchen Taucher", schlug Häring vor. „Vielleicht finden sie die Papiere. Der Burggraben ist kein großes Gewässer."

„Gut", stimmte Greven zu. „Fordere zwei Taucher an. Und sucht noch mal das ganze Gelände ab. Aber ich glaube nicht, dass wir die Papiere finden werden. Die wurden nämlich aus der Tasche genommen, damit wir genau dieses Problem haben, vor dem wir jetzt stehen. Außerdem schwimmen Plastikkarten und Flugtickets."

„Aber warum hat der Täter überhaupt die Tasche zurückgelassen? Warum hat er sich die Mühe gemacht, die Papiere herauszuholen, anstatt die Tasche einfach verschwinden zu lassen?"

„Das, lieber Peter, ist eine wirklich gute Frage", raunte Greven in sein Handy und verließ den historischen Burgsaal. Er musste einen neuen Turm bauen. Neue Steine hatte er jedenfalls.

Mit schnellen Schritten kehrte er ins Trauzimmer zurück, um seinen Rundgang zu wiederholen. Nichts war verändert worden. Die Eheurkunde mit den eingetragenen Namen und Geburtsdaten lag noch immer jungfräulich auf dem Tisch, die Stühle warteten auf die Probanden, die Zeugen und den Standesbeamten. Die Fenster waren geschlossen, auf den Fensterbänken standen giftige Topfpflanzen. Jedes Ding war an seinem zugewiesenen Platz. Ein Kampf hatte hier nicht stattgefunden.

Greven schaute kurz aus dem Fenster, um sich zu orientieren, ging in den Nachbarraum und sah dort erneut aus dem Fenster. Nach zwei weiteren Versuchen verlangsamten sich seine Bewegungen. Ein kleiner Raum, dessen Zweck nicht auf Anhieb zu erkennen war. Zwei Schränke, ein kleiner Tisch, zwei Stühle, ein barockes Portrait und zwei Zinnteller bildeten die Ausstattung. Greven trat ans

Fenster. Unter ihm erforschte die Spurensicherung das Grün und die spärliche Ufervegetation. Hier war die Handtasche gefunden worden.

Wenige Blicke reichten aus, um festzustellen, dass der überzeugte Standesbeamte diesen Raum nicht regelmäßig inspizierte. Im Gegenlicht räkelte sich Staub auf dem kleinen Tisch aus dunklem Kirschholz. Aber nicht überall. Deutlich konnte Greven Eingriffe in die Staubschicht erkennen, die von menschlichen Händen herrührten. Trotz seines kaputten und schmerzenden Knies begab er sich unter größter Vorsicht unter den Tisch. Vier kaum sichtbare Aussparungen auf dem Holzboden. Hier fehlte ebenfalls die dünne Staubschicht. Der Tisch war versetzt worden.

Wieder in aufrechter Position suchte er einen stumpfen Gegenstand. Ein Begriff, der Konkretes vermied und einen weiten Horizont eröffnete. Darum liebten ihn die Forensiker wahrscheinlich auch. Fast alle Gegenstände waren stumpf. Aber sie mussten auch handlich sein. Blumentöpfe fehlten hier auf den Fensterbänken. Es gab weder die in Kriminalfilmen so beliebten Briefbeschwerer noch die ebenfalls gern eingesetzten Statuetten und Schürhaken.

„In der Not frisst der Teufel Fliegen", dachte Greven laut, als sein Blick an dem großen der beiden Wandteller aus Zinn hängenblieb. Der war schwer genug und mit einem Griff von der Wand geangelt. Er suchte nach Blutspuren am Tellerrand, konnte aber keine Farbunterschiede ausmachen. Andererseits war der Wandteller offenbar staubfrei. Jetzt brauchte er eine der UV-Lampen der Spurensicherung, um Blut aufzuspüren. Aber das war nicht seine Aufgabe.

Greven trat zurück an die Tür und sah in den Raum. Hier hatte sich die Tat abgespielt. Hier hatten sich Opfer und Täter getroffen, der schnell und entschlossen gehandelt hatte. Anschließend hatte er die Frau aus dem Fenster gleiten lassen. Die Uferböschung war an dieser Stelle schmal und besaß ein deutliches Gefälle. Das Opfer war also in den Burggraben gerollt. Dann hatte sich der Täter mit der Tasche befasst. Eine große und dazu noch grüne Plastiktasche. Amerikanisch eben. Sie in dem Raum verschwinden zu lassen, war nicht möglich. Früher oder später wäre sie in einem der Schränke entdeckt worden. Sie war viel zu auffällig. Auch mitnehmen hat er sie nicht können.

Greven schloss die Augen und sah den Täter, der die geschmacklose Tasche öffnete und Führerschein, Pass, Kreditkarten, Flug- und Bahnticket an sich nahm. Die Tasche ließ er dem Opfer folgen und hinterließ den Raum so, wie er ihn vorgefunden hatte. Der gesamte Ablauf nahm nur wenige Minuten in Anspruch, dann konnte sich der Täter wieder der Öffentlichkeit in der Burg stellen. Denn die Papiere waren wesentlich leichter und unauffälliger zu verstecken als die auffällige Tasche.

Ein letztes Mal inspizierte Greven den kleinen Raum, öffnete vorsichtig die Schränke, bückte sich, schielte hinter die Möbel. „Das beste Versteck für eine Nadel ist nicht etwa ein Heuhaufen, sondern eine möglichst große Menge anderer Nadeln."

Er wusste nicht mehr, von wem dieses Zitat stammte, aber es war ein gutes Kriterium für die

Suche. Sofern er die Tatbausteine halbwegs richtig zusammengesetzt hatte. Er wusste nur zu gut, dass die Fundamente an statisch entscheidenden Stellen aus Vermutungen bestanden.

Die Nachbarzimmer schieden schon nach kurzer Sichtung aus. Typische Museumsräume. Zum dritten Mal betrat er also das Trauzimmer, in dem sich noch immer nichts getan hatte. Dafür jedoch in seinem Kopf. Denn erst jetzt stach ihm ein kleiner Schrank ins Auge, dem er bislang keinerlei Bedeutung beigemessen hatte. Ein schmaler, moderner Schrank, der die blaugraue Farbe der Wandvertäfelung trug und sich auf diese Weise tarnte. Als Greven das obere, unverschlossene Schubfach herauszog, wusste er, dass er zumindest den passenden Nadelhaufen gefunden hatte. In Hängeordnern warteten harmlose Formulare, Flyer und Broschüren für Touristen und Heiratswillige auf ihren Einsatz. Romantische Trauungen im romantischen Trauzimmer.

Greven ermahnte sich zur Ruhe und ging Ordner für Ordner durch, die er einzeln herauszog, um bis auf den Boden schauen zu können. Als ihm im vierten Ordner einige Plastikkärtchen fast entgegen fielen, war er nicht überrascht. Sein fragiles Szenario war in Sekundenbruchteilen zu einem massiven Fundament erstarrt. Ohne Gegenwehr rückte der Hängeordner auch noch ein Flugticket, eine Fahrkarte der Bahn und einen Pass heraus.

Nach einer kurzen Durchsicht der Papiere setzte Greven ein Lächeln auf und zog sein Handy aus der Tasche. Endlich konnte er einmal Hercule Poirot spielen, was ihm die Realität moderner Ermittlungsarbeit bislang verwehrt hatte. Auf eine übertriebene Theatralik wollte er allerdings verzichten. Im historischen Burgsaal schluchzte noch immer die Braut, die nun von ihren Eltern getröstet wurde, während der Bräutigam mit seinen Freunden sprach. Der Hausmeister empfing Greven mit dem schon gewohnten kritischen Blick, die beiden Verwaltungsangestellten assistierten ihm dabei. Rechts wartete geduldig der Standesbeamte in Butlerpose. Hinter dem Tresen langweilte sich das Personal des Party-Services. Peter Häring und eine Handvoll Kollegen bezogen im Hintergrund Position.

Greven baute sich vor seinem Publikum auf und versuchte, eine möglichst neutrale Miene aufzusetzen. Nacheinander prüfte er wortlos die auf ihn gerichteten Augenpaare.

„Ich habe eine gute Nachricht für Sie", begann er, „die Hochzeit kann jetzt endlich stattfinden, und zwar ganz legal. Vor wenigen Stunden wäre das noch nicht möglich gewesen, denn da hat Ihre Frau ja noch gelebt, ... Herr Martin!"

Der Bräutigam fuhr zusammen und sah Greven irritiert an, während sich alle Blicke auf ihn richteten. Noch überraschter schaute die Braut, die abrupt ihren Tränenfluss einstellte.

„Ich meine Henny Martin, geborene Dirks. Ihre amerikanische Frau", stellte Greven mit betont gesteigerter Lautstärke fest.

Die Braut entließ einen Schrei in den Burgsaal und sprang auf, Eltern und Freunde wichen zurück. Dem charismatischen Enddreißiger kam das Charisma abhanden.

„Was reden Sie da?!", wehrte sich der Beschuldigte nach kurzer Latenzzeit.

„Aber das hören Sie doch!", parierte Greven. „Als Sie heute Vormittag in der Burg eintrafen, stand plötzlich Ihre Frau vor Ihnen. Ich vermute, sie hat zufällig von Ihrer bevorstehenden Heirat erfahren und ist kurz entschlossen hier aufgetaucht. Sie hätte Ihnen alles verdorben, was immer Sie sich von der Heirat erhofft hatten. Sie hatten nur wenige Minuten Zeit für eine Entscheidung und haben sie getroffen. Ein Schlag auf den Kopf und raus aus dem Fenster mit ihr!"

Die Braut ließ die Tränen wieder fließen und begann, erneut wie ein Schlosshund zu schluchzen. Der Rest des Publikums schwieg.

„Aber das ist doch ...!", nahm der Bräutigam einen letzten Anlauf.

„.. der ungefähre Tathergang", vollendete Greven den Satz. „Die Leiche bereitete Ihnen keine Sorgen, denn Sie wussten genau, dass es sehr schwer sein würde, sie zu identifizieren. Dazu mussten aber ihre Papiere verschwinden."

In diesem Augenblick zog Greven seinen Fund aus der Jackentasche und fächerte ihn auf.

„Doch wohin damit? Samt Tasche aus dem Fenster oder in einen Schrank? Nein, Sie brauchten ein sicheres Versteck und fanden auch eines: Einen unbedeutenden, kleinen Aktenschrank. Dort deponierten Sie die Papiere, in der Hoffnung, sie in den nächsten Tagen wieder abholen und vernichten zu können. Der Zutritt zum Trauzimmer ist keine große Sache, erst recht nicht, wenn man erklärt, dort etwas vergessen zu haben. War es so, Herr Martin?"

Greven ließ die aufgefächerten Papiere wieder in seiner Tasche verschwinden und war mit seinem Auftritt zufrieden. So hatte er sich das vorgestellt. Wenigstens einmal in seiner Karriere die Lösung eines Fall auf diese Weise zu präsentieren. Das staunende Schweigen seines Publikums war sein Applaus, das erstarrte Gesicht des Täters sein Lohn an diesem sonnigen Samstag im Mai.

„Wie wäre es jetzt mit einem Geständnis, Herr Martin? Unsere überaus guten Forensiker werden Ihre Fingerabdrücke in jeder Ecke finden, ganz abgesehen von den Blutspuren am Wandteller. Die lassen sich nämlich nicht einfach abwischen."

Das reichte. Die Miene des Bräutigams versteinerte und offenbarte einen anderen Menschen.

„Sie ... sie hat mich heute früh angerufen und auf einem Treffen bestanden. Sie war schon da, als ich ankam. Mit einer Taxe aus Emden. Ich hatte sie seit Jahren nicht gesehen. Eine Scheidung hatte sie mehrmals abgelehnt. Und nun wollte sie mir mein neues Leben kaputt machen."

„Das ist ihr auch geglückt, wenn auch um einen hohen Preis", sagte Greven. „Ich verhafte Sie also wegen des dringenden Tatverdachts, Frau Henny Martin ermordet zu haben. Vielleicht war es auch Totschlag, aber das muss die Staatsanwaltschaft entscheiden."

Was für ein Auftritt.

Greven war zufrieden.

Der Wind bläst, wo er will

Der Wind peitschte ihm den Regen ins Gesicht. Das war alles andere als eine bloße Metapher. Die eiskalten Regentropfen, die sein Gesicht trafen, fühlten sich tatsächlich an wie Peitschenhiebe. Er tippte auf Windstärke 6, wobei der Wind vom Atlantik her wehte, also aus nordwestlicher Richtung. Graublaue Nimbostratus-Wolken wälzten sich über Emden, das einige Kilometer östlich von ihm lag. Im Süden, nur wenige hundert Meter von ihm entfernt, reckten stattliche Wellen ihre weißen Köpfe, bevor sie am Ufer brachen.

Ein nasser, kalter, windiger Oktobertag. Und dennoch liebte Arnold Geerken dieses Wetter. Statt Schutz zu suchen, hielt er die Nase in den Wind und genoss jeden Peitschenhieb auf seiner Haut. Auch für den unverwechselbaren Geschmack war der Wind verantwortlich, der sich auf seinem Weg mit den Aromen der See vollgesogen hatte. Für einen Augenblick glaubte seine Zunge, eine Auster zu schmecken. Sylter Royal. Die beste. Ein Banause, ein Ignorant, wer diesen Geschmack nicht wenigstens ahnte.

Der Wind, von dem er nicht lassen konnte, fuhr ihm nicht nur in die Haare und seine Kleider, er drehte auch die Rotoren seiner Windkraftanlagen. Reich gemacht hatte er ihn, der Wind. Abgesehen natürlich von seiner Idee, der Gondel eine völlig neue Form zu geben. Eine Form, die die Konkurrenz bis heute nicht verdaut hatte.

„Wir sollten jetzt gehen, Boss!", schrie ein Mann mit gelbem Schutzhelm und orangefarbener Weste hinter ihm. „Der Wind hat zugelegt!"

„Ach was, wir sind doch vertäut wie ein Containerschiff!"

„Trotzdem, Boss! Sicherheit geht vor!"

„Gut. Wenn du meinst, Karl", sagte Geerken und sah noch einmal zu den anderen fünf Rotoren hinüber, die sich um ihn herum drehten. Der Rotor der Anlage, auf dessen Gondel er in über 80 Meter Höhe stand, rührte sich nicht. Erst nach ihrem Abstieg durfte er sich wieder auf den Wind einlassen.

Geerken war gerade in der Gondel verschwunden und hatte die Sicherung gelöst, als eine bekannte Melodie ertönte. Der Klingelton kündigte einen Anruf seiner Frau an. Er zog das Handy aus einer Innentasche und tippte aufs Display.

„Hallo Frieda. Jetzt sag bitte nicht, dass die Frankes doch noch abgesagt haben."

„Haben sie nicht", antwortete eine ihm unbekannte Männerstimme. „Aber Sie werden gleich absagen, denn Sie haben keine Zeit für die Frankes."

„Wer sind Sie? Was machen Sie mit dem Handy meiner Frau?", rief Geerken in das flache Smartphone.

„Ich rufe Sie an. Das sehen Sie doch! Pardon, das hören Sie doch. Dazu gibt es ja diese kleinen, praktischen Geräte. Und Ihre Frau hat wirklich ein besonders schönes und teures. Das werde ich mir allerdings auch bald leisten können."

„Was soll das? Was wollen Sie?"

„Geld. Sagte ich das noch nicht?"

„Nein. Aber von mir werden Sie keins kriegen. Nicht für ein geklautes Handy. Nicht für die gespeicherten Nummern und Nachrichten."

„Aber doch wohl für Ihre Frau?", entgegnete die Stimme mit ironischem Unterton.

„Für meine Frau?" Trotz des kalten und windigen Herbsttages wurde ihm plötzlich heiß. Sein Magen, dem für gewöhnlich weder Seegang noch große Höhe etwas anhaben konnten, bekam Schlagseite. Als habe er eine nicht mehr ganz frische Auster gegessen.

„Ja, für Ihre Frau. Sie liegt hier neben mir in einer misslichen Lage, aus der sie gerne befreit werden möchte. Wollen Sie sie sprechen?"

„Ja", hauchte Geerken und setzte sich auf eine der Stufen. Weiter unten rief Karl nach ihm.

„Dabei fällt mir ein, Ihre Frau kann ja gar nicht sprechen. Sie hat so ein blödes Tuch in ihrem Mund. Zu dumm. Wirklich zu dumm. Aber vielleicht geht es auch so."

Geerken presste das Smartphone an sein Ohr. „Frieda? Frieda?"

Die Antwort bestand aus einem langgezogenen Stöhnen und Wimmern, das schließlich gequält in ein verstehbares Wort überging: „Hilfe!" Das war alles. Geerken presste das Smartphone an sein Ohr. In seinem Magen verschmolzen Angst und Wut zu einem Gefühl, das er noch nie in seinem Leben gespürt hatte.

„Zufrieden?"

„Was hast du mit meiner Frau gemacht, du Schwein!", brüllte Geerken in das winzige Mikrophon.

„Nichts", antwortete die unbekannte Stimme. „Wirklich nichts. Das können Sie mir glauben. Sie liegt hier nur etwas unbequem. Aber Sie können ihre Lage deutlich verbessern."

Geerken holte tief Luft. Die neuartige Gefühlmelange in seinem Magen forderte einen Aufschrei, wollte ihn den Unbekannten erneut anbrüllen lassen. Sein Kopf aber traf in Sekunden eine andere Entscheidung, zwang den Magen in die Defensive, verordnete ihm Ruhe und Konzentration.

„Was verlangen Sie?"

„Na bitte. Geht doch. Also, machen wir es kurz. Wo sind Sie jetzt?"

„An der Knock."

„Perfekt. Dann fahren Sie jetzt sofort nach Emden und heben 100.000 Euro ab", erklärte der Unbekannte.

„Das ist nicht so einfach."

„Ist es", konterte der Mann. „Sie haben doch bestimmt mehrere Konten bei mehreren Banken."

„Ja."

„Na bitte. 25.000 Euro von jedem Konto. Das wird doch wohl gehen? Sie sind ein reicher Mann. Unternehmer des Jahres."

„He, Boss? Was ist los da oben?", unterbrach ein verzerrter Ruf die Verhandlungen.

„Nichts! Komme sofort! Nur ein Anruf!"

„Okay, Boss!"

„Was war das denn? Sind Sie nicht allein?", fragte der Unbekannte.

„Ich bin allein. Nur ein Mitarbeiter. Aber der kann uns nicht hören. Also, wenn ich das Geld habe, wie geht's weiter?"

Das Handy schwieg.

„Ich bin allein! Ich bin allein! Ich bin allein!"

„Ist ja schon gut, Mann! Packen Sie das Geld in eine Plastiktasche. Eine Einkaufstasche. Sonst darf nichts in der Tasche sein. Fahren Sie mit der Tasche nach Pewsum. In einer Stunde rufe ich Sie wieder an. Verstanden? Und keine Polizei! Ich bin bestens vorbereitet und würde das sofort merken. Ihre Frau übrigens auch. Alles klar, Mann?"

„Alles klar. Aber eine Stunde? Das wird kaum reichen."

„Das reicht. Denken Sie an Ihre Frau. Los jetzt!"

Der Unbekannte hatte aufgelegt. Geerken starrte kurz in den Abgrund und stellte sich seine Frau vor, die irgendwo gefesselt und geknebelt in einem Keller lag und unerträgliche Ängste ausstand. Obwohl er dieses Bild in seinem Kopf selbst erzeugte, brannte es sich augenblicklich ein, als habe er Frieda tatsächlich in diesem Zustand gesehen. Das Bild verfolgte ihn auf dem Weg nach unten und auf dem Weg nach Emden. Immer sah er sie dort liegen, auf einer Matratze, die Augen verbunden, einen Knebel im Mund, mit Handschellen an einen Heizkörper gefesselt. Er konnte dieses Bild einfach nicht loswerden, obwohl er sicher war, dass es einem kühlen Kopf im Wege stand.

Wie ein Bankräuber parkte er seinen Wagen direkt vor seiner Hausbank. Im Parkverbot. Schweißperlen tummelten sich auf seiner Stirn. Kaum hatte er sie mit einem Taschentuch abgewischt, sprossen neue nach. Den Bankangestellten schien das nicht zu stören, ohne Rückfrage händigte er ihm das Geld aus. Der Erpresser hatte Recht.

Beträge in dieser Größenordnung hatte er schon mehrfach abgehoben, wenn es um bestimmte Projekte gegangen war, die den schnellen Einsatz von Bargeld erforderlich machten.

Auch die anderen Banken bedienten ihn, als würde er täglich 25.000 Euro abheben. Andererseits waren die Konten gut gefüllt, Skepsis war also nicht angebracht. Er war flüssig, die Geschäfte liefen gut, die Banker lächelten untergeben und mit Respekt. Wahrscheinlich war er sogar ihr potentester Kunde.

Fünfzig Minuten waren um. Jetzt wurde es aber Zeit. Mit jaulendem Motor bog er in die Boltentorstraße ein. Der schnellste Weg in die Krummhörn. Immer noch das Bild seiner gefesselten Frau vor Augen. Steinweg. Franeckerweg. Conrebbersweg. Wie oft war er diese Route schon gefahren. Langsam. Denn in Conrebbi war Tempo 30 verordnet. Egal. Er trat aufs Gas, denn er musste halbwegs pünktlich in Pewsum sein.

Ein Trecker. Was macht ein Bauer bei diesem Wetter? Im Oktober? Geerken hatte Mühe, den Traktor zu überholen, da er die Fahrbahn mehr oder weniger blockierte. Als er das riesige Fahrzeug endlich passiert hatte, traf er auf das nächste Hindernis. Ein Trabbi mit Emder Kennzeichen zwang ihn, auf die Bremse zu treten, statt noch einmal richtig Gas zu geben. Spinner! Ostalgiker!

Viel zu spät erreichte er Groß Midlum und fand endlich eine freie Straße vor. Das Tempolimit interessierte ihn nicht. Bei diesem Wetter traute er der Polizei zu, lieber im Warmen Tee zu trinken, als in Freepsum Blitzgeräte aufzustellen.

Das Handy!

Geerken fuhr rechts ran, erwischte eine mittelgroße Pfütze, fluchte, und tippte aufs Display.

„Ja?"

„Haben Sie das Geld?"

„Ja, ich hab es. Hunderttausend."

„Sehr gut. Sind Sie in Pewsum?"

„So gut wie."

„Das heißt?"

„Hinter Freepsum. Die Zeit hat einfach nicht gereicht."

„Spielt keine Rolle. Fahren Sie zum Pilsumer Leuchtturm. Parken Sie auf dem Parkplatz und gehen dann zum Leuchtturm. Bei dem Wetter sind Sie da allein. Und von dort hat man beste Sicht auf mögliche Neugierige. Alles klar? Beeilen Sie sich! Denken Sie an Ihre Frau!"

Geerken überließ das Handy dem Beifahrersitz und trat aufs Pedal. Doch statt auf die Straße zu hüpfen, heulte nur der Motor auf, während die Reifen die Pfütze vertieften. Von einem allradgetriebenen SUV hatte er sich mehr erwartet. Sein Fuß reagierte mit noch kräftigerem Druck, die Pfütze mit Unmengen Matsch, der zu seiner Verblüffung auch auf die Frontscheibe regnete. Der Wind reichte ihm als Erklärung.

Ruhe. Er musste sich erneut zur Ruhe zwingen. Für einige Sekunden umfasste er das Lenkrad mit beiden Händen. Dann legte er einen anderen Gang ein und versuchte es mit weniger Gas. Mühelos hievte sich sein Auto auf die Straße.

Für die Fahrt zum Pilsumer Leuchtturm brauchte er kein Navi. Sobald man Groothusen hinter sich gelassen hatte, tauchte das rot-gelb gestreifte Wahrzeichen der Krummhörn unweigerlich auf dem Deich auf. Die Älteren kannten ihn auch als Otto-Turm, die Jüngeren als Lükko Leuchtturm. Als Kind hatte er mehrmals mit seinen Eltern den Turm besucht. An viel konnte er sich nicht mehr erinnern, nur daran, dass der Turm damals nicht rot-gelb gestrichen, sondern vollkommen verrostet gewesen war. Eine große rostige Riesentonne. Eine Ruine ohne Zukunft. So schien es zumindest. Seit den von seinem Vater verordneten Spaziergängen war er nicht mehr bei dem Turm gewesen. Es hatte sich einfach keine Gelegenheit ergeben. Gesehen hatte er ihn natürlich, von der einen oder anderen Gondel aus, die er in der Krummhörn inspiziert hatte. Im Osten die Greetsieler Windmühlen, im Westen der Pilsumer Leuchtturm. Ein vertrauter Blick.

Fast wäre Geerken an der schmalen Straße vorbeigefahren, die kurz vor Hauen, einer kleinen Warf mit wenigen Häusern, zum Deich führte. Erst im letzten Augenblick erfassten seine Augen das Schild. Er trat auf die Bremse, setzte zurück und hielt auf den Leuchtturm zu. Am Fuß des Deiches fuhr er auf einen Parkplatz, den es früher nicht gegeben hatte. Ein einsamer Parkplatz und dennoch ein kostenpflichtiger. Geerken schüttelte den Kopf und verweigerte die Parkgebühr.

Draußen empfing ihn eine heftige Böe, die ihm fast die Plastiktüte mit dem Geld aus der Hand gerissen hätte. Reflexartig nahm er die linke Hand zu Hilfe und presste die Tüte an seinen Bauch. Der Wind, sein Glücksbringer, sein Partner, sein

Freund, hätte ihm fast seine Frau entrissen. Auch beim Aufstieg auf den Deich leistete er Widerstand, versuchte, ihn von seinem Vorhaben abzuhalten. Wieder peitschte er ihm dicke Regentropfen ins Gesicht, ohne dass es kontinuierlich regnete. Zugelegt hatte er auch, jetzt war es auf jeden Fall Stärke 7, wenn nicht schon 8. Über der Nordsee hatte sich ein blau-violetter Sturm aufgetürmt. Geerken kämpfte sich auf die Deichkrone und suchte auf der Leeseite des Leuchtturms Schutz. Schlagartig hörten die Peitschenhiebe auf, seine rechte Hand ließ die Tüte los, wischte das Wasser aus seinem Gesicht und strich seine Haare nach hinten. Die Kälte, die er auf der Gondel nicht gespürt hatte, kroch über seine Haut. Seine Lippen vibrierten leicht. Er schlug den Kragen seiner Jacke hoch und sah auf sein Smartphone.

Was für eine beschissene Lage! Sein Magen stemmte sich erneut gegen seinen Kopf, wollte ihn zu riskanten Aktionen überreden, zu Faustschlägen und Würgegriffen. Er war groß und durchtrainiert und spielte mit möglichen Chancen gegen einen Gegner, einen bewaffneten Gegner. Vielleicht konnte er sich mit dem Wind gegen ihn verbünden und den Entführer überwältigen? Ihm das Geld zuwerfen und dann zuschlagen?

Ein vertrautes Geräusch beendete das quälende Warten und seine Gedankenspiele.

„Ja?"

„Vom Leuchtturm aus hat man wirklich eine fantastische Fernsicht. Selbst bei diesem Wetter. Man sieht alles und jeden."

„Wo ist meine Frau?"

„In Sicherheit. Ich habe ihr kein Haar gekrümmt."
„Ich will sie sprechen!"
„Das geht leider nicht, denn ich musste sie zurücklassen. Aber sobald ich das Geld habe, wird sie Sie anrufen."
„Ich glaube Ihnen nicht!"
„Das kann ich verstehen. Aber Sie haben keine Wahl. Verschwinden Sie oder rufen die Polizei, hat sich mein Angebot erledigt. Das steht Ihnen frei. Entscheiden Sie sich. Aber sofort, wenn ich bitten darf!"

Geerken sah zum wiederholten Mal das Bild seiner gefesselten und geknebelten Frau vor sich. Andere Entführungsfälle kamen ihm in den Sinn. Waren nicht etliche an einer fehlgeschlagenen Geldübergabe gescheitert? Wie bei dieser Bankiersfrau aus Baden-Württemberg?

„Okay. Was passiert mit dem Geld?"
„Eine gute Entscheidung. Gehen Sie zur Tür, öffnen sie, legen die Tüte auf den Boden, schließen die Tür und fahren zurück nach Emden. Ihre Frau ruft Sie in Ihrem Büro an. Ach ja, das hätte ich jetzt fast vergessen. Ihr Handy legen Sie bitte neben der Tüte auf den Boden."

„Sind Sie im Leuchtturm?"
„Gegenfrage: Halten Sie mich für blöd?"
„Natürlich nicht", raunte Geerken.
„Dann tun Sie, was ich Ihnen gesagt habe."

Gegen den erbitterten Widerstand seines Bauchgefühls folgte Geerken den Anweisungen. Die Tür, die ansonsten mit Sicherheit verschlossen war, gab sofort dem Wind nach, der sie wütend aufstieß.

Verräter!

Der Raum war menschenleer. Zudem verhinderte das Gebrüll des Windes jeden Versuch, in den Turm hineinzuhorchen. Nach oben steigen wollte er auch nicht, das Risiko war ihm zu groß, so sehr sein Bauch auch darauf drängte. Wie von ihm verlangt, legte er Tüte und Handy auf den Boden und schloss unter großer Kraftanstrengung die Tür. Er hatte wirklich keine andere Wahl.

Noch einmal sah er sich um. Die Nordsee und der Himmel über ihr tobten; die Kimm, die Grenzlinie zwischen beiden, war nicht mehr auszumachen. Auf der Landseite trotzten Höfe, Mühlen und Dörfer dem Toben. Auch seine Mühlen zeigten sich nicht beeindruckt. Weit und breit war kein Auto zu sehen. Dennoch wusste er nicht, ob er wirklich allein war.

Geerken ließ los. Er hatte sich entschieden. Er stieg die Treppe herunter, setzte sich in sein Auto und gab Gas. Er konnte nichts mehr tun. Er konnte nur noch nach Emden fahren. Und hoffen.

„Was ist los, Boss?", empfing ihn überrascht Karl in der Tür.

„Nichts", maulte Geerken. „Ich bin nicht zu sprechen. Lassen Sie mich allein. Okay?"

„Klar, Boss."

„Herr Möller von den Stadtwerken erwartet dringend Ihren Rückruf", bemühte sich seine Sekretärin, doch auch sie holte sich einen Korb.

„Ich möchte vorläufig nicht gestört werden. Keine Anrufe. Nur meine Frau. Stellen Sie sie sofort durch!"

Er warf seine Jacke auf den Bistrotisch in der Ecke und ließ sich auf seinen Sessel plumpsen. Er spürte seinen Körper, seinen Magen, sein Herz, seine Hände, die Finger, die sich dicker als sonst anfühlten. Über der Tür drehte der Sekundenzeiger seiner großen Bürouhr seine Runden, kreiste auffällig langsam, kam irgendwie nicht richtig vorwärts. Seinen Blick von der Uhr lösen konnte er dennoch nicht, der Zeiger hielt ihn als Geisel.

Na endlich. Das Telefon. Geerken schlug zu.

„Frieda...?"

„Entschuldigen Sie bitte", piepste seine Sekretärin. „Aber Herr Möller lässt sich nicht abwimmeln. Es ist dringend. Die Pläne für den Rysumer Nacken."

„Der kann sich seine Pläne in die Haare schmieren! Keine Anrufe! Habe ich mich nicht klar genug ausgedrückt? Keine Anrufe! Nur meine Frau! Ist das jetzt klar?!"

„Ja, ist klar, Herr Geerken. Entschuldigen Sie bitte."

Sofort hatte ihn die Uhr wieder in ihren Bann geschlagen, hielt ihn davon ab, sich mit anderen Dingen zu befassen. Der schmale, rote Zeiger hatte ihn fest im Griff, ließ nichts anderes gelten. Eine gute Stunde verbrachte er so, die mit keiner anderen Stunde vergleichbar war, die er je bewusst erlebt hatte. Seine Gedanken waren reduziert auf das Bild seiner Frau und die Tüte auf dem Boden des Leuchtturms. Er war nicht mehr Arnold Geerken, er war nur noch Sekundenzeiger, gefesselte Frau und Tüte im Leuchtturm.

Das Telefon holte ihn in die profane Wirklichkeit zurück.

„Frieda...?"

„Ja", antwortete seine Frau mit gequälter Stimme.

„Wie geht es dir? Bist du wieder frei?"

„Wieder frei…? Was meinst du damit? Ich hatte einen Unfall."

„Einen Unfall? Aber … die Entführung?"

„Was redest du da?" Die Stimme war schwach und klang irritiert. „Ich bin gegen einen Baum gefahren. Der Sturm hat ihn umgeworfen, haben sie mir im Krankenhaus erzählt. Ich war eingeklemmt, konnte meine Beine nicht mehr bewegen. Ich bin immer wieder bewusstlos geworden."

Geerken konnte nur mit Mühe folgen. Die Erlebnisse der letzten Stunden und die wenigen Sätze seiner Frau passten nicht zusammen.

„Frieda? Ganz ruhig. Wo bist du jetzt? Von wo aus rufst du an?"

„Vom Krankenhaus. Das habe ich dir doch gerade gesagt. Hörst du mir eigentlich zu?"

„Doch, doch. Aber was ist mit dem Entführer?"

„Was soll das? Was redest du da? Ich hatte einen Unfall und habe mir den linken Arm gebrochen. Die Elle. Der Arm steckt jetzt in so einem grünen Plastikding. Ich habe Glück gehabt, sagen die Ärzte. Vor allem, weil jemand den Notarzt gerufen hat. Ich war ja auf dem Weg nach Reimers. Da fährt doch kaum jemand. Und dann dieser Sturm. Aber irgendwer hat mich doch gefunden."

Geerken sah plötzlich doch Teile, die zusammenpassten. „Wer … hat dich gefunden?"

„Keine Ahnung. Auf jeden Fall hat er den Notarzt gerufen. Es war eine männliche Stimme. Als der Rettungswagen bei mir eingetroffen ist, war er nicht mehr da. Ich habe hier schon gefragt, aber er hat mit meinem Handy angerufen. Die haben in ihrer Zentrale extra nachgesehen. Es muss noch im Auto liegen. Jetzt kann ich meinem Lebensretter nicht mal danken."

„Ich glaube, das habe ich schon getan. Ich bin gleich bei dir. Auch mir ist heute etwas passiert. Aber das erzähle ich dir in aller Ruhe."

Schneeballen

"Was ist das?"

"Die Schneeballen, die wir dir mitbringen sollten."

„Ich hoffe, es sind die echten!"

„Es sind die echten, also die mit Puderzucker", antwortete Klara und reichte ihrer Tante eine braune Papiertüte ins Bett, die das Logo einer Bäckerei aus Rothenburg ob der Tauber schmückte.

„Ich weiß gar nicht, warum die heutzutage Nougat, Pistazien oder noch Scheußlicheres auf die Schneeballen schmieren?", sagte Sieglinde Haffner, als sie die Tüte in Empfang nahm. „Was glauben die Bäcker eigentlich, woher der Name stammt? Die heißen Schneeballen, weil sie wie Schneebälle aussehen. Und dafür sorgt der Puderzucker. Das ist doch wohl nicht so schwer zu verstehen?! Aber nein, sie kleben Pistazien oder Mandeln auf die Dinger!"

Sieglinde Haffner, die von ihren Nichten und Neffen Tante Linde genannt wurde, öffnete die Tüte, indem sie ihr mit einer langsamen Bewegung den sorgsam gefalteten Kopf abriss. Dann kippte sie die Tüte mit beiden Händen, sodass sie bequem hineinsehen konnte.

„Viel zu viel Zucker! Die Bäcker sind wohl verrückt geworden? Wollen die mich umbringen?"

„Bestimmt nicht, Tante Linde", versuchte Axel sie zu beruhigen. „Diese Schneeballen sind eben noch echte Schneeballen. Die sehen wirklich noch aus wie Schneebälle. Das hast du selbst gesagt. Dazu braucht man eben viel Puderzucker."

„Und was ist mit meinem Diabetes? Den hast du wohl vergessen?"

„Ich nicht", entgegnete Axel vorsichtig. „Aber du. Denn du wolltest die Schneeballen ja unbedingt haben. Dabei weißt du genau, dass du sie eigentlich nicht essen darfst."

„Papperlapapp! Schneeballen hat es bei uns immer gegeben. Die gehören nun mal dazu. Die Nürnberger haben ihre Lebkuchen, wir haben die Schneeballen. Sollen mir die Pfleger doch mehr Insulin spritzen!"

Die grauhaarige, verhärmte Frau hatte den Blick nicht auf ihren Neffen gerichtet, sondern starrte mit großen Augen wie hypnotisiert in die braune Tüte.

„Wie sind eigentlich die neuen Pfleger?", fragte Klara, die die Gelegenheit nutzte, um das Thema zu wechseln.

„Noch schlechter als die letzten", antwortete ihre Tante, noch immer von der Tüte magisch angezogen. „Alles ungehobelte Kerle. Haben keinerlei Benimm. Gestern haben sie dieser blöden Frau Wendler vor mir das Essen gebracht. Ich hab's genau gehört. Ihr Zimmer kommt aber nach meinem. Sie hat die Nummer 20, ich 19. Also müssen sie mir das Essen zuerst bringen. Oder etwa nicht?"

Tante Linde hob ihren Kopf und setzte den Blick einer strengen Oberstudienrätin auf. Ein Blick, den sie perfekt beherrschte, denn sie hatte 35 Jahre an verschiedenen Gymnasien unterrichtet.

„Oder etwa nicht?!"

„Natürlich, das müssen sie", gab Axel schließlich nach.

„Und sie müssen auch sofort kommen, wenn man sie ruft", dozierte die Tante und streckte den rechten Arm zum roten Notrufknopf aus.

„Nicht!", entfuhr es Klara. „Das ist doch nicht nötig!"

„Ist es, mein Kind, ist es. Schaut auf die Uhr! Fünf Sekunden ... zehn Sekunden ..."

Während Klara mit den Augen rollte, verkroch sich Axel so gut es ging in dem blauen Sessel, auf dem er immer saß, wenn sie Tante Linde besuchten. Er dachte an die vergangenen Wochen, an die beiden Brüche ihrer Osteoporose geschädigten Rückenwirbel, an die Operation in Erlangen und die Suche nach einem geeigneten Kurzzeitpflegeplatz. Wenigstens um die Finanzierung hatte sich die Familie nicht kümmern müssen, denn die Lücke, die Pflegeversicherung und Krankenkasse ließen, schloss Lindes Pension. Geld war nicht das Problem.

Ohne zuvor Schritte gehört zu haben, flog plötzlich die Tür auf. Eine Pflegerin und ein Pfleger, beide im roten Arbeitsdress des Heims, erschienen und richteten ihre Blicke umgehend auf die Pflegebedürftige.

„Was passiert, Frau Haffner, was passiert?", fragte die noch junge Pflegerin mit starkem osteuropäischem Akzent.

Der junge Mann sagte kein Wort, löste sich von der Patientin und sah abwechselnd Klara und Axel an. In seiner Miene, in seinen Augen glaubten sie lesen zu können, dass er nicht ernsthaft mit einem

Notfall gerechnet hatte. Stumm tauschten sie Ansichten und Urteile aus und wurden sich in Sekunden einig, während die kleine Pflegerin akribisch die Lage der Patientin und das Bett kontrollierte.

„Was habe ich euch gesagt, fast eine Minute", maulte die Tante und ignorierte die beiden Pflegekräfte.

„Entschuldigen Sie bitte, es war ein Versehen", sagte Klara zu den Uniformierten.

„War es nicht!", widersprach Linde. „Es sei denn, du meinst das Versehen dieses Etablissements, diese beiden Unfähigen eingestellt zu haben."

„Also nichts?", fragte der Pfleger lakonisch und mit teilnahmslosem Blick.

„Nein, Herrgott noch mal!", schimpfte die Tante. „Und jetzt entfernen Sie sich bitte wieder!"

Klara stand von ihrem Stuhl auf und begleitete die grundlos Herbeigerufenen nach draußen. So leise wie möglich zog sie die Tür hinter sich ins Schloss.

„Tut mir leid, aber Sie kennen ja meine Tante."

„Schon in Ordnung", sagte der Mann, lächelte fast, drehte sich um und schlenderte den Gang hinauf. Die kleine Pflegerin folgte ihm und stellte Fragen, die nur dem Tonfall nach als solche zu verstehen waren.

„Was sollte das denn?", begrüßte sie Tante Linde, als Klara ins Zimmer zurückkehrte. „Hast du etwa vor, dich diesen Elementen anzubiedern? So etwas haben die Haffners nicht nötig!"

„Nein, Linde, ich war nur höflich. So, wie du es immer wieder einforderst. Höflichkeit ist doch die beste Waffe. Deine Worte."

Die ohnehin großen Augen der Tante schienen ihren Kopf abrupt verlassen zu wollen, zogen sich aber schnell wieder zurück. Dafür begann ihr geschlossener Mund samt der abfallenden Mundwinkel zu arbeiten. Sie schien etwas zu kauen, es waren aber nicht die von ihr geliebten Süßigkeiten, sondern pure Gedanken. Nach einigen Sekunden wurden ihre Züge wieder weicher.

„Siehst du, Klara, das ist der Unterschied zwischen uns und denen. Wir stammen eben aus einem anderen Stall, aus einem bürgerlichen. Der Benimm wurde uns in die Wiege gelegt. Wir sind höflich, wir sind pünktlich. Von Haus aus. Kultur suchst du bei denen vergeblich. Die Sprache Goethes oder Thomas Manns ist ihnen fremd und wird ihnen immer fremd bleiben."

Axel kam aus der Deckung und setzte sich wieder offensiv auf das Polster. Spontan war eine Entgegnung auf seine Zunge gerutscht, die er dann aber mit viel Mühe zurückhielt. Für einen Moment krallten sich seine Hände in die Seitenlehnen des Sessels. Ganz verzichten wollte er aber auch nicht und servierte seiner Tante, quasi als Ersatz für die unterdrückte Erwiderung, eine gut verpackte Frage.

„Auf diese Pfleger kannst du wirklich pfeifen. Aber zum Glück hast du ja Manfred. Der kümmert sich bestimmt ausgiebig um dich. Wie oft ... kommt er eigentlich vorbei?"

Wieder begann Tante Lindes Mund zu arbeiten, spuckte aber schnell eine Antwort aus: „Wisst ihr, Manfred muss viel zu viel arbeiten. Er würde ja gerne öfter kommen, das hat er mir selbst am Telefon gesagt, aber Siemens kann keine Stunde auf ihn verzichten."

„Nicht mal am Wochenende?", warf Axel ein.

„Manfreds Arbeit könnt ihr nicht mit dem vergleichen, was ihr so macht", konterte die Tante und hob sich dabei ein paar Zentimeter aus dem Bett. „Manfred hat schließlich studiert."

„Wir auch, Linde, wir auch", meldete sich Klara zu Wort.

„Anglistik, Politologie und so ein Zeug", spottete Linde. „Das kann man ja wohl nicht mit Medizintechnik vergleichen. Wir reden hier von einem richtigen Studium, von konkreten Inhalten und von Prüfungen, die diesen Namen auch verdienen. Ihr habt ja keine Ahnung, wie viel mein Sohn hat lernen müssen. Keine Ahnung habt ihr. Ganz zu schweigen von seiner Stellung und von den vielen Neidern, die an seinem Stuhl sägen. Nein, er kann es sich einfach nicht erlauben, auch nur eine Stunde zu fehlen."

„Dem kann ich folgen", nickte Klara. „Außerdem müsste er ja auch noch die lange Autofahrt auf sich nehmen. Fast dreißig Minuten. Und das mit seinem neuen BMW Z3. Dafür kommt wahrscheinlich Petra umso öfter."

„Petra ist krank", seufzte die Tante betroffen. „Schwer krank sogar."

„Das wusste ich gar nicht", wunderte sich Axel und machte ein entsprechendes Gesicht. „Was hat sie denn, wenn ich fragen darf?"

„Burnout. Eine schlimme Sache. Sie kann einfach nicht mehr. Sie ist völlig ausgepumpt und macht irgendwo eine Kur. Manfred hat mir gesagt, wie bitternötig sie diese Kur hat. Bitternötig."

„Damit ist sie natürlich entschuldigt", brummte Axel.

„Natürlich ist sie das", zischte Linde und zog sich am Griff des Bettgalgens hoch, der über ihr hing. „Ihr geht es ebenso schlecht wie mir, wie sollte sie sich da um mich kümmern können? Aber das braucht sie auch gar nicht, denn ihr seid ja da. Und ihr habt viel Zeit. Bei euren Berufen."

„Stimmt, das hatte ich fast vergessen", kommentierte Klara.

Es klopfte. In der Tür erschien eine Pflegerin mit einem Tablett.

„Ihr Mittagessen, Frau Haffner. Soll ich es auf den Tisch stellen oder wollen Sie wieder im Bett essen?"

„Am Tisch selbstverständlich! Was gibt es denn?"

„Hühnerfrikassee mit Reis und Salat", antwortete die Pflegerin betont freundlich, als habe sie eine Überraschung zu verkünden.

„Ich dachte, es gibt heute Sauerbraten?", maulte die Tante.

„Den gibt es auch, aber Sie hatten das Frikassee angekreuzt", erwiderte die Pflegerin.

„So? Hatte ich das?"

„Ja, am Dienstag."

„Eine völlig idiotische Regelung, dass man sein Essen Tage vorher auf einem Zettel ankreuzen muss. Woher soll ich am Dienstag wissen, was mir am Sonntag schmeckt. Außerdem kann ich keinen Spargel vertragen."

„Sie haben Glück, das Frikassee ist ohne Spargel, dafür aber mit frischen Champignons", lächelte die Pflegerin.

„Ohne Spargel?", empörte sich die Achtzigjährige, während Axel und Klara ihr mit nun schon routinierten Griffen in den Rollstuhl halfen. „Hühnerfrikassee ist immer mit Spargel. Da können Sie jeden Koch fragen. Das ist einfachstes Grundwissen der gutbürgerlichen Küche."

„Sitzt du bequem?", fragte Klara.

„Nein, aber das lässt sich nicht ändern. Liegt am Rollstuhl", antwortete die Tante und ließ sich an den kleinen Tisch in der Mitte ihres Zimmers schieben. Ein großes, ein helles Zimmer, wie es nur bessere und natürlich auch teurere Heime zu bieten hatten. An den in Gelb gehaltenen Wänden hingen Reproduktionen von Picassos „Kind mit der Taube" und van Goghs „Schlafzimmer in Arles". Das die halbe Außenwand einnehmende Fenster gewährte einen beeindruckenden Blick über den hauseigenen Park, in dem einige gut vermummte Bewohner zutrauliche Enten fütterten.

„Versuchen Sie es wenigstens einmal", wurde Linde von der Pflegerin ermuntert, die ihr den Teller hinstellte und das Besteck reichte. „Guten Appetit!" Dann stahl sie sich aus dem Raum.

Mit kritischer Miene und der von der rechten Hand geführten Gabel sondierte sie das Frikassee, wählte ein Stück Fleisch aus, isolierte es auf dem Tellerrand, drehte es, betrachtete es von allen Seiten und führte es schließlich zum Mund, um es im Zeitlupentempo zu bearbeiten.

„Viel zu trocken. Wer soll das denn essen? Hier wohnen doch nur alte Menschen. Das kann doch keiner von denen kauen. Haben doch alle ein Gebiss."

„Du aber nicht", flüsterte Klara hinter ihrem Rücken, sodass nur Axel es verstehen konnte. Ihr Vetter hob kurz die Schultern.

Die Tante nahm sich nun die Soße vor, mischte sie mit ein paar Reiskörnern und jonglierte sie im Mund.

„Zu viel Curry. Die Soße ist fast grün vor Curry. Habt ihr schon mal so ein Frikassee gesehen? Zu viel Curry ist ungesund. Davon kann man Asthma bekommen. Oder Schlimmeres. Aber die blöde Frau Wendler, die frisst jetzt bestimmt meinen Sauerbraten."

Demonstrativ würgte die Tante einige Bissen hinunter, dann legte sie die Gabel geräuschvoll auf die Tischplatte.

„Du musst aber etwas essen", ermahnte sie Klara, „damit du wieder zu Kräften kommst. Umso eher kannst du wieder nach Hause."

„Hast du auch ordentlich gelüftet?"

„Hab ich", versicherte Klara.

„Und Staub gesaugt? Auch im Abstellraum? Und im kleinen Ern?"

„Alles erledigt", nickte Klara.

„Wie man ein Haus richtig pflegt und sauber hält, das weiß ja heute keiner mehr. Darum habe ich auch keine Putzhilfe. Denen müsste ich nämlich hinterher putzen. Einmal habe ich es versucht, aber das junge Ding konnte nicht mal Blumen gießen. Hast du meine Blumen gegossen?"

„Auch das, Linde. Alle Blumen sind in Schuss."
„Das will ich auch hoffen! Keine Post?"
„Nein, die hätten wir doch mitgebracht", sagte Axel, verließ den Tisch und machte eine paar nervöse Schritte durch den Raum.
„Wehe, ihr öffnet auch nur einen Brief!"
„Warum sollten wir das tun?", entgegnete Klara.
„Aus purer Neugier. So wie meine Putzfrau. Oder wie Manfred und Petra. Bestimmt haben die schon Briefe geöffnet."
Klara schwieg, rollte aber erneut mit den Augen. Ihr Vetter durchquerte das helle Zimmer noch ein paar Mal und baute sich dann vor der Tante auf, der das Hühnerfrikassee plötzlich doch zu schmecken schien.
„Es ist gleich halb eins, wir müssen gehen", sagte Axel. „Auch wir wollen noch zu Mittag essen."
„Aber ihr seid ja gerade erst gekommen?", beschwerte sich die Frau im Rollstuhl.
„Wir waren genau um elf bei dir, Linde. Und wir müssen jetzt wirklich los", bekräftigte Klara. „Wir kommen so bald wie möglich wieder. Soll ich dir noch etwas Wasser einschenken?"
„Nein. Ihr müsst doch gehen."
Klara und Axel tauschten Blicke aus, führten ein kurzes, wortloses Gespräch und bestätigten sich gegenseitig.
„Wir gehen jetzt, Linde. Weiterhin gute Besserung", sagte Klara und reichte ihr die Hand, die die Tante nach kurzem Zögern auch annahm.
„Bis nächste Woche", schloss sich Axel an. „Wird schon werden."
„Bei diesen Pflegern?"

„Auch bei diesen Pflegern, Linde. Die sind doch alle ganz in Ordnung. Gib ihnen einfach eine Chance. Ade!"

„Tschüss, Linde!"

Sie warfen einen letzten Blick auf die Tante, auf ihren teuren Plüschbademantel, auf ihre grauen Haare, auf ihre schmalen Schultern, auf ihre rechte Hand, die eine volle Gabel zum Mund führte. Leise schlossen sie die Tür hinter sich.

„Puhh!", stöhnte Axel auf dem Gang. „Das war mal wieder grenzwertig. Wie halten das bloß die anderen aus?"

„Gar nicht", antwortete Klara. „Wir sind die Letzten."

„Was soll das heißen, wir sind die Letzten? Was ist mit Karl und Gerlinde? Oder mit André und Frieda?"

„Karl und Gerlinde waren immerhin einmal da. André und Frieda haben schon lange aufgegeben. Die lassen sich nur noch jedes halbe Jahr blicken."

„Und Manfred? Hat der wirklich so viel zu tun?"

„Alles Quatsch. Der drückt sich. Und das weiß sie im Grunde auch, da bin ich mir sicher. Aber ihr mustergültiger Sohn ist eben ein Heiliger, jedenfalls für andere. Insbesondere für die Familie. In Wahrheit ist Manfred längst randvoll mit ihren Vorwürfen. In den geht nichts mehr rein. Der kann nicht mehr und ist wahrscheinlich froh, dass er überhaupt so lange durchgehalten hat", analysierte Klara nüchtern. Ihre Hände waren damit beschäftigt, eine Zigarette aus einem glänzenden Etui zu ziehen und das Feuerzeug in Stellung zu bringen. Aber bis zur Tür waren es noch etliche Meter.

„Dann weißt du doch bestimmt auch, was es mit Petras Burnout auf sich hat?"

„Burnout? Besser wäre wohl Drinkout. Die Kur ist nämlich eine Entziehungskur. Kein Wunder, sie ist mit Manfred verheiratet und Linde ist ihre Schwiegermutter. Die plötzliche Flucht ihrer beiden Vorgängerinnen hätte ihr eine Warnung sein sollen."

„Verstehe", sagte Axel, der erst vor einem halben Jahr nach einem längeren Aufenthalt in den USA wieder in seine alte Heimat zurückgekehrt war. Die nächsten Schritte fiel kein Wort. Klara spielte mit der Zigarette, Axel mit Szenarien, die in seinem Kopf ohne sein Zutun entstanden.

„Ich hab sie nur so in Erinnerung", dachte er schließlich laut. „Aber dass sie im Alter noch giftiger werden würde? Unglaublich. Und unerträglich. Ich weiß nicht, ob ich noch so einen Besuch durchstehe. Auch wenn wir zehnmal die Letzten sind."

„Musst du auch nicht", hauchte Klara.

„Wie soll ich das verstehen?"

Klara blieb stehen und sah ihren Vetter fordernd an: „Wie früher? Unser Geheimnis?"

„Wie früher! Unser Geheimnis!", versprach Axel, in dem die Neugier auflöderte.

Klara zögerte, sah ihm in die vertrauten Augen.

„Unser Geheimnis!", schwor Axel.

„Gut. Der Puderzucker ist kein Puderzucker. Jedenfalls nicht nur. In ihrem Zustand wird niemand etwas merken. Es wird ganz natürlich aussehen. Diese Schneeballen sind ihre letzten Schneeballen."

Klara machte einige schnelle und große Schritte, mit denen sie die Eingangstür erreichte, die sie kraftvoll aufstieß. Axel folgte ihr, ließ sich aber sichtlich Zeit. Draußen blies seine Kusine blaue Wolken durch die Nase in die kalte Dezemberluft.

„Was ist das für ein Zeug?", fragte er vorsichtig.

„Ein gemeines Zeug mit einem unaussprechlich langen Namen. Gehört zu den Benzodiazepinen. Ein weißes, geschmackloses Pulver. Eine Neuentwicklung. Das hat mich überhaupt erst auf die Idee gebracht. Sie schläft ein, und das war´s."

„Wo hast du es her?"

„Aus dem Schweizer Pharmalabor. Du weißt schon. Die PR-Aktion letztes Jahr, von der ich dir erzählt habe. Es ist mir dort zufällig in die Hände gefallen. Von mir aus nenn es Schicksal."

Axel senkte seinen Blick und starrte eine Weile auf das Natursteinpflaster. Moos hatte hier und da eine Fuge erobert; ein schwarzes Kaugummi hatte sich mit einem der Steine vereinigt. Bilder und Erinnerungen rasten durch seinen Kopf, Sätze detonierten und verhallten. Als sich Klara eine zweite Zigarette anzündete, hob er seinen Kopf und fragte mit einem verhaltenen Lächeln: „Hast du auch eine für mich?"

„Aber klar. Nimm meine. Aber seit wann rauchst du wieder?"

„Seit jetzt", antwortete Axel, nahm einen kräftigen Zug und blies den Rauch wie seine Kusine durch die Nase in die kalte Luft.

Den Bogen raus

Das Bild war noch immer zu niedrig.

Fred Reinders schob den Rahmen gut zehn Zentimeter höher, nahm den Bleistift aus dem Mund und machte ein kaum sichtbares Kreuz auf der frisch gestrichenen Wand.

„Müsste passen", brummte er und legte das Bild vorsichtig auf den Tisch, der hinter ihm stand. Dort vermutete er auch die Stahlnägel, doch von der kleinen Packung fehlte jede Spur. Dübel in verschiedenen Größen, Zollstock, Winkel, Bohrer und Werkzeug warteten geduldig auf ihren Einsatz, doch die Stahlnägel hatten sich seinem Zugriff irgendwie entzogen. Dabei war er sich sicher, sie genau mitten auf den Tisch gelegt zu haben. Sein Blick suchte die nähere Umgebung ab, den Teppich, die Stühle, seinen alten Ledersessel.

Nichts.

Auch die Regale und Schränke hatten nichts zu bieten. Die kleine blaue Packung blieb unauffindbar.

„Mist!", fluchte Reinders und versuchte es mit der Rekonstruktion der letzten Stunden. „Ich muss sie oben vergessen haben. Oder sie liegen noch immer in der Küche. Oder im Büro?"

Es blieb ihm nichts anderes übrig, als in jedem Zimmer nachzusehen, in dem er Bilder aufgehängt hatte. Mit aufkeimender Wut im Bauch stapfte er durch den Flur zur Treppe. Er nahm zwei Stufen auf einmal und begann mit dem Schlafzimmer, das aussah, als wäre es für ein Werbefoto eingerichtet worden. Nach ebenso kurzer wie erfolgloser Suche folgte das obere Bad, dann sein Gästezimmer.

Im Prinzip war er mit allem fertig. Nur die beiden kleinen Grafiken von Joseph Beuys fehlten noch, dann konnte er das Werkzeug endlich in die Garage verbannen. Längst hatte er die Nase gestrichen voll von seinem Umzug, konnte Farbeimer, Abdeckplanen und Pinsel nicht mehr sehen.

„Zwei Nägel noch!", schimpfte er. „Zwei blöde kleine Nägel! Irgendwo müssen die Dinger doch sein!"

Während in ihm der Plan reifte, die Suche aufzugeben und kurzerhand in den nächsten Baumarkt zu fahren, klingelte es. Ein noch ungewohntes Geräusch, denn die Türglocke in seinem alten Haus hatte einen ganz anderen Klang gehabt.

„Auch das noch!", entfuhr es Reinders. „Hoffentlich sind es die neuen Muster. Wird aber auch Zeit."

Er nahm wieder zwei Stufen mit einem Schritt und riss die Haustür auf. Doch statt des erwarteten Kuriers standen drei Männer mit markanten Bärten vor ihm. Ihrer verwaschenen, in Blautönen gehaltenen Kleidung nach zu urteilen, waren es Fischer aus dem Dorf. Einer von ihnen trug eine schwarze Schiffermütze. Für einen Ort wie Greetsiel nichts Ungewöhnliches.

„Moin, Herr Reinders", begrüßte ihn der Größte der Dreiergruppe mit starkem ostfriesischem Akzent und reichte ihm die Hand. „Hini Dirks. Und die zwei Jungs neben mir sind Hajo Onnen und Tebbe Kleen. Wir sind ihre Nachbarn und wollten Ihre Tür vermessen."

Erst jetzt sah er den gelben Zollstock in seiner Hand.

„Moin", sagte Reinders leicht irritiert und suchte in seinem Kopf nach einem vergessenen Termin oder Handwerkerauftrag. „Meine Tür vermessen? Warum wollen Sie meine Tür vermessen?"

„Wegen des Bogens", antwortete Dirks.

„Wir wollen Sie doch gebührend in unserer Mitte begrüßen!", fügte Onnen lächelnd hinzu. „So wie es die ostfriesische Tradition verlangt. Sie haben doch keine Einwände?"

„Ich wohne zwei Häuser weiter", erklärte Kleen und deutete mit einer Hand auf die Büsche in der Einfahrt. „Hini und Hajo wohnen an der Kreuzung bei mir gegenüber. Wir drei sind die besten Bogenmacher hier im Emsweg. Fragen Sie, wen Sie wollen."

„Jetzt verstehe ich. Diesen Bogen meinen Sie", sagte Reinders fast erleichtert, denn die drei Nachbarn hatten ihn aus einer anderen Welt gerissen. Aber vielleicht gab da ja eine Verbindung? „Sie haben nicht zufällig ein paar Stahlnägel dabei? 30 Millimeter? Am besten mit Messingkopf?"

„Nichts zu machen", antwortete Dirks. „Wenn Sie das eher gesagt hätten. Hajo hat nämlich eine gut sortierte Werkstatt."

„Ich kann Ihnen die Nägel nachher vorbeibringen", schlug Onnen vor, der Kleinste des Trios. „Die hab ich in allen Ausführungen auf Lager."

„Nachher?", wiederholte Reinders.

„Nachdem wir Ihre Tür vermessen haben. Für den Bogen", erklärte Dirks wohlwollend.

„Ach ja, natürlich", nickte Reinders. „Der Bogen. Aber Sie bohren mir doch keine Löcher ins Mauerwerk?"

„Keine Bange", lachte Dirks. „Wir zimmern nur einen passenden Holzrahmen und klemmen ihn dann in die Laibung. Wir haben da so unsere Tricks. Aber Löcher bohren wir nicht."

„Gut. Dann ... dann legen Sie mal los."

„Machen wir", lachte Onnen und zückte einen abgegriffenen Zettel und einen Bleistiftstummel. Dirks entfaltete den Zollstock und begann mit der Höhe.

Reinders verfolgte die Aktion vom Flur aus, als ihm plötzlich seine Pflichten als Gastgeber in den Sinn kamen. Hilfsbereite und nette Nachbarn konnten ein Glücksfall sein. Und das nicht nur, wenn sie über Stahlnägel verfügten. Gerrit Wilms, sein direkter Nachbar, hatte ihm vor gut einer Woche spontan bei seinem Einzug geholfen. Ohne den kleinen, kräftigen Mann hätte es mit dem einen oder anderen Schrank Probleme gegeben.

„Schon erledigt", sagte Dirks und bedachte ihn mit einem Blick, der nicht schwer zu deuten war.

„Wie wäre es nach dieser kräftezehrenden Anstrengung mit einer kleinen Stärkung?", fragte Reinders.

„Die haben wir uns aber auch redlich verdient", strahlte Dirks und trat ein, nicht ohne die Fußmatte zu benutzen. „So ein Messvorgang hat es in sich und wird immer wieder unterschätzt."

Onnen und Kleen folgten ihm mit erwartungsvollen Mienen.

„Gar nicht mal so übel", kommentierte Dirks, nachdem er kurz den Flur inspiziert hatte. „Ich war vor Jahren mal hier, als der Vorbesitzer noch gelebt hat. Die Erben haben sich ja lange geziert, das Haus zu verkaufen. Der Preis war ja auch saftig."

„Um nicht zu sagen, giftig", kommentierte Kleen.

„Das war er", versicherte Reinders. „Die Verhandlungen haben entsprechend lange gedauert. Aber das ist Schnee von gestern. Gehen Sie schon mal ins Wohnzimmer und machen es sich bequem. Die erste Tür direkt vor Ihrer Nase. Ich kümmere mich um die Stärkung."

„Besten Dank", lachte Dirks und öffnete die Tür.

Reinders ging in die Küche. Aus dem Türfach des Kühlschranks zog er eine Flasche Aquavit, die den Umzug fast unbeschadet überstanden hatte. Seine Schnapsgläser vermutete er in einem der Hängeschränke, als ihm einfiel, dass er sie in die Anrichte im Wohnzimmer ausquartiert hatte. Wie eine Trophäe trug er die Flasche ins Wohnzimmer zurück, wo seine Gäste stehend auf ihn warteten. Statt sich zu setzen, bewunderten sie den Raum. Es machte Reinders Spaß, die leuchtenden Augen der Nachbarn zu verfolgen, die von der Dimension des Wohnzimmers ebenso überrascht waren wie von seinen modernen Möbeln.

„Da kann das *Hohe Haus* einpacken", meinte Dirks.

„Sie können mühelos den ganzen Emsweg einladen", staunte Onnen.

„Die Möbel sind nach meinen Entwürfen gebaut worden", erklärte Reinders stolz, während er vier Schnapsgläser aus einem schwarz-rot lackierten, asymmetrisch geformten Unterschrank holte. Nacheinander drückte er jedem ein Glas in die Hand und füllte es. Er selbst begnügte sich mit einem halben Glas, um später eventuell noch fahren zu können.

„Das haben wir schon gehört, dass Sie einen kreativen Beruf haben", sagte Dirks.

„Aber jetzt wissen wir auch, was damit gemeint ist", fügte Kleen hinzu und trat näher an den ungewöhnlichen Schrank heran.

„Haben Sie die Bilder auch selbst gemalt?", fragte Onnen.

Reinders hatte große Mühe, ein spontanes Lachen zu unterdrücken, denn an den Wänden hingen Bilder von Horst Janssen, Andy Warhol, Asger Jorn und anderen Künstlern.

„Tut mir leid, aber ich bin leider nur ein kleiner Designer. Von den Fähigkeiten dieser Künstler bin ich weit entfernt. Na, wie wär´s jetzt mit der Stärkung?"

„Die hätte ich jetzt doch glatt vergessen!", erwiderte Dirks und setzte das Glas an.

„Und Danke für´s Bogenmachen", ergänzte Reinders, bevor er, wie seine Gäste, das Glas in einem Zug lehrte.

„Das machen wir doch gerne!", bekräftigte Dirks. „Ist dieses Jahr übrigens schon der dritte Bogen. Im Emsweg ist ganz schön was los."

„Wann soll das historische Ereignis denn stattfinden?", fragte Reinders und füllte die Gläser ein zweites Mal.

„Das hängt von Ihnen ab. Wir können den Bogen ja nur anbringen, wenn Sie da sind."

„Wegen der kleinen Feier", erklärte Onnen mit fast kindlichem Lächeln.

„Mit wie vielen Gästen muss ich denn rechnen?"

Die drei Männer sahen sich an und murmelten Namen. Kleen nahm seine Finger zu Hilfe. Nach kurzer Diskussion kam es zu einer Einigung.

„Mit fünfzehn Leuten müssen Sie schon rechnen", erklärte Dirks.

„Mindestens", ergänzte Kleen.

Dirks und Onnen fragten mit Blicken nach.

„Wenn Hermann und Silke nun doch mitkommen?"

„Mit siebzehn", korrigierte Dirks die Prognose. „Höchstens."

„Am Samstag ginge es", schlug Reinders daraufhin vor. „Wenn Sie den Bogen bis dahin fertig haben?"

Wieder zog sich das Trio zu einer kurzen Beratung zurück.

„Samstag ist genehmigt. So um sechs?"

„Abgemacht! Noch eine kleine Stärkung? Der Rückweg ist weit."

„Da sagen wir nicht nein!"

Die vier Männer hoben ein drittes Mal die Gläser. Reinders war zwar wieder nur mit einem halben dabei, glaubte aber, den Alkohol bereits zu spüren. Er hatte den ganzen Tag noch nichts gegessen. Und wenn schon, dachte er, wenn mich meine Nachbarn tatsächlich noch mit Nägeln versorgen, kann ich mir die Fahrt in den Baumarkt sparen.

„Jetzt ist es aber gut. Dreimal ist Friesenrecht", sagte Dirks und stellte sein Glas auf dem Tisch ab, auf dem das Werkzeug lag. Die anderen folgten seinem Beispiel.

„Der bunte Stuhl da, haben Sie sich den auch ausgedacht, ich meine, haben Sie den auch entwickelt?", fragte Kleen, der sich wieder dem Wohnzimmer zugewandt hatte.

„Nein, der stammt von Gerrit Rietveld, einem Holländer. Er hat ihn vor etwa 80 Jahren entworfen. Ich habe ihn während meines Studiums nachgebaut."

„Sieht unbequem aus", meinte Kleen. „Aber ist ein echter Hingucker."

„Wirklich toll, was Sie aus dem Haus gemacht haben", nickte Onnen. „Wirklich toll. Wir hatten das Haus nach so vielen Jahren fast schon aufgegeben."

„Soll ich Ihnen schnell die anderen Räume zeigen?", schlug Reinders spontan vor.

Wieder steckten die drei Bärtigen die Köpfe zusammen.

„Viel Zeit haben wir nicht, aber dafür wissen wir dann mehr als die anderen", lachte Dirks.

„Gut. Das Wohnzimmer kennen Sie ja schon. Gehen wir in die Küche", sagte Reinders, steckte die Schnapsgläser ineinander, nahm sie in die linke Hand und die Flasche in die rechte. „Im Flur links."
Auch die Küche ließ die Gäste große Augen machen, denn wie im Wohnzimmer waren die Möbel asymmetrisch und unterschieden sich von allen gängigen Einbauküchen, und das nicht nur von der Form her.

„Wie in einem Raumschiff!", bemerkte Onnen. „Da lief doch neulich dieser Film im ersten Programm? Mit diesem Roboter? Haben Sie den gesehen? Die hatten eine Kombüse an Bord, die sah ganz ähnlich aus wie diese. Aber der Smutje war ein Roboter. So einen hätte ich gerne bei mir an Bord."

Reinders überantwortete die Gläser der Spülmaschine und stellte die Flasche zurück in den Kühlschrank. „Das Besondere an dieser Küche ist der Tisch in Form einer Raute", erklärte er seinen Gästen. „Seine Fläche lässt sich mit einem Handgriff verdoppeln."

„Von Ihnen?"

„Ja, der ist von mir", sagte Reinders und wollte seine Erfindung vorführen, als sich sein Handy meldete. „Sorry, da muss ich leider rangehen. Das Geschäft ruft. Wenn Sie wollen, gehen Sie schon mal ins Bad. Zweite Tür rechts."

Reinders drückte die Taste. Schon beim ersten Klingelton waren ihm wieder die Muster in den Sinn gekommen, auf die er seit drei Tagen wartete, doch ein unbekannter Anrufer signalisierte einen möglichen Auftrag und bat um einen Termin.

„Einen Moment, ich schaue schnell in meinem Kalender nach", sagte Reinders und folgte seinen Gästen in den Flur, wählte jedoch eine andere Tür. Sein Büro, das zugleich als Atelier diente, war noch nicht komplett eingerichtet. Ein paar Kartons standen noch auf dem Boden, die Regale waren noch nicht vollständig gefüllt. Aber seine Schreibtische und seine Rechner waren längst einsatzbereit. Natürlich stammten auch die Entwürfe für die Büromöbel von ihm, wie unschwer an den Formen und Farben zu erkennen war. Doch so sehr er die Mo-

dernität liebte, so sehr gefiel ihm auch ein großer Terminkalender, der ihm gleichzeitig als Notizbuch diente. Außerdem misstraute er der digitalen Welt. Papier konnte man weder hacken, abhören oder mit Viren infizieren. Und man brauchte keinen Akku. Schnell flogen seine Finger über die Seiten.
„Ja ... genau ... am 28. Juni um 16 Uhr... Früher geht es wirklich nicht ... Sehr gut, dann freue ich mich auf Ihren Besuch, Herr Möller."

Kaum hatte Reinders den Termin mit Bleistift eingetragen, als sein Handy erneut wimmerte. Eine grauenhafte Melodie, die er nur deshalb nicht änderte, weil die anderen verfügbaren Klingeltöne noch grauenhafter waren.

„Digital Comfort Germany? Herr Neumann? Von der Designabteilung? Ja, gut, verbinden Sie ..."

Die freundliche Sekretärin schickte ihn in eine Warteschleife mit elektronischer Musik. Kraftwerk, Depeche Mode oder etwas Ähnliches. Hauptsache, potente Kunden benötigten seine Dienste.

Nach einigen Takten klopfte es leise an die Bürotür, die vorsichtig von Dirks geöffnet wurde. Reinders behielt das Handy am Ohr, winkte aber seinen Gast hinein.

„Wir wollen Sie nicht länger stören. Sie haben zu tun, und wir sind schon spät dran", flüsterte Dirks. „Wir finden allein raus. Danke für die Stärkung und bis Samstag. Ach ja: Ein tolles Bad haben Sie. Ich weiß schon genau, was meine Frau sagt, wenn sie es sieht. Daher überlege ich, ob ich sie nicht lieber zuhause lasse. Aber irgendwann kommt sie ja doch vorbei."

Reinders nickte lächelnd und hob seinen Daumen. Dirks verabschiedete sich, in dem er kurz die rechte Hand hob. Hinter ihm erschien Onnen und fuhr im Flüstermodus fort: „Wenn es gleich noch mal klingelt, bin ich das mit den Nägeln. 30 Millimeter? Mit Messingkopf?"

Wieder nickte Reinders, dann schloss sich leise die Tür. Der elektronische Song begann von vorne, Herr Neumann ließ ihn warten. Als die Warteschleife zum dritten Mal an den Start ging, legte Reinders auf.

„Dann eben nicht", sagte er und wählte nun seinerseits eine Nummer, denn die fehlenden Muster spukten weiterhin in seinem Kopf. „Hier ist Reinders. Ist Herr Graumann im Haus? Ja, es geht um die Muster. Nein, sie sind noch immer nicht eingetroffen. Nein, ich war den ganzen Tag in meinem Büro. Und die neue Adresse haben Sie ja. Gut, dann verbinden Sie mich bitte mit Herrn Graumann."

Wieder wurde ihm Warteschleifenmusik angeboten. Diesmal war es Reinhard Mey, der über den Wolken grenzenlose Freiheit vermutete. Reinders rollte mit den Augen, wartete ein paar Takte und nahm den Klang der Türglocke als Grund, das Gespräch zu beenden.

„Der will mich wohl verarschen? Glaubt, dass ich ihm tagelang hinterher telefoniere. Aber da hat er sich geschnitten. Auch andere können Muster anfertigen. Meine nächste Anschaffung wird sowieso ein 3-D-Drucker!"

Reinders beschloss, an diesem Tag nicht mehr erreichbar zu sein und endlich die letzten beiden

Bilder aufzuhängen. Und anschließend noch einen Aquavit zu trinken.

Mit Schwung riss er die Haustür auf. Doch vor ihm stand weder ein Kurier mit einem Karton, noch Onnen mit einem Päckchen Stahlnägel, sondern Gerrit Wilms, eingerahmt von zwei Frauen und einem Mann.

„Moin, Herr Reinders. Na, alles soweit überstanden?"

„Bestens. Nicht zuletzt dank Ihrer Hilfe. Was führt Sie zu mir?"

„Wir würden gerne Ihre Tür vermessen. Für den Bogen."

„Na, da bin ich ja in einer Straße gelandet!", lachte Reinders auf.

„Klar. Im Emsweg", antwortete Wilms, ein kleiner, selbstbewusster Mann mit breiten Schultern und kantigem, fast kahlem Kopf.

„Und wir sind das Bogenkommando der Straße", ergänzte eine Frau, die fast einen Kopf größer war als sein Nachbar. Als wollte sie einen Zaubertrick vorführen, zog sie mit einer übertriebenen Geste einen gelben Zollstock aus einer Jackentasche und zog ihn auseinander.

„Tut mir leid, Sie kommen zu spät", schüttelte Reinders schmunzelnd den Kopf. „Dirks war schneller."

„Wer war schneller?", wiederholte Wilms erstaunt.

„Dirks. Hini Dirks. Wohnt dort schräg gegenüber."

Die vier Besucher hoben kurz und fast synchron ihre Schultern und sahen sich mit fragenden Mienen an.

„Tebbe Kleen und Hajo Onnen waren auch dabei."

„Aber nicht aus dem Emsweg", stellte die Frau mit dem Zollstock fest.

„Ne, im Emsweg wohnen die nicht", bestätigte Wilms.

„Die wohnen nicht mal in Greetsiel", bemerkte der zweite Mann. „Ich kenn die jedenfalls nicht. Wie sahen die denn aus?"

Reinders fiel das Schmunzeln aus seinem Gesicht wie ein Stein und er raunte: „Ach, du dicke Scheiße!"

Statt die gewünschte Beschreibung abzuliefern, stürmte er in den Flur. Die kleine Gruppe folgte ihm ebenso unschlüssig wie irritiert. Wie ein aufgescheuchtes Huhn rannte Reinders durchs Haus und kehrte schließlich aus dem Wohnzimmer nicht mehr zurück. Als ihn die Nachbarn aufspürten, starrte er auf einen einsamen Stahlnagel mit Messingkopf.

„Ist alles in Ordnung?", fragte die Frau besorgt, die weiterhin den Zollstock einsatzbereit hielt. „Geht es Ihnen gut?"

„Scheiße!", wiederholte Reinders und ließ den Nagel nicht aus den Augen.

„Was haben Sie denn?", fragte Wilms.

„Auf jeden Fall keinen Picasso mehr", klagte Reinders. „Eine Zeichnung. Eines seiner Spätwerke kurz vor seinem Tod, eine schlafende Frau. Meine Großmutter hat das Bild vor fünfzig Jahren von

Picasso persönlich bekommen. Mein wertvollstes Bild. Die anderen haben sie hängen lassen. Die wussten genau, was sie wollten."

Licht ins Dunkel

„Würde es Ihnen etwas ausmachen, mir noch einmal zu erklären, woran Frau Dr. Desmond gearbeitet hat? Mit allgemeinverständlichen Worten?"

„Ich will es versuchen", antwortete Prof. Dr. Eberhard Walter und wandte sich einem der langen Labortische zu, der von großen, verkabelten Mikroskopen beherrscht wurde. Kommissarin Verena Reinhardt kamen spontan moderne Plastiken in den Sinn. Gerätekunst. Das könnte der Titel einer Ausstellung sein. Noch dazu sah sie in dem Kompositum keinen Widerspruch. Ein Mikroskop machte Verborgenes, Unbekanntes, Unentdecktes sichtbar. Ein Kunstwerk ebenso.

Walter stellte sich neben das erste Mikroskop, fuhr einen der Computer hoch und hantierte mit der Maus auf der Tischplatte. Auf dem Monitor erschien ein abstraktes, in dunklen Grüntönen gehaltenes Bild, das aber auch blaue und rote Farbtupfer aufwies.

„Was Sie hier sehen, ist eine Pflanzenzelle, eine lebende Pflanzenzelle, über deren Stoffwechsel wir gerne mehr wüssten. Wobei uns das Mitochondrium besonders interessiert. Es ist das ovale Gebilde links unten."

Reinhardt nickte.

„Wie aber können wir bestimmte Stoffe innerhalb einer so kleinen Zelle verfolgen? Wie können wir feststellen, welche genetischen Eigenschaften weitergegeben werden?"

„Man kennzeichnet sie", antwortete Reinhardt. „So viel habe ich gestern schon verstanden."

„Genau. Und zwar mit einem Marker, einer Substanz, die den gewünschten Stoff, die DNA oder die RNA, kennzeichnet."

„Aber einer Ihrer Kollegen hat mir erklärt, dass es derartige Marker bereits gibt."

„Schon, etwa DAPI oder Ethidiumbromid, aber deren Möglichkeiten sind begrenzt. Frau Desmond hat im Rahmen ihres Forschungsprojektes versucht, weitere Substanzen zu finden, die sich gezielt als Marker für bestimmte Prozesse innerhalb der Zelle einsetzen lassen. Reicht Ihnen das?"

Reinhardt hatte Mühe, sich der Faszination der Farben und Formen auf dem Monitor zu entziehen.

„Stammt dieses Bild von einem dieser Mikroskope? Ich meine, ist dies eine Art Livebild?"

„Nein, es ist eine Aufzeichnung, die Frau Desmond gemacht hat. Die blaue Einfärbung stammt übrigens von einem Marker, den sie entwickelt hat. Er wird mit Hilfe von UV-Licht sichtbar."

„Aber die Experimente hat sie hier durchgeführt, die Aufnahmen hier gemacht?"

„Natürlich, es ist ja ihr Labor ... gewesen", sagte Walter mit ernster Miene. „Doch warum ist das für Sie überhaupt von Interesse, wenn ich fragen darf?"

„Es geht immer noch um ihr Motiv. Sie hat keinen Abschiedsbrief hinterlassen. Also versuchen wir, etwas Licht ins Dunkel zu bringen. Auch ein Freitod muss aufgeklärt werden."

„Verstehe."

„Waren ihre neuen Marker eigentlich gut? Ich meine, waren sie für die beabsichtigten Zwecke geeignet?"

„Sie war auf jeden Fall auf dem richtigen Weg", erklärte Walter vorsichtig. „Mehr können Ihnen ihre Mitarbeiter sagen. In den aktuellen Stand und die Details bin ich leider nicht eingeweiht."

Reinhardt ließ ihren Blick durch den neonhellen Laborraum wandern, betrachtete nacheinander die vier Labortische, die Monitore, die resopalweißen Schränke, die Glaskolben und Petrischalen, die Zentrifuge, die Labormaschinen. Eine helle Welt, eine Welt, in der erhellt wurde. Draußen war es längst dunkel geworden. Der Himmel über Erlangen trug ein monochromes Schwarz; die Wolken, die keine Sterne zuließen, konnte man allenfalls ahnen.

„Mit anderen Worten, der große Durchbruch stand erst noch bevor."

„So könnte man es formulieren", stimmte Walter zu. „Nicht jedes Forschungsprojekt führt gleich zum Erfolg."

„Wem sagen Sie das. Ich hatte Fälle, in denen ich viele Jahre erfolglos ermittelt habe. Der Laie denkt, mit Hilfe einer modernen Forensik müsste doch jeder Fall im Handumdrehen aufzuklären sein. Und wenn man dann den Kopf schüttelt, hört man auch schon das Zauberwort: DNA-Spuren. Als ob die an jedem Tatort herumlägen wie Mohn auf einer Semmel."

Walter lächelte zustimmend. Der Zellbiologe war noch keine fünfzig, schlank, hatte volles, dunkles

Haar und war durchaus attraktiv. Zumindest in Reinhardts Augen.

„Ich vergesse immer, dass unsere und Ihre Arbeit viele Parallelen aufweisen. DNA ist auch eines unserer Zauberwörter. Wobei die Proteomik der guten alten Desoxyribonukleinsäure in den letzten Jahren ein wenig den Rang abgelaufen hat."

„Proteomik?"

„Die Erforschung der Proteine einer Zelle und der Prozesse, an denen sie beteiligt sind. Sehr komplexe Sache. Das würde jetzt zu weit führen."

„Schon gut. Na, dann kehren wir doch zurück zum Thema. Wie gut kannten Sie eigentlich Frau Desmond? Immerhin sind Sie der Institutsleiter."

„Wie man seine Mitarbeiter so kennt. Letztendlich doch nur oberflächlich. Außerdem ist sie ja erst vor gut einem Jahr zu uns gekommen. Sie war auf jeden Fall eine sehr engagierte Wissenschaftlerin."

„Privat haben Sie sie nicht näher gekannt?"

„Ich war einmal bei ihr zu Hause zum Essen, wenn Sie das meinen. Zusammen mit einigen anderen Kollegen. Auch sonst haben wir uns natürlich im Institut getroffen, keine Frage. Aber näher gekannt habe ich sie nicht. Nein, tut mir leid."

„Sie können also nichts über Ihren Gemütszustand sagen?"

„Sie meinen, ob Frau Desmond vielleicht depressiv war? Mir ist da jedenfalls nichts aufgefallen. Aber jetzt, wo Sie das sagen: Vor ein paar Wochen hat einer ihrer Kollegen tatsächlich diesen Verdacht geäußert."

„Wissen Sie noch, wer?"

Der Professor kniff kurz die Augen zusammen. „Nein, tut mir leid, das ist mir entfallen."

„Macht nichts. Vielleicht fällt es Ihnen wieder ein, wenn sich die ganze Aufregung gelegt hat. Wissen Sie, ob Frau Desmond einen Partner hatte?"

„Auch da muss ich passen", sagte Walter und öffnete seine Hände zu einer entsprechenden Geste. „Ich fürchte, da kann ich Ihnen nicht weiterhelfen. Wie gesagt, sie war erst kurze Zeit bei uns. Und ich habe ganz andere Sorgen, als mich um das Privatleben der Institutsmitarbeiter zu kümmern. Auch bei uns diktiert der Markt zunehmend die Regeln."

„Schade. Sehr schade."

Reinhardt richtete ihren Blick auf den Labortisch, an dem Dr. Desmond am Morgen des Vortags gefunden worden war, auf ihrem Stuhl sitzend, mit dem Oberkörper und beiden Armen auf der Tischplatte liegend. Als wäre sie nach einer arbeitsreichen Nacht von der Müdigkeit überwältigt worden. Ihrer Assistentin war jedoch schnell klar geworden, dass ihre Chefin nicht mehr am Leben war. In ihrer rechten, halb geöffneten Hand hatte eine Spritze mit einem schnell wirkenden Gift gelegen. Dessen langen Namen hatte sich die Kommissarin nicht einprägen können; ihr reichte es jedoch, dass die tödliche Substanz aus einem der Laborschränke stammte, die hinter ihr standen.

„Es wird wohl darauf hinauslaufen, dass wir uns einfach mit ihrer Entscheidung, mit ihrem Freitod werden abfinden müssen. Oder klären Sie jeden Freitod auf, wie Sie es genannt haben?"

„Nein, leider nicht. Vor allem für die Familie und die Freunde ist das natürlich eine Katastrophe. Der Suizid ist schon schlimm genug. Aber wenn dann auch noch die Gründe im Dunkeln bleiben. Das ist wie eine Verletzung, die nicht verheilt."

„Wie wäre es denn mit dem ausbleibenden Erfolg?", schlug Walter vor. „Auch wenn sie auf dem richtigen Weg war, könnten ihr die Fortschritte nicht gereicht haben. Den Druck und den Wettbewerb spüren wir alle. Aber ich bin kein Psychologe."

„An diese Möglichkeit habe ich auch schon gedacht. Aber Frau Nguyen, ihre Assistentin, hat uns versichert, dass Frau Desmond eigentlich ganz zufrieden mit den bisherigen Ergebnissen gewesen ist."

„Sofern Ihnen Frau Nguyen tatsächlich reinen Wein eingeschenkt hat", gab Walter zu bedenken. „Auch Wissenschaftler sagen nicht immer die Wahrheit. Brauchen Sie mich noch? Es ist schon spät, und ich würde gerne noch einen Blick in mein eigenes Labor werfen."

„Sie haben Recht, es ist schon spät."

„Tut mir leid, dass ich Ihnen nicht habe helfen können."

Walter fuhr den Rechner herunter und ging mit der Kommissarin zur Tür. Als sie bereits auf dem Gang stand, warf der Zellbiologe einen langen, inspizierenden Blick in das Labor und schaltete das Licht aus.

„Energiebewusst", kommentierte Reinhardt.

„Einer muss es ja sein."

„So haben Sie es auch in der Nacht zum Dienstag gemacht. So gegen zweiundzwanzig Uhr."

Walter sah die Kommissarin irritiert an.

„Wie soll ich das jetzt verstehen?"

„Wie ich es gesagt habe. Sie haben Frau Dr. Desmond das Gift injiziert und beim Verlassen des Labors, wie Sie es immer tun, die Rechner und die Maschinen kontrolliert und das Licht ausgeschaltet. Als Frau Desmond gefunden wurde, befand sich das Labor in exakt diesem Zustand. Ein Zustand, auf den Sie größten Wert legen, wie leicht zu erfahren war."

„Was fällt Ihnen eigentlich ein? Es war Selbstmord! Zweifelsfrei. Das haben Sie mir selbst gesagt! Und das Licht und die Rechner, die hat sie selbst ausgeschaltet."

„Um Energie zu sparen und sich anschließend die Spritze zu geben? Sie sehen doch, wie stockfinster es jetzt im Labor ist. Sie hätte sich zu ihrem Platz zurücktasten müssen. Warum hätte sie das tun sollen?"

„Dann hat sie es eben getan, nachdem sie sich das Gift injiziert hat. Und jetzt lassen Sie mich in Ruhe. Wissen Sie eigentlich, wen Sie vor sich haben?"

„Und ob ich das weiß. Einen Tatverdächtigen", hielt ihm Reinhardt entgegen und baute sich vor ihm auf. „Ihr Vorschlag scheidet übrigens aus. Das Gift führt schon nach wenigen Sekunden zum Verlust des Bewusstseins. Nein, sie hat die Spritze an ihrem Platz erhalten. Von Ihnen."

„Und warum, bitte schön, hätte ich das tun sollen?"

„Die Frage kann ich Ihnen leider noch nicht befriedigend beantworten. Aber da rechne ich fest mit Ihrer Hilfe. Entweder, weil sich Frau Desmond Ihren allgemein gefürchteten Annäherungsversuchen widersetzt hat, oder weil sie eben doch kurz vor einem Durchbruch stand. Ganz im Gegensatz zu Ihnen. Sie hätte dann nämlich die Forschungsgelder erhalten, auf die Sie seit Jahren vergeblich warten. Sie wäre von der Fachwelt gefeiert worden, und wer weiß, was sie noch geworden wäre."

„Das ... das ist eine Unverschämtheit ersten Grades! Und noch dazu ohne jeden Beweis. Das muss man sich mal vorstellen, Sie beschuldigen mich hier einfach so in meinem Institut ..."

In diesem Augenblick öffnete sich die gegenüberliegende Tür und eine kleine Asiatin in einem weißen Kittel betrat den Gang, begleitet von zwei Polizisten.

„Frau Nguyen?", hauchte Walter. „Was ...?"

„Erklären Sie es ihm", sagte Reinhardt.

„Frau Desmond hat vorgestern zum ersten Mal mit einem neuen Marker experimentiert. Nummer siebenundfünfzig auf unserer Liste. Leicht toxisch und nicht wasserlöslich. Dem bekannten Acridinorange nicht unähnlich, aber dennoch unverwechselbar."

„Wir haben Spuren davon an den Händen der Toten gefunden und somit auch an der Spritze", fuhr die Kommissarin fort. „Auch wir arbeiten mit UV-Licht."

Der Professor verlor seine Gesichtsfarbe, seine rechte Hand umfasste die linke und fing an, sie zu kneten.

„Wenn Sie die Spritze in der Hand hatten, finden wir Nummer siebenundfünfzig auch an Ihren Fingern", sagte Frau Nguyen. „Sie wissen ja selbst, wie leicht der Nachweis ist. Und eine andere Möglichkeit, mit dem Marker in Berührung gekommen zu sein, gibt es nicht. Jedenfalls nicht für Sie."

Die Miene des Zellbiologen erstarrte, die Hände setzten ihre Arbeit fort. Er sah zunächst Nguyen, dann Reinhardt an.

„Na, dann wollen wir mal", sagte die Kommissarin.

„Nicht nötig. Sie haben gewonnen. Ich habe ihr die Spritze gegeben."

Minuten später begleiteten die beiden Uniformierten den Institutsleiter zum Fahrstuhl, in einigem Abstand gefolgt von Reinhardt und Nguyen.

„Nummer siebenundfünfzig. Ein neuer Marker", bemerkte die Asiatin. „Dass er uns das abgekauft hat? Was hätten Sie eigentlich gemacht, wenn nicht?"

„Nichts anderes als Sie in ihrem Labor."

„Nach einem neuen Marker suchen?"

„Wenn Sie es so sehen. Ja, genau das."

Vermessen

Eine Möwe schrie.
Karlheinz Höwel öffnete mühsam und mit zerknautschtem Gesicht seine Augen.
Die Möwe schrie noch immer.
Grauenhaft.
Dass Möwen so laut sein konnten.
Er drehte langsam seinen Kopf und suchte den Wecker. Bestimmt hatte er verschlafen. Dabei hatte er doch versprochen, um neun im Institut zu sein. Aber wem hatte er das versprochen? Und wann?
Höwel hob seinen Kopf, der über Nacht größer und schwerer geworden zu sein schien.
Au!
Seine rechte Hand fuhr über eine stattliche Beule auf seiner Stirn.
Oh, Mann!
Er musste aufstehen, musste unter die Dusche, musste ins Institut. Seine Kollegen warteten auf ihn. Bertram, Susanne, Professor van der Hooge.
Die Möwe hörte nicht auf. Sie hörte einfach nicht auf zu schreien.
Höwel bündelte seine Kräfte und drehte sich zur Seite. Grelles Licht schoss in seine Augen, deren Lider sofort reagierten. Erst nach einer entgegengesetzten Drehung öffnete er sie wieder, musste aber kurz auf die Schärfe warten.
Buchrücken. Ein kleines Regal mit Büchern. Eine Stehlampe. Ein grauer Sessel. Ein kleiner Tisch. Nichts davon passte zu seiner Wohnung.

Nach ein paar tiefen Atemzügen und einem weiteren kurzen Rückzug hinter seine Augenlider richtete er sich auf. Das Bett, auf dem er lag, war auch nicht seines. Die Matratze war viel zu weich. Vor dem Fußende bot sich eine geöffnete Tür an. Und noch immer schrien die Möwen. Schrien sie wirklich? Oder brüllten sie? Röhrten sie? Blökten sie? Nein, sie schrien.

Grauenhaft.

Höwel schaffte es, sich auf die Bettkante zu setzen. Mit beiden Händen versuchte er, den Umfang seines Kopfes zu vermessen. Obwohl er ihm groß wie ein Heringsfass vorkam, ertasteten seine Hände nur den gewohnten, wenn auch schmerzgeladenen Schädel.

Eines stand fest, er war nicht in seiner Wohnung in Oldenburg. Aber wo war er dann?

Schon beim ersten Anlauf fand er das Gleichgewicht und stand auf den Beinen. Auch die ersten Schritte gelangen, die ihn zu dem Fenster führten, das dem grellen Sonnenlicht abgewandt war.

Möwen. Da flogen sie, die penetranten Schreihälse, die den pochenden Schmerz in seinem Kopf ermunterten. Unter den Vögeln erstreckten sich grüne Wellenberge und –täler, die am Horizont in graublaue übergingen. Er war an der See. Die Dünen sprachen für eine Insel, eine ostfriesische Insel.

Höwel taumelte zurück zum Bett und setzte sich. Was machte er auf einer Insel? Urlaub? Er konnte sich nicht erinnern. Sein Schädel wummerte wie ein alter Schiffsdiesel.

Wieder kam er auf die Beine, machte einen kleinen Ausfallschritt, fand aber schnell wieder das Gleichgewicht. Er wollte sich anziehen, stellte jedoch fest, dass er angezogen war. Die Tür wies ihm den Weg zu einer Treppe, deren Handlauf er mit größter Vorsicht und beidhändig nach unten folgte. Hinter der ersten Tür im Erdgeschoss erwartete ihn eine Küche. Teller, Tassen und ein paar Gläser stapelten sich in der Spüle. Auf der Arbeitsplatte standen zwei leere Dosen Ravioli und eine Kaffeemaschine. Zielsicher fand er Filter und Kaffeepulver. Einer kleinen Küchenuhr entnahm er die Uhrzeit: Viertel nach elf. Die Möwen schrien noch immer.

Er wusste, wo die Tassen standen, wo Zucker und Milch warteten. Der Kaffee war heiß und flößte ihm wieder etwas Leben ein, auch wenn der Kopf weiterhin pochte. Er setzte sich, die Tasse in der Hand, auf einen der beiden Stühle. Sein Blick kroch durch den Raum.

Natürlich kannte er die Küche. Denn er war auf Memmert. Im Haus des Inselvogtes. Sein riesiger Kopf gab Erinnerungsbruchstücke frei. Er war auf die kleine, unbewohnte Insel gekommen, um Messgeräte aufzubauen. Messgeräte, die er, Bertram, Susanne und Professor van der Hooge im Institut in Oldenburg entwickelt hatten. Zwei Wochen hatte ihnen dafür der Inselvogt das Haus überlassen, während er auf einer Vortragsreise war.

Höwel leerte die Tasse, stand auf und füllte sie erneut bis zum Rand. Irgendwo hatte er Medikamente gesehen. Bei der dritten Schranktür hatte er

Erfolg. Eine fast volle Schachtel Aspirin. Er schluckte zwei der weißen Pillen und spülte sie mit dem Kaffee herunter. Gut für den Magen. Aber das war ihm egal. Er setzte sich wieder und schloss kurz die Augen. Noch ein plötzlicher Erinnerungsfetzen. Ein Blick zur Seite genügte, um den Übeltäter zu überführen. Auf dem Boden lag eine leere Wodkaflasche. Die hatte ihm den schweren Mondkopf eingebracht.

Nach einer halben Stunde zeigten die beiden Tabletten langsam Wirkung. Sein Schädel verlor an Umfang, das Pochen wurde erträglich, die Möwen beruhigten sich. Schließlich meldete sich sein Magen. Noch immer mit langsamen Bewegungen, fütterte er den Toaster und stellte ein Glas Marmelade auf den Tisch. Das Kauen war anstrengend, das verspätete Frühstück besänftigte aber seinen Bauch.

Die Messgeräte! Die Messreihe! Höwel sah auf die Uhr. Es war höchste Zeit, aber er konnte den Zeitplan noch einhalten. Den hatte er irgendwie im Kopf. Er sprang fast auf, ging ins Arbeitszimmer, wo auf dem Tisch eine Klemmmappe mit den Tabellen lag. Für eine Funkübertragung der Messwerte hatte der Etat nicht gereicht. Alle Werte mussten abgelesen werden.

Wenige Minuten später trat er vor die Tür des kleinen Hauses, auf dem ein Reetdach thronte. Der Wind kam aus westlicher Richtung und trieb einige Kumuluswolken über den blauen Himmel. Die Windstärke betrug nicht mehr als vier auf der Beaufortskala, die Julisonne sorgte für eine angenehme Wärme, seine Sonnenbrille für gute Deckung.

Höwel atmete tief durch und machte sich auf den Weg. Die erste Messstation war nur rund fünfzig Meter entfernt. Mit etwas Glück würde sein Ausrutscher schnell vergessen sein und niemand etwas davon erfahren. Er brauchte nur aufzuräumen und die leere Flasche verschwinden zu lassen. Sie musste vom Inselvogt stammen, denn er war sich halbwegs sicher, den Wodka nicht mit auf die Insel gebracht zu haben. Er mochte eigentlich gar keinen Wodka.

„Idiot!", schrie er den Möwen entgegen, die nun ihn ertragen mussten. „Idiot! Idiot! Idiot! Wie blöd bist du eigentlich? Eine ganze Flasche Wodka!"

Er überquerte einen Dünenrücken und erreichte die erste Messstation, die an einem einfachen Aluminiumstab befestigt war, den er höchstpersönlich in den Boden gerammt hatte.

„Idiot!", wiederholte er, während er die Werte ablas und in die Tabellen eintrug. Immerhin lag er innerhalb des Zeitfensters. Die Messergebnisse waren durch seinen Exzess nicht verfälscht worden. Alles war korrekt. Der Abend würde ohne Folgen für ihn bleiben.

Die nächste Station lag weiter westlich am Strand. Austernfischer und Säbelschnäbler ärgerten sich über sein Erscheinen. Einige der Vögel schienen ihn sogar zu begleiten, als würden sie seinen Messergebnissen nicht trauen, als würden sie ihm nicht trauen. Er traute ihnen ebenfalls nicht. Ohnehin fielen sie nicht in sein Ressort, sondern in das des Inselvogts. Wahrscheinlich hatte er sich deshalb den Wodka mitgebracht. Das Geschrei der Vögel war auf Dauer unerträglich.

Höwel überwand eine der bewachsenen Dünen und sah die nächste Messstation. Auf halbem Weg, er hatte den Strand noch nicht erreicht, stach ihm etwas Rotes ins Auge. Es war zu groß, um es zu ignorieren. Als er die Form erkannte, beschleunigte er seine Schritte, sprang sogar über einen angeschwemmten Ast und ließ sich auch vom weichen Sand nicht aufhalten, der hier und da nachgab.

Er hatte sich nicht geirrt, es war ein Mensch. Ein Mann zwischen dreißig und fünfzig, bekleidet mit einer Jeans, Turnschuhen und einem roten Hemd. Der Kopf stecke halb im Sand, die Hose war fast bis zum Gürtel nass. Höwel bückte sich nicht, um nach möglichem Leben zu fahnden, denn im Kopf des Mannes klaffte eine beachtliche Wunde, die ihm diese Mühe ersparte. Er wunderte sich, den Anblick ertragen zu können. Vielleicht hatte die Betäubung des Wodkas noch Nachwirkungen.

Er umrundete den Mann und kam zu dem Schluss, dass ihn die letzte Flut angeschwemmt haben musste. An einen Sturm konnte er sich nicht erinnern. Ein tragischer Unfall musste den Mann über die Reling befördert haben, etwa ein übermütiger Baum eines Segelboots. Denn ein Fischer oder Seemann war das nicht. Seine linke Hand, die sich ihm bereitwillig öffnete, wies keinerlei Spuren harter Arbeit auf. Auch seine Kleidung sprach dagegen. Nein, wie es aussah, hatte er es mit einem Freizeitkapitän zu tun. Mit einer Landratte. Einem Gelegenheitsostfriesen, der sein Können überschätzt hatte. Das kam leider immer wieder vor. Erst vor einem Monat war in der Doven Harle, dem Seegatt zwischen Spiekeroog und Wangerooge, ein Segelboot gekentert. Nur einen der drei Insassen hatte ein Seenotrettungskreuzer retten können. Die anderen waren noch nicht wieder aufgetaucht. Der Mann im Sand aber konnte keiner von ihnen sein, denn er sah fast wie eine Lebender aus. Er konnte also noch nicht lange im Wasser gelegen haben.

„Mist, verfluchter!", schimpfte er. Nicht, weil der Mann tot war. Daran hätte er ja nichts mehr ändern können. Sondern weil er seinen Fund natürlich umgehend melden musste. Bevor die nächste Flut kam und den Toten womöglich wieder einkassierte. Natürlich konnte er ihn umbetten und hoch zur nächsten Düne ziehen. Aber dazu fehlten ihm an diesem Morgen, der bereits ein Nachmittag war, Mut und Kraft. Und eine Meldung bedeutete, dass er aufräumen und sich waschen musste. In dem Zustand, in dem er sich befand, konnte er niemandem die Hand reichen.

Höwel sah auf die Uhr. Noch hatte er Zeit. Zeit genug, um die Messwerte abzulesen, klar Schiff zu machen und zu telefonieren. Umgehend marschierte er los, ohne dem Toten einen Blick nachzuwerfen. Nur kurz dachte er an die Möwen. Aber die Leiche war noch jung und würde ihr Interesse noch nicht wecken.

Was für ein Tag. Susanne wurde ihn mit ihren großen Augen austragen. Nach seinen Gefühlen beim Anblick der Leiche. Nach seinen Reaktionen, seinen Versuchen, den Angeschwemmten wiederzubeleben, dem Moment der Erkenntnis, dass jede Hilfe zu spät kam. Sie liebte das Drama, liebte amerikanische Fernsehserien wie *Scrubs* oder *Grey´s Anatomy*. Alles würde er ihr erzählen. Alles bis auf die einsame Wodkanacht, deren Grund er nicht mehr rekonstruieren konnte.

Schnell las er die Werte ab und marschierte zur nächsten Messstation. Die vierte und letzte lag auf der anderen Seite der Insel. Höwel brauchte keine halbe Stunde, um seine Tabellen zu komplettieren. Innerhalb des Zeitlimits. Er hatte es tatsächlich noch geschafft. Als er das einzige Haus der Insel erreichte, zog er sein Handy aus der Tasche und wählte den Notruf. Er hatte sich bei seinem ersten Besuch gewundert, aber auf Memmert hatte man tatsächlich ein Netz. Mit wenigen Worten schilderte er seine Entdeckung und hatte damit seine Pflicht erfüllt. Er war erleichtert. Lediglich die Zeit, die ihm blieb, bis das Boot eintraf, gefiel ihm nicht.
Die Küche war schnell erledigt. Sein Schlafzimmer ging niemanden etwas an, und das zweite Gästezimmer hatte ohnehin niemand betreten. Flur und Büro waren auch keine große Sache. Anschließend stieg er noch unter die Dusche, die sein Wohlbefinden weiter steigerte. Das Pochen war fast verschwunden, er spürte es nur noch, wenn er sich daran erinnerte. Nur die Beule auf seiner Stirn gab nicht auf. Das würde wohl ein paar Tage dauern. Er hatte den Tisch in Verdacht, der sehr nah an seinem Bett stand. Die beiden blauen Flecke schrieb er auch dem Wodka zu.

„Idiot!"

Nachdem er frische Sachen angezogen hatte, fühlte er sich wie ein neuer Mensch. Die Nacht konnte er abhaken. Er sah auf die Uhr. Die Zeit hatte tatsächlich gereicht.

Höwel holte sich einen großen Feldstecher aus dem Büro, ging nach oben, indem er mit jedem Schritt zwei Treppenstufen nahm, und suchte das Wattenmeer ab. Da war es auch schon. Das Juister Seenotrettungsboot, die *Woltera*, das dank des ruhigen Wetters gut vorankam. Er setzte den Feldstecher ab. Trotz des schrecklichen Fundes fühlte er sich überraschend gut. Vielleicht, weil er nun eine Geschichte zu erzählen hatte, von einem kleinen Abenteuer berichten konnte. Über eine Wasserleiche stolperte man nicht alle Tage. Susanne würde an seinen Lippen kleben.

Noch einmal sah er durch den Feldstecher. Das Boot hatte bereits Kurs auf den Strand genommen. Memmert besaß keinen Hafen. Also fuhren die Retter ohne Umwege zur Leiche.

Höwel befragte schnell den Spiegel im Bad. Er sah nicht wirklich frisch aus. Die grauen Gebilde unter seinen Augen sprachen Bände. Auch die Beule war nicht zu übersehen. Egal, sein besseres Gesicht war den Seenotrettern ja nicht bekannt. Die Haare waren in Form, der Dreitagebart hatte die optimale Länge, sein Hemd war sauber. So konnte er den jungen Wissenschaftler geben, der Tag und Nacht selbstlos neuen Erkenntnissen auf der Spur war, um die Welt zu retten. Oder zumindest das Wattenmeer. Und sich nebenbei auch noch um Vermisste und Überbordgegangene kümmerte.

Er lächelte, schüttelte kurz den Kopf, fuhr mit der Hand durchs Haar. Was für ein Tag, dachte er, was für ein Tag.

Der Tote hatte sich keinen Zentimeter bewegt. Wie denn auch. Noch immer lag er auf dem Bauch, das Gesicht halb im Sand, die Hosenbeine nass. Höwel umrundete ihn in respektvollem Abstand. Für eingehende Untersuchungen hatte er ja das Boot geordert, das direkt auf ihn zuhielt. Einer der Männer an Bord hob die Hand. Er erwiderte den Gruß, während der Vormann die Geschwindigkeit drosselte und mit der Suche nach einer geeigneten Stelle begann.

Höwel senkte seinen Blick, der unvermittelt von dem roten Hemd des Toten angezogen wurde.

Das war sein Hemd.

Susanne hatte es für ihn in Oldenburg in einer Boutique gekauft. Damit er nicht immer nur weiße und schwarze Hemden trug. Ein rotes Hemd mit einem auffälligen Rautenmuster. Das bringt ein bisschen Farbe in dein Leben, hatte sie gesagt.

Es konnte gar nicht sein Hemd sein. Höwel kniff kurz seine Augen zusammen. Wie sollte der Tote auch in den Besitz seines Hemdes gelangt sein? Sein Hemd steckte in seiner Reisetasche im Haus des Inselvogts. Es war ja auch kein Einzelstück. Rote Hemden mit Rautenmuster konnte man in vielen Boutiquen und Läden kaufen.

Die *Woltera* versuchte es weiter nördlich.

Das rote Hemd. Das Susanne ihm geschenkt hatte. Bilder verdichteten sich, fügten sich aus Bruchstücken zusammen.

Etwa hundert Meter von ihm entfernt hatte der Vormann eine passende Stelle gefunden. Dank des geringen Tiefgangs konnte er fast auf den Strand fahren. Drei Männer gingen von Bord, zwei trugen orangerote Jacken, der dritte eine graue.

Rot aber war die Farbe des Hemdes. Höwel hatte es aus seiner Tasche gezogen und es jemandem gegeben, hatte es ausgeliehen. Er sah die Hände, die es entgegennahmen.

Die drei Männer näherten sich.

Er hatte die Flasche nicht alleine geleert. Jemand hatte mit ihm getrunken. Höwel starrte den Toten an. Das Pochen kehrte zurück, stemmte sich gegen die Bilder, wehrte sich gegen die Erinnerungsfetzen, die plötzlich zusammenfanden. Es war wegen Susanne gewesen.

„Moin!"

Die drei Männer trafen bei ihm ein.

„Moin", erwiderte er leise den Gruß. „Karlheinz Höwel. Uni Oldenburg. Marine Umweltwissenschaften. Wir führen hier Messungen durch."

„Rainer Schoon. Mein Kollege Manfred Oldewurtel. Und die Polizei habe ich auch gleich mitgebracht."

„Ritter, Kripo Aurich. Mich hat der Zufall hier angeschwemmt. Meine erste Begegnung mit einer Wasserleiche. Das kann ich mir doch nicht entgehen lassen."

Höwel hob den Arm und wies auf den Toten, obwohl der nicht zu übersehen und bereits von allen längst bemerkt worden war.

„Wann haben Sie ihn gefunden?"

„Etwa um eins, Viertel nach eins. Ich war hier, um das Messgerät dort drüben abzulesen. Das muss jeden Tag um die gleiche Zeit passieren."

„Dann ist er also irgendwann in der Nacht hier angeschwemmt worden. Sehen wir uns den armen Teufel an."

Höwel folgte den drei Männern wie betäubt, die den Toten zunächst aus der Distanz in Augenschein nahmen.

„Für einen, den die Flut hier abgeladen hat, liegt er sehr weit oben", bemerkte einer der Seenotretter. „Haben Sie ihn dorthin gezogen?"

Er schüttelte den Kopf.

„Das Hemd hat keine Wasserflecken. Es sieht erstaunlich sauber aus."

Der Polizist bückte sich, besah sich die tiefe Wunde am Kopf.

„Ich bin kein Forsensiker, aber das sieht mir nicht nach einem Sturz aus."

Durch das Hemd waren sie auf Susanne gekommen. Sie hatten Wodka getrunken. Sie waren nach draußen gegangen. Ans Westufer, an den Strand. Sie hatten gelacht und geschrien. Um es den Möwen zu zeigen. Aber gestritten hatten sie sich wegen Susanne. Gestritten und geschlagen. Aus Spaß. Am Anfang jedenfalls. Dann hatte Bertram plötzlich den Knüppel in der Hand gehabt. Strandgut. Höwel berührte vorsichtig die Beule mit den Fingerspitzen. Aber er war auch nicht unbewaffnet gewesen.

„Sieht eher nach dem berühmten stumpfen Gegenstand aus", bemerkte der Polizist fast beiläufig.

Höwel drehte sich langsam zur Seite, sah zur Abbruchkante der nächsten Düne hinüber. Er wusste, was er dort vorfinden würde. Im Sand steckte kopfüber eine Wodkaflasche. Die zweite

Wodkaflasche, die Bertram mitgebracht hatte. Höwel hatte sie mit an den Strand genommen.

„Drehen wir ihn um. Vielleicht hat er Papiere bei sich", sagte der Beamte. Die beiden Seenotretter halfen ihm.

„Das ist Bertram Wiedemeyer", erklärte Höwel kaum hörbar. „Mein Institutskollege. Er ist gestern auf die Insel gekommen. Es war wegen Susanne."

Unerledigtes

Als würde man mit den Fingernägeln über eine Wandtafel kratzen.
Ein widerliches Geräusch.
Der Aktenvernichter war schon wieder satt, die stählernen Zähne fraßen nichts mehr.
Dabei warteten noch Stapel von Dokumenten auf dem Schreibtisch, die ihre Existenzberechtigung verloren, ihren Sinn eingebüßt hatten.
Karl-Dieter Grüssek drückte einen vertrauten Knopf.
„Frau Ritter? Würden Sie mir noch einmal helfen?"
Die Sekretärin rollte mit den Augen, als sie den Aktenvernichter vom Papierkorb hob.
„Das ist der Dritte."
„Ich weiß, Frau Ritter. Aber das kann ich wohl kaum meinem Nachfolger überlassen."
„Viel Zeit bleibt Ihnen nicht mehr."
„Ja, ich muss gestehen, ich habe die letzten Tage unterschätzt. Es bleibt eben mehr Unerledigtes liegen, als man glaubt."
„Denken Sie auch an die heutigen Termine?"
„Gut, dass Sie mich daran erinnern. Wer ist der Erste?"
„Dr. Gruber. Er wartet bereits. Kann er jetzt ...?"
„Ja, bitten Sie ihn rein. Ich kann ja doch nicht weitermachen."
Die Sekretärin hob den Papierkorb hoch und verließ den Raum. Wenige Sekunden später setzte sich die Tür erneut in Bewegung und präsentierte

Dr. Siegmund Gruber, der vor Jahren bei Grüssek promoviert hatte. In den Händen hielt er ein Buch, eingeschlagen in Packpapier.

„Es tut mir leid, Herr Grüssek, aber ich habe es nicht eher geschafft. Ich hoffe ..."

„Schon gut, Herr Gruber. Es waren ja nur vier oder fünf Jahre."

„In denen ich überwiegend im Ausland war."

„London School of Economics. Das ist mir nicht entgangen."

In diesem Augenblick öffnete sich die Tür, in der Frau Ritter mit dem leeren Papierkorb erschien. Mit routinierten Griffen applizierte sie ihn wieder unter dem Aktenvernichter. Nach einem kurzen, zufriedenen Nicken kehrte sie auf ihren Posten zurück.

„Entschuldigen Sie, aber die Zeit drängt. Wie Sie wissen, muss ich mein Zimmer räumen", setzte Grüssek das Gespräch fort. „Das Buch bitte."

„Ach ja, das Buch. Es hat mir wirklich gute Dienste erwiesen", sagte Gruber und reichte es mit verstohlenem Blick über den beladenen Schreibtisch.

„Wirklich eine seltene Ausgabe. Und eine wertvolle."

„Ich weiß", lächelte Grüssek und nahm das Päckchen entgegen. „Deshalb hatte ich Ihnen auch die vielen Mails geschickt."

„Eine hätte wahrlich genügt."

„Gut, somit kann ich wieder ein Häkchen auf meiner Liste machen. Ich hasse Unerledigtes, wissen Sie?"

„Verstehe", nickte Gruber und reichte die Hand zum Abschied.

„Weiterhin viel Erfolg!", wünschte der scheidende Präsident.

Kaum war Gruber verschwunden, wandte Grüssek sich wieder dem Papierberg zu, warf auf jedes Blatt einen kurzen Blick und schickte jedes zweite in den mechanischen Orkus. Hier und da huschte ein Lächeln über sein Gesicht, seltener schüttelte er den Kopf.

„Herr Grüssek? Frau Professor Mehring", unterbrach die Wechselsprechanlage die Fütterung des Reißwolfs.

„Bitten Sie sie rein."

In der Tür erschien eine große, hagere Frau mit vollem, grauem Haar, Jeans und einem passenden, blauen Jackett. Grüssek verließ seinen angestammten Platz und ging ihr entgegen. In der Mitte des Raumes trafen sich die Hände. Zwei herzliche Lächeln wechselten die Besitzer, beide definierten ihr jeweiliges Befinden als gut. Allen Umständen zum Trotz, die ihre Berufe und Berufungen nun einmal mit sich brachten.

„Du musst ja noch ein paar Jahre", stellte Grüssek fest.

„Das werde ich schon schaffen. Du hast es ja auch geschafft."

„Noch nicht ganz, wie du siehst", entgegnete er und richtete die Hand auf den Schreibtisch und die zahllosen Aktenordner.

„So etwas habe ich geahnt. Es bleibt einfach zu viel liegen."

„Fang einfach rechtzeitig an."

„Na, das ist ja ein toller Tipp!", lächelte die Professorin.

„Er kommt von einem Experten."

„Das sehe ich."

„Von einem Experten, der auf die Uhr sehen muss", stellte Grüssek nüchtern fest, ging auf ein Regal zu und entriss ihm einen der Aktenordner.

„Deine Unterlagen. Kann ich sie dir einfach so in die Hand drücken?"

„Kannst du. Ich war ja darauf vorbereitet. Wir sehen uns bei der Feier."

Schwer beladen, verließ die Frau das Zimmer des Nochpräsidenten, der zurück zum Schreibtisch ging, um dort den Namen seiner Kollegin auf einer Liste durchzustreichen.

„Erledigt."

Nach einer erneuten Leerung des randvollen Papiermagens war an einigen Stellen schon wieder das dunkle Eichenholz des Schreibtisches zu erkennen. Aus den Bergen waren sanfte Hügel geworden.

„Herr Grüssek? Herr Dr. Eulenbacher", meldete sich der kleine Lautsprecher. Der Präsident sah auf die Uhr. Der Kollege war auf die Minute pünktlich.

„Bitten Sie ihn rein."

Die Tür öffnete sich diesmal für einen drahtigen Mann Anfang vierzig mit kurzem, aber dichtem Haar. Er war nicht so jugendlich gekleidet wie die Professorin, sondern konservativ mit hellblauer Krawatte.

„Danke, dass Sie kommen konnten", eilte Grüssek auf den Mann zu und ergriff dessen Hand.

„Guten Morgen, Herr Grüssek. Worum handelt es sich? Ich habe wenig Zeit."

„Umso mehr freut es mich, dass Sie es einrichten konnten. Wie Sie ja wissen – und auch sehen – ist meine Zeit hier abgelaufen. Die letzten Tage habe ich den letzten unerledigten Dingen vorbehalten."

„Sieht doch gar nicht so schlimm aus."

„Sie hätten vorgestern kommen sollen!", lachte Grüssek bemüht. „Da war ich fest vom Sieg der Bürokratie überzeugt."

„Aber heute sieht es mir eher nach einem letzten Triumph des Menschen aus."

„Gut gesagt. Fragt sich nur, wie lange noch", sagte Grüssek nachdenklich. „Aber andererseits hat die Bürokratie ja auch ihr Gutes."

„Nicht in meinen Augen", entgegnete Eulenbacher. „Ich bin sicher, dass die meisten Vorgänge überflüssig sind oder sich auf ein erforderliches Minimum reduzieren ließen. Aber jetzt zurück zum Thema. Ich bin leider terminlich etwas unter Druck. Wie kann ich Ihnen helfen?"

„Ja, Zeit ist zum Problem geworden. Zum Glück werde ich in Zukunft wieder mehr davon haben. Etwas zumindest. Also: Ich habe gehört, dass Sie uns verlassen?", begann Grüssek.

„Ja, ich habe mich erfolgreich um die Professur in Berlin beworben. Das Sommersemester wird mein letztes in Erlangen sein."

„Ein Verlust für die Mathematiker. Aber meinen Glückwunsch."

„Danke", lächelte Eulenbacher, wobei sein Blick zugleich eine gewisse Irritation erkennen ließ.

„Letztendlich habe ich Sie hergebeten, um mich persönlich von Ihnen zu verabschieden", fuhr Grüssek fort. „Denn trotz des tragischen Vorfalls vor fünf Jahren haben Sie das Niveau Ihres Bereichs nicht nur halten, sondern den guten Ruf sogar noch steigern können. Dank Ihnen konnte der Verlust von Hartmut Sänger mehr als kompensiert werden."

„Danke, das reicht jetzt wirklich", setzte Eulenbacher sein Lächeln fort. „Und vergessen Sie nicht die Kollegen. Es ist nicht mein Verdienst allein. Bedauerlich nur, dass der Täter nie gefasst wurde."

„Wie Recht Sie haben. Es ärgert mich, diese Leerstelle meinem Nachfolger überlassen zu müssen."

„Aber das ist doch Aufgabe der Polizei", argumentierte Eulenbacher.

„Sie hat nicht ermitteln können, wer sonst noch im Institut war", klagte Grüssek. „Keine Fingerabdrücke, keine Spuren."

„Alle Mitarbeiter hatten ein Alibi. Das wissen Sie doch. Es kann nur ein Fremder gewesen sein."

„Der berühmte, große Unbekannte. Das Phantom", lamentierte Grüssek.

„Daran können Sie nichts ändern. Aber warum beschäftigt Sie das eigentlich so sehr? Das ist fünf Jahre her."

„Das große Aufräumen ist auch eine Art Zeitreise. Jeder Brief, jedes Formular, jedes Fax führt weiter zurück in die Vergangenheit. Gestern bin ich im Jahr 2010 gelandet. Das Jahr, in dem ich Präsident wurde. Das Jahr, in dem Hartmut Sänger in seinem Büro erschlagen wurde."

Eulenbachers Miene veränderte sich. Die Irritation wuchs.

„Jetzt sagen Sie mir bitte, weshalb Sie mit mir sprechen wollen. Mir läuft die Zeit weg."

„Gut, dann will ich Sie nicht länger auf die Folter spannen", sagte Grüssek, wandte sich seinem Schreibtisch zu und fingerte vorsichtig ein paar Blätter aus einem der Stapel.

„Bei meiner Zeitreise bin ich über dieses Fax gestolpert, das ich beinahe dem Reißwolf übergeben hätte. Doch dann ist mir der Absender ins Auge gefallen."

„Und der wäre", stöhnte der Mathematiker.

„Sie, Herr Eulenbacher."

„Davon dürften Sie eine ganze Sammlung besitzen. Jetzt sagen Sie mir schon, was daran so wichtig ist."

„Datum und Uhrzeit", antwortete Grüssek. „Sie haben es vor fünf Jahren etwa zur Tatzeit abgeschickt, nämlich um 18.11 Uhr."

„Ich weiß nicht, worauf Sie hinauswollen. Wenn es da steht, wird es wohl so gewesen sein. Es wird eines der Faxe sein, die ich damals vom Zentralinstitut aus abgeschickt habe."

„Richtig. Es ist eines von den Faxen, die Ihnen Ihr Alibi verschafft haben. Während der Mord passierte, waren Sie in der Bismarckstraße im Zentralinstitut für Angewandte Ethik und Wissenschaftskommunikation."

„Herr Grüssek! Was wollen Sie? Mich zum Abschied mit einem Andenken versorgen? Vielen Dank, kein Interesse! Ich werde Hartmut Sänger auch so in Erinnerung behalten. Er war schließlich mein Freund, wie Sie wissen."

„Ein Andenken. Das bringt die Sache auf den Punkt. Ich bin nämlich auf ein paar Faxe vom

Zentralinstitut gestoßen, die zufällig auch im April abgeschickt wurden."

Grüssek reichte Eulenbacher zwei Blätter.

„Na? Fällt Ihnen etwas auf?", fragte der Präsident.

„Nein, tut mir leid. Es sind eben Faxe aus dem ZIEW."

„Rechts unten."

Eulenbacher kniff die Augen zusammen und zog schließlich eine Brille aus seiner Brusttasche.

„Meinen Sie den schwarzen Streifen? Nichts Ungewöhnliches für die alten Faxgeräte."

„Stimmt. Ein harmloser, kleiner Defekt", lächelte Grüssek. „Alle Faxe vom Zentralinstitut aus der Zeit haben diesen kleinen schwarzen Streifen, der kaum auffällt. Alle. Außer Ihrem."

Grüssek reichte Eulenbacher das Fax, der es mit leicht geöffnetem Mund betrachtete.

„Wie Sie sehen, ist es makellos. Kein Wunder, denn es wurde gar nicht vom Faxgerät im ZIEW abgeschickt, sondern von einem anderen."

„Wohl kaum", grinste der Mathematiker. „Wie jedes Fax trägt auch dieses die Nummer des sendenden Faxgerätes. Sonst wären die Faxe nicht mein Alibi. Außerdem war das Fax bei uns kaputt. Darum war ich unterwegs ins Zentralinstitut. Mir war eingefallen, dass ich den Schlüssel hatte. Erkundigen Sie sich bei der Polizei. Ich habe von dort aus gefaxt."

„Haben Sie nicht. Stattdessen haben Sie die Nummer manipuliert, von Ihrem Büro aus gefaxt und anschließend das Gerät beschädigt. Sie sind Mathematiker und IT-Experte. Für Sie war das keine Herausforderung. Ich bin sicher, dass die Faxe ausreichen, Ihr Alibi als ein falsches, als ein gefälschtes zu dekuvrieren. Sie sind der Mörder von Hartmut Sänger. Das war es, was ich Ihnen sagen wollte."

Eulenbacher ging mit den Faxen wortlos zum Aktenvernichter und steckte sie in dessen Rachen.

„Das wird Ihnen nichts nützen", sagte Grüssek. „Es sind ja nicht die einzigen Faxe, die überlebt haben."

„Drei weniger können aber nicht schaden", entgegnete Eulenbacher mit ernstem Ton. „Und Sie werden keine Gelegenheit haben, der Polizei Ihre Entdeckung mitzuteilen und mir meine Karriere zu zerstören. Letzteres hat auch Hartmut versucht. Das Ergebnis ist Ihnen ja bekannt. Wie Sie hat auch er mich unterschätzt."

Eulenbacher angelte sich den dolchartigen Brieföffner vom Schreibtisch und hielt ihn Grüssek vor die Nase. Jetzt machte der Präsident große Augen.

„Ich bin nicht nur Mathematiker. Ich bin auch Spiel- und Entscheidungstheoretiker. Schnelle und effektive Problemlösungen sind meine Spezialität. Ich trete die Professur an, darauf können Sie sich verlassen. Aber zuerst müssen wir hier weg. Vereint und gut gelaunt, versteht sich. Sonst wird es äußerst schmerzhaft. Im Ernstfall auch für Ihre Sekretärin. Also überlegen Sie sich gut, wie Sie sich verhalten."

Der Mathematiker kniff konzentriert die Augen zusammen, überlegte einige Sekunden und traf eine Entscheidung.

„Gehen wir. Langsam und gut gelaunt. Sprechen wir übers Essen. Schließlich ist Mittag. Sagen Sie Ihrer Sekretärin, dass wir zusammen essen gehen. Italienisch."

„Was haben Sie mit mir vor?", fragte Grüssek ängstlich, von Eulenbacher mit dem Brieföffner im Rücken zur Tür gedrängt.

„Das erkläre ich Ihnen im Kollegienhaus. Dort habe ich eine Überraschung für Sie. Los, machen Sie auf."

„Ich habe auch eine Überraschung für Sie", konterte der Präsident und sprang regelrecht durch die geöffnete Tür.

Als Eulenbacher ihm nacheilte, landete er fast in den Armen von Hauptkommissarin Verena Reinhardt und zwei weiteren Beamten, die keine Mühe hatten, den völlig überraschten Entscheidungstheoretiker zu entwaffnen. Widerstandslos, mit kühlem, verächtlichem Blick, ließ er sich abführen.

„Sie hätten ruhig etwas früher kommen können", schnaufte Grüssek. „So war das nicht abgesprochen. Warum haben Sie mich so lange warten lassen?"

„Hier in der Tür war der Zugriff weniger gefährlich", antwortete Reinhardt. „Von der Tür bis zum Schreibtisch sind es rund vier Meter. Zeit zum Handeln, die wir ihm so genommen haben."

„Apropos Schreibtisch", raunte Grüssek und kehrte mit schnellen Schritten in sein Büro zurück. Mit dem bereitliegenden Bleistift strich er den Namen Eulenbacher auf seiner Liste durch.

„Erledigt."

Dank

Mein Dank gilt zunächst den Lesern, die immer wieder auf eine Zusammenstellung dieser Art gedrängt haben.

Des Weiteren danke ich den Verlagen und Herausgebern, die der Veröffentlichung meiner Texte in dieser Anthologie zugestimmt haben.

Danken möchte ich auch meiner Tochter Hannah für das Coverfoto, Chris Seubert für das Lektorat, meiner Frau Marianne für die vielfältige Unterstützung und Lübbert R. Haneborger für die vielen Tipps und die Gestaltung des Covers.

Quellen

Die Fratze

Mordkompott. Kriminelles zwischen Klütje und Kluntje. Herausgegeben von Peter Gerdes, Leer 2000 (Leda Verlag)

Matjestage

Mordlichter. Kriminalstorys. Herausgegeben von Peter Gerdes, Leer 2001 (Leda Verlag)

Kurpfuscher und Dilettanten

Flossen hoch! Kriminelles zwischen Aal und Zander. Herausgegeben von Peter Gerdes, Leer 2002 (Leda Verlag)

Das lassen wir kristallisieren

Mord und Steinschlag. Herausgegeben von Jürgen Ehlers und Jürgen Alberts, Leer 2002 (Leda Verlag)

Die Amtskette

Bayerisches Mordkompott. Kriminelles zwischen Kraut und Knödeln. Herausgegeben von Billie Rubin, Leer 2003 (Leda Verlag)

Flambeau

Tatort Kanzel. 24 Kirchenkrimis. Herausgegeben von Tatjana Kruse & Billie Rubin, Kiel 2004 (Wittig)

Der Griff zur Flasche

... noch mehr Wein & Leichen. Criminalgeschichten. Herausgegeben von Angela A. Eßer und Ingrid Fackler, Annweiler 2005 (Plöger)

In Greetsiel gepult

Fiese Friesen. Kriminelles zwischen Deich und Moor. Herausgegeben von Peter Gerdes, Leer 2005 (Leda Verlag)

Fingerzeig

Tee mit Schuss. Kriminelles zwischen Blatt und Tasse. Herausgegeben von Monika Buttler und Jürgen Ehlers, Leer 2007 (Leda Verlag)

Janssens Steg

Unsere Ems. Ein Lesebuch vom Leben am und im Fluss. Herausgegeben von Heike und Peter Gerdes, Leer 2009 (Leda Verlag)

Teek

Mordkompott. Herber Nachschlag. Kriminelles zwischen Kohl und Pinkel. Herausgegeben von Heike und Peter Gerdes, Leer 2009 (Leda Verlag)

Esc

Realismus-Kontor: Die Wirklichkeit der Dinge. Ein interaktives Kunstprojekt für Besucher der Ausstellung „Realismus – Das Abenteuer der Wirklichkeit.

Herausgegeben von Claudia Ohmert, Emden 2010 (Kunsthalle Emden)

Zerschlagen

Ostfreesland 2010. Kalender für Ostfriesland, Norden 2010 (SKN-Verlag)

Der Sprung

Fürther Freiheit, Fürther Nachrichten, Fürth 2010 (Verlag Nürnberger Presse)

Stutenkerl

Gepfefferte Weihnachten oder: Wer hat die Gans gekillt? 24 Krimis und Rezepte. Herausgegeben von Regula Venske und Heike Gerdes, Leer 2010 (Leda Verlag)

Fuchsin

Mordkompott – Meerumschlungen. Kriminelles zwischen Schleswig und Holstein. Herausgegeben von Heike und Peter Gerdes, Leer 2011 (Leda Verlag)

Ungleicher Kampf

Acht Siele – Acht Verbrechen. Mit Kurzportaits der Sielorte. Herausgegeben von Lübbert R. Haneborger und Silke Arends, Norden 2011 (SKN-Verlag)

Nach Aktenlage

Neun Gemäuer – Neun Verbrechen. Mit Kurzportaits der Burgen und Schlösser. Herausgegeben von Lübbert R. Haneborger und Silke Arends, Norden 2012 (SKN-Verlag)

Der Wind bläst, wo er will

Zehn Türme – Zehn Verbrechen. Mit Kurzportraits der Türme. Herausgegeben von Lübbert R. Haneborger und Silke Arends, Norden 2013 (SKN-Verlag)

Schneeballen

Christkindles-Morde. Ein fränkischer Adventskalender in 24 Kurzkrimis, Cadolzburg 2013 (Ars Vivendi)

Den Bogen raus

Elf Bräuche – Elf Verbrechen. Mit Kurzportraits der Bräuche. Herausgegeben von Lübbert R. Haneborger und Silke Arends, Norden 2014 (SKN-Verlag)

Licht ins Dunkel

friedrich. Forschungsmagazin der Friedrich-Alexander-Universität Erlangen-Nürnberg, Nr. 114 (Oktober 2014), Erlangen 2014 (FAU)

Vermessen

Sieben ½ Inseln – Sieben ½ Verbrechen. Mit Kurzportraits der Inseln. Herausgegeben von Lübbert R. Haneborger und Silke Arends, Norden 2015 (SKN-Verlag)

Unerledigtes

dieter. (Sonderausgabe des *friedrich* zur Verabschiedung von Karl-Dieter Grüske), Erlangen 2015 (FAU)

Bernd Flessner

Foto: Andreas Riedel, Neustadt / Aisch

geboren 1957 in Göttingen, aufgewachsen in Greetsiel, studierte Germanistik, Theater- & Medienwissenschaft und Geschichte in Erlangen, Promotion 1991; arbeitet als Zukunftsforscher am Zentralinstitut für Angewandte Ethik und Wissenschaftskommunikation der Friedrich-Alexander-Universität Erlangen-Nürnberg sowie als Autor. Er schreibt u.a. für die Neue Zürcher Zeitung, Nürnberger Nachrichten, *mare* – Die Zeitschrift der Meere, Kursbuch, Kultur & Technik, Das Archiv – Magazin für Kommunikationsgeschichte, *friedrich* –

Forschungsmagazin der Friedrich-Alexander-Universität sowie Hörfunk-Features für den Bayerischen Rundfunk. Als Autor wurde er 2007 mit dem Utopia-Preis (Aktion Mensch, Börsenverein des Deutschen Buchhandels) ausgezeichnet; 2011 erhielt seine Dokumentation „25 Jahre Kunsthalle Emden" den International Corporate Media Award.

www.bernd-flessner.de

Ausgewählte Prosa

Lemuels Ende. Mysteriöse Geschichten. Erzählungen (nominiert für den Kurd Laßwitz Preis 2002), Leer 2001 (Leda-Verlag)

(Hg.): *Reisen zum Planeten Franconia. Science Fiction aus Franken* (nominiert für den Deutschen Science Fiction Preis 2002). Neustadt / Aisch 2001 (Verlag Ph. C. W. Schmidt)

Die Gordum-Verschwörung. Kriminalroman, Leer 2002 (Leda-Verlag)

Greetsieler Glockenspiel. Kriminalroman, Leer 2005 (Leda-Verlag)

(Hg.): *Rückkehr zum Planeten Franconia. Science Fiction aus Franken*, Neustadt / Aisch 2006 (Verlag Ph. C. W. Schmidt)

Knochenbrecher. Kriminalroman, Leer 2007 (Leda-Verlag

Friesengold. Kriminalroman, Leer 2011 (Leda-Verlag)

(Hg.): *Expeditionen zum Planeten Franconia. Neue Science Fiction aus Franken.* Neustadt / Aisch 2012 (Ph. C. W. Schmidt)

Tod auf dem Siel. Kriminalroman, Leer 2014 (Leda Verlag)

Der Radieschenmörder. Kriminalroman, München 2015 (BLV)

Bernd Flessner
Tod auf dem Siel
Kriminalroman
978-3-86412-073-2

9,95 €

Bernd Flessner
Friesengold
Kriminalroman
978-3-939689-75-1

9,90 €

Bernd Flessner
Knochenbrecher
Kriminalroman
978-3-934927-88-9

8,90 €

Bernd Flessner
Greetsieler Glockenspiel
Kriminalroman
978-3-934927-93-3

8,90 €

Bernd Flessner
Die Gordum-Verschwörung
Kriminalroman
978-3-934927-87-2

8,90 €

Alle Romane auch als E-Book erhältlich!

LEDA-Verlag
Rathausstraße 23
26789 Leer
Tel.: 0491 91 22 62 86
Fax: 0491 91 22 62 87
e-mail: info@leda-verlag.de
www.leda-verlag.de

Bernd Flessner
Der Radieschenmörder
Kriminalroman
978-3-8354-1395-5

9,90 €

BLV
Albrechtstraße 14
80636 München
Tel.: 089 12 02 12 -0
Fax: 089 12 02 12 -120
blv.verlag@blv.de